图书在版编目（CIP）数据

春雨知时节/萧飞著.--北京：中国文联出版社，2018.6
　　ISBN 978-7-5190-3686-7

Ⅰ.①春… Ⅱ.①萧… Ⅲ.①散文集—中国—当代 Ⅳ.①I267

中国版本图书馆 CIP 数据核字 (2018) 第 103194 号

春雨知时节

作　　者：	萧　飞		
出 版 人：	朱　庆		
终 审 人：	朱彦玲	复 审 人：	郭　锋
责任编辑：	王　军	责任校对：	周　楠
装帧设计：	夜　枫	责任印制：	陈　晨

出版发行	中国文联出版社
地　　址	北京市朝阳区农展馆南里 10 号，100125
电　　话	010-85923046（咨询）85923000（编务）85923020（邮购）
传　　真	010-85923000（总编室），010-85923020（发行部）
网　　址	http://www.clapnet.cn　　http://www.claplus.cn
E-mail	clap@clapnet.cn　　wangj@clapnet.cn
印　　刷	北京明兴印务有限公司
装　　订	北京明兴印务有限公司
法律顾问	北京市德鸿律师事务所王振勇律师

本书如有破损、缺页、装订错误，请与本社联系调换

开　　本：	820×1168　　1/32		
字　　数：	198 千字	印张：	9
版　　次：	2018 年 6 月第 1 版	印次：	2018 年 6 月第 1 次印刷
书　　号：	ISBN 978-7-5190-3686-7		
定　　价：	39.00 元		

版权所有　　翻印必究

自　序

　　吾辈工作几十年，大多数时间是与文字打交道，写了许多文章，一部分散见于全国各地报纸杂志以及一些网站，也有部分获政府有关部门奖励，还有一些文章被别人录入有关书中出版发行。一些亲朋好友称鄙人为"大笔手"，鼓动我著书立说。我对被人称呼为"大笔手"有点别扭，但对鼓动我著书立说却有点心动。左思右想，等待时机。进入丁酉年，吾辈认为时机成熟了，于是就开始步入了著书立说时期。"丑媳妇终究要见公婆的"。《春雨知时节》是我的第一本散文集，其历经数月，经历过组稿、编辑、校稿和印刷等工作环节，终于与读者见面了。为了她，我的一些朋友付出了他们辛勤的劳动，在此，我对这些朋友真诚地道一声："谢谢！"

　　著书立说是大多数有文化的人梦寐以求的终极愿望，且不说流芳百世，起码证明了自己没有白来世界一遭，因为你为这个社会留下了历史，为未来社会留下了前人的社会活动踪迹，为推动人类文明作出了自己的贡献。

　　伟大的史学家司马迁在《报任安书》中写到："古者富贵而名摩灭，不可胜记，唯倜傥非常之人称焉。盖文王拘而演《周易》；仲尼厄而作《春秋》；屈原放逐，乃赋《离骚》；左丘失明，厥有《国语》；孙子膑脚，《兵法》修列；不韦迁蜀，世传《吕览》；韩非囚秦，《说难》《孤愤》；《诗》三百篇，大抵圣贤发愤之所为作也。"第一句话的意思是说，古时候身世富贵而名字磨灭不传的人，多得数不清，只有那些卓异而不平常的人才著称于世。那什么样的人才是卓异而不平常的人呢？接下来我们看到，司马迁列举的无一例外都是写下了传世名著的人。演绎《周易》的周文王，作《春秋》孔子，写《离骚》屈原等，这些圣贤都因他们的伟大著作而获得了不朽。古人眼中成功的人生有三种，也就是所谓的三不朽（又叫"三立"说）： 立德（道德成功），立功（事业成功），立言（学问成功）。其中"立言"就是做文章，著书立说，而且这个文章是传世之作。从道理上说要接近绝对真理，从文采上看要万世流芳。可见不只在太史公的眼里，在我们先人的观念中，文学都是获得不朽的最佳方式之一。而历代文人的最高理想，也正是写下不朽的著作并因此不朽。

　　和多数活动一样，读书、写作也存在动机。很多人都会问，在种种生存压力下，为什么要花时间去写许多不能改变生活现状的东西，为什么我们还要读那么多显然不能对现实生活立刻起效的书——尤其是文学书？我也常常思考此问题，人生于世什么不好干，偏偏选择著书立说？思来想去，终于悟出了结果，原因就在于，人是伟大的，也是渺小的，人可以上天入地、无所不能的改造物质世界，但人的内心永远是脆弱的。著书立说是生活撺掇的结果。现实生活中的真善美，时刻都在撞击着我的心海，溅出浪花，且不停地推搡着涌上笔端，与文字打交道有几十年了，面对这种情形，没有办法无动于衷，加上诗人、作家何中俊老友的"推波助澜"，借助天涯社区这个平台，开了一个博客，所以就写出了一些文章。最初是一个月写一两篇，后来是一个月写十几篇，进入天涯社区的两年之后，竟然被挂上了"天涯名博"的衔头，在天涯"2016年度十大最具影响力博客"评选活动中还进入了二十强。这本散文集的文章均来自我在天涯社区开设的博客，经过了天涯社区编辑和一批网友读者的"审阅"，大部分文章被编辑推荐，也得到了许多网友读者的点赞。尽管如此，但我还是有点诚惶诚恐，担心自己的文字会"误人子弟"，希望读者朋友们能包涵鄙人的不是。我写的文章虽然类型比较杂，有散文、小说、诗歌，也有社会杂谈、生活随想、读书笔记和书评等等，甚至还有一些报告文学和论文等。但在我所写的文章中，相当一部分是与生活有关联的。文学艺术来源于生活，又高于生活。生活中大自然的美、人们的心灵美、人与大自然的和谐美，都是鄙人笔下的素材，即使一些不愉快或者伤心的事，也在我的视觉窥觑下，显现出她的另一面而演绎成章。岁月悠悠，人生苦短，文学长河，大浪淘沙。文焉，书焉，历史上能流传于后世的是凤毛麟角也。但吾辈却不管这些，即使是不能流芳百世，也起码证明了自己的人生比较充实，没有虚度年华，给子孙后代留下了一点精神财富。

　　一位伟人曾经这样告诫过后人："有所作为是生活的最高境界。"现代大文学家巴金曾经说过：我不曾玩弄人生，不曾装饰人生，也不曾美化人生，我是在作品中生活，在作品中奋斗。南朝·梁·刘勰《文心雕龙　神思》："登山则情满于山，观海则意溢于海，我才之多少，将与风云并驱矣。"吾辈当然不能够与古今伟人、文豪相提并论，但面对生活、面对人生都是积极向上的。活着一天，就是有福气，就该珍惜。生活是一面镜子。你对它笑，它就对你笑；你对它哭，它也对你哭。

目　录

自序 / 001

人到中年 / 001

难忘敦煌 / 007

五月的鲜花 / 014

布谷声声 / 019

春雨知时节 / 023

雾里看花 / 027

又到山茶花开时 / 031

荷韵悠悠 / 035

藏在大山里的热水温泉 / 040

抖辣椒与辣文化 / 045

苎麻的滋味 / 050

暮秋游华山 / 055

客人来自沙家浜 / 060

五桂山的松涛声 / 065

土地情 / 070

种子赞 / 075

品菊 / 081

聊聊退休 / 086

那年月的露天电影 / 091

石榴花开照眼明 / 096

窝窝头 / 100

沉默 / 105

付出 / 110

好一朵美丽的茉莉花 / 116

红薯叶的味道 / 122

又见喜鹊 / 127

"福"至春到 / 132

岁月与记忆 / 137

鸡年话鸡 / 142

腊月的韵味 / 147

门槛 / 152

澡堂里的歌声 / 156

湘南的冬 / 162

嫩绿色的紫云英 / 168

书信 / 172

在长沙逛火宫殿 / 176

水井 / 181

春天的请柬 / 186

竹子青青 / 190

最是一曲解乡愁 / 197

春风吹绿野菜香　/　202

石磨　/　207

在那桃花盛开的地方　/　212

木棉花开　/　217

种树　/　221

藏书　/　224

牧鸭人　/　231

菜园里的那墙牵牛花　/　236

红军长征走过的那座山　/　242

蟋蟀　/　247

去瑶家山寨看万山红遍　/　253

又到秋收时　/　257

钱　/　262

岁岁重阳　/　268

十月畅想　/　274

人 到 中 年

　　时光荏苒，春去秋来，流水有声，岁月无痕。鄙人在生命的旅途中，不知不觉地悄然走过了五十几个年头，突然发现年少和青春时的梦想已逐渐远去。岁月就像一个顽皮的孩子，不经意间在脸上写满沧桑。早几年，参加了毕业三十年的一次同学聚会，同学们在相互寒暄之后，发现有的同学已经有了白头发，有的同学喜添孙儿，还有一个同学英年早逝。于是，有同学感慨生命的短暂，也有同学就我们五十岁左右的人是否步入老年人行列争执不休。鄙人认为，现代社会，人的寿命越来越长，六十岁才退休，五十岁左右的人应该是中年人。上天塑造了人，一个人走进人世间，就再也无法忘怀，心境如素，点点斑斑的年华里。寂寞影随，拂两袖清风天涯而去，轻携几许悠悠的淡然，将时光里每一刻痴然的回眸枯瘦成水中的残月，一如纸絮飞花，轻盈地摇落心底的凡尘。思昨昔今昔，总有些感慨、怅惘，从不奢求什么，远远凝望，不是虚拟，是深远，却如梦，如幻。总是一个人，演绎自己的情感世界，或忧伤，或欢喜，或感动，或惆怅。一边守着斜阳，一边静静伴着时光，一边和着音乐渺渺，继续游走。闭上眼睛，聆听月光的柔情，放逐灵魂。

　　日子在不经意间流过，人生就在希望与失望之中完成了蜕变。人到中年，积累了不少的经验，一个"悟"字，浓缩了人生的万语千言。"朝看花开满树红，暮看花落树还空。若将花比人间事，花与人间事一同！"孔子说："吾十有五而志于学，三十而立，四十而不惑，五十而知天命，六十而耳顺，七十而从心所欲，不逾矩。"进入知天命之年的我，虽然很少有白发，但额头上却增添了几道皱纹，苦短日蹙。没有了年少时的慷慨激昂、朝气逢勃，多了些人到中年的人生感悟。

　　人生就像是一场只有起点到终点的单程旅行，不管愿意与否都只能一路走到终点而绝无返程的可能。旅途中我们总是会错过很多风景，这些错过的风景也许永远只能成为我们记忆深处的一串符号了。这些符号或许带有一些伤感，但谁也不能否认这曾经是我们人生中最美的风景！在以后的日子里拿出来回忆，依然是那么的温暖。尘世的繁华与纷扰，有时让人难以心静。鄙人常常喜欢静静的夜晚，在月下遐思，让思绪象流动的溪水，透明，柔和，纯洁。静守着宁静，朦胧着情感，迷离着梦幻，在月光下摇曳淡淡心迹。忘记一切，工作、生活、奔波、努力……在梦幻中，感悟永远的花香、阳光、流水和深埋的幸福。没有竞争，没有陌生，没有争吵，没有游戏，没有距离，到处是阳光与晨露的清香。轻柔飘逸的风，带着淡淡的兰香，轻轻飘散，曼妙旷野，香醉了美丽梦幻的世界，不想醒来，嘴齿留香……岁月的风雨里，酸甜苦辣，人生百味。幸福与痛苦，得意与失意，孤独与烦恼，平静与平淡，通达与彻悟，都浸泡在浓郁的酒中，都氤氲在淡而浓的茶里，一切尽在不言中，一切都在心灵默默的感受里。

　　中年如人生一季，回眸是春，望眼是秋。在这一前一后的顾盼之间，有种淡淡的无奈，流过心头。似一盏茶水，苦如茶，香亦如茶。岁月洗尽铅华，时光过滤风霜，把那一丝沧桑，变成灰白缀上了我们的两鬓。中年之后，渐渐懂得，人生太多的遇见不过是一种擦肩而过。那曾经的刻骨铭心，不是随着时间遗忘就是把它引入内心的深处珍藏。人这一生有一两件精彩的故事，最起码到了老年回想起来，自己的一生并不庸俗。无论在对的时间遇见错的人，还是在错的时间遇见对的人，对于心灵，都是一次历练。人到中年，才发现家庭是那么的重要，亲人的关怀是那么的温暖。尽管偶尔会为孩子的教育而烦恼，也会为事业的不顺而纠心。但至少已学会了理性的面对人生，感性而不感伤。在岁月的长河中，我们一路上都在扮演着不同的角色，而每个角色都曾占据我们人生中最重要的位置。从为人之子到为人之夫再到为人之父甚至为人之爷，每个角色都有过温馨的喜悦，也有过失意的感伤，但更多的却是感动。

　　人到中年，犹如一颗成熟的果实，褪掉了青涩但同时却多了一份香甜。外表或许已少了青春的艳丽但却多一份成熟的金黄。闻一下清香扑鼻，咬一口沁人心脾；犹如一杯飘着馨香的茶，滤去了浮躁，多了几分沉静；犹如同一杯醇香的酒，去除了浓烈的辛辣，多了一份细腻柔和的回味；犹如同离弦的箭，勇往直前，不能有丝毫懈怠停留。人到中年，经历了人生的风风雨雨，尝遍了人生的酸甜苦辣，背负着人生中最重的行囊，是人生旅途中最为辛苦的时刻。心理上既有面对青春逝去的失落，精神上又要应对朝气蓬勃青年人的挑战。事业上既要积极进取，努力拚搏，又要背负家庭沉重的负担。上有年迈的父母要孝敬，下有孩子需要供养。或许我们已无力改写自己的人生，但希望能帮孩子把前行的路铺得好一点，平坦一点，让孩子的人生少一点缺憾，多一些美好。如果人到了这个年纪仍不能事业有成，那就意味着这一生你成功的机率几乎微乎其微。那种迫切渴望成功的心理压力让人焦灼、寝食难安，可谓身心疲惫！

　　人到中年，历经生活的磨难，岁月的沧桑，变得更加成熟与坚强，具备了辨别是非的能力。懂得了遇事要冷静思考，多问几个"为什么"。不再随心所欲，尽量控制自己的情绪。懂得了只有自己心情舒畅，身体健康，才可以去照顾关爱影响别人。一个快乐的人会象磁石一样，吸引着周围的朋友。明白了人的心理健康重于身体健康。深知人的欲望永远没有止境，淡泊以明志，宁静而致远。多了思索而少了激动；多了镇定而少了浮躁；多了宽容而少了嫉妒；多了仁爱而少了仇恨。对于人生和爱情也看淡了许多，对爱也有了更深的理解。爱不再只是风花雪月的浪漫更是一种责任。爱不是生活的全部，但却是生活的重要组成部分。爱是人生中的一朵奇葩，少了爱生活会失去斑斓的颜色，人生会没有光彩。如同失去光照的玫瑰，萎靡而暗淡。年少时会为一时的情感失意而伤心欲绝。也会为受挫的人生而心怀感伤。仿佛整个世界都因此失去了光芒。走过长长的岁月，我们的心智也随着脚步的稳健而慢慢成熟起来。看待事物总会从多个方面去思考。比年少时多了一份成熟与稳重。也多了一份理性与睿智。

中年男人额头上不知从什么时候开始，悄悄地刻了横纹，那线条是显眼而有力。头顶上的头发也愈来愈少，鬓角上也出现了几根白发。一些事业有成的中年男人是最风光的！他们春风得意，褪去了青年时的幼稚，变得日益成熟。多年的打拼让他们积累了丰富的经验，拥有刚毅果敢的性格，工作时雷厉风行，事业上得心应手，人际交往中游刃有余，面对家庭时勇于承担责任。回首创业时的艰难与辛苦，只会轻描淡写的一带而过，眼神中充满了坚定，那份从容与淡定会让人油然而生一种敬意。他们目光犀利，思想敏锐，凡事懂得把握分寸，张弛有度。与你交谈时他会神情专注微微颔首，一举手一投足间就流露出十足的男人味，它是岁月的积淀，内蕴的彰显，它无声无息却魅力无穷，夺人心魄！尽显中年男人沉稳的魅力。

步入中年的女人少了年轻时的妩媚张扬，多了份矜持的风情。她们周旋在事业与家庭之间，工作中沉稳应对，一丝不苟，兢兢业业，尽职尽责。下班回到家厨房里一番忙碌之后，顷刻之间饭菜飘香，看似繁琐的家务她信手拈来，把一切安排得井井有条，气定神闲中透着那份从容。中年女人是在外打拚的丈夫最强大的后盾，是孩子最信赖的依靠，是父母最好的帮手。有人说中年女人是一个家庭的百科全书。家里每个成员的生日她能倒背如流，他们的喜好、健康情况她都了如指掌。每天清晨家里的大事小情都会在她的脑海里有一个清晰的计划。生活中不能缺少的柴米油盐酱醋茶，哪一样不是她辛苦付出的代价！孩子的学习、老人的健康哪一样不需要她事无巨细的面面俱到？她们为家里的每个成员考虑得详细周到，常常唯独忘了好好照顾自己。岁月如一把无情的刻刀，改变了她原本俊美的模样，皱纹已经悄悄爬上了她的眼角眉梢。但中年女人的美，不需雕琢，无需刻意打造，只需把那份经过岁月的历练所沉淀下来的气质风韵自然流露，就让人为之赞叹！如一杯诱人的红酒，少了几分甘冽，多了几分绵软润滑，让人赏心悦目的同时，留下几分遐想与回味。

　　生活在一个瞬间万变、规则不明的较大的时代反差里。正处于一个前不着村、后不着店的年龄中。中年人承担着心理和生理的双重尴尬，因此要注重内心修炼，要辨明是非取舍。我们应该去读一些佛经、哲学之类的书籍。要看破这浩荡人世之外的玄妙，为自己的精神找到一种信仰来支撑。我们可以不成功，但不能没有爱好。有能力的人指点江山，没出息的也有自己的活法。抽两口小烟，喝两口小酒，打两圈小麻将，钓两条小鱼。放低目标、摆平心态，日子也照样能过的舒服。人生，要成就一两件事情很不容易，但是什么事情都没做成过更不容易。对于那些一事无成者虽然为时已晚，但大器晚成的例子从古至今、跨越东西也比比皆是。只要还相信自己，就值得再去放手一搏。到了中年，活得是一种心情，活的是一个过程。走过、路过即可，不必耿耿于怀，更不必郁郁终生。

　　人生，原本就是风尘中的沧海桑田。只是回眸处世间百态演绎成了苦辣酸甜。人生如梦，任你百般留恋，也留不住匆匆的过往；时光如梭，任你多么不情愿，都必须跟着时代的旋律一步步前行。人到中年，我们不去为一去不复返的青春叹息，我们应该考虑将来，不再为没有珍惜壮年而悔恨。人生若是四季，中年便是秋，走过了春的懵懂，夏的激扬。秋内敛而成熟，时光荏苒，岁月流逝，虽然我们留恋夏的绚烂，却不能让时间永驻。既然留不住夏的绚烂，就细品秋的精美吧。一路走来有岁月沉淀的内涵，有坎坷历练的沉稳，笑而不语，痛而不言。等到冬的来临，也许最美的会是金色的秋。

中年是人生的一幅画，无论黑白还是彩色，都需要自己亲手绘制；中年是一朵盛开鲜艳的花朵，把美丽尽情彰显毫不遮掩；中年是一首悠扬的歌，激昂与平缓交织缠绵，无论欢乐还是忧伤，都静静地去聆听；中年是一本书，厚重而朴实，记录的是文字，倾诉的是心声；中年是一首跳动的诗行，温婉含蓄，诉说着人生喜怒哀乐的精彩片段，结局还未写好，需要我们继续努力；中年是人生中最美最辉煌的时刻，内容丰富意味悠远。置身中年行列，鄙人深知中年人的累，更懂得中年人的美！也体会到那酸甜苦辣、沁人心脾的滋味。

难忘敦煌

上世纪七十年代，鄙人在上中学时，地理老师跟我们讲述了我国三大石窟，敦煌的莫高窟、大同的云冈石窟、洛阳的龙门石窟，地理老师花了很多时间，重点讲述了敦煌的莫高窟，在讲到莫高窟被中外不法分子偷盗破坏，损失惨重时，他流下了深情的泪水。从此，我特别关注敦煌，关注莫高窟。在我的梦里，常常出现敦煌，出现莫高窟，而且莫高窟的表情是含泪的微笑。这种微笑似乎缘于她孤绝的美丽和自信，泪水则浸透着百年来她所承受的无尽的磨难。因了莫高窟数不胜数的劫掠和苦痛，风沙围绕中的敦煌在我眼里好像是一座悲伤之城。

二十一世纪初期的一个秋天，我带着少年时代的梦想，坐飞机从广州到西安，再从西安乘火车去敦煌。至今，一晃十多年过去了，没有留下去敦煌的"墨迹"，某日，一群文友相聚聊及了敦煌，我说十多年之前曾经去过，朋友说敦煌是历史文化名城，你去过不写一点东西，是不是有点遗憾。我想写敦煌的人太多，也曾经想写，却久久不敢落笔，从敦煌回来已有十多年了，可是那里弥漫着的苦楚却一直噎在喉头，总有一种牵挂让人挥之不去。我知道我曾经去过的那个地方是忧伤和悲情的地方，也是让我魂牵梦绕的地方。

记得那次我们乘坐的列车行驶在广袤的大西北，当时，我耳边似乎响起了诗人贺敬之的"在九曲黄河的上游，在西去列车的窗口，大西北一个平静的夏夜……"诵读声。列车一路西行，越往西进，越寂寂静静的，几乎见不到人家，袭入眼帘的似乎只有荒芜！露水微微打湿的盐碱地，绽开出条条比姆指还粗的裂缝，蔓延着伸向天际之间。盐碱地之间，砾石丛生，虽泛生些叫不出名的野草，却枯萎得只剩下枝干。满目萧索，却不时见有野蒺藜、骆驼刺蓬勃的生长，一株株，枝繁叶茂，吐青抽绿。它们用旺盛的生机，藐视着周遭恶劣的生存条件，对身边的危机四伏，险象环生，置若罔闻，熟视无睹。生命越在艰困之中，越显出它的伟大。行驶到河西走廊时已经是深夜里。只听见铿铿作响的辗压铁轨的声音，周围的山峦，象一道黑魆魆的的魅影，在黑夜的衬托下，显得阴森恐怖。

　　清晨，列车到了柳园，我们便下了车，来接我们的是敦煌当地的一位文友，朋友为接我们一行人，在柳园车站等了一个多小时。朋友热情好客，怕我们坐了一夜的火车，肚子闹饥荒，便带来了一些食物给我们吃，他说先吃点东西打底，到敦煌再用早餐。朋友知道我们是第一次来敦煌，于是，在车上主动地帮我们当起了"导游"，他说："敦煌"一词，最早见于《史记·大宛列传》中张骞给汉武帝的报告，说"始月氏居敦煌、祁连间"，公元前111年，汉朝正式设敦煌郡。古代人一般用汉语字面意义来解释"敦煌"地名，如东汉应邵注《汉书》中说"敦，大也。煌，盛也。"唐朝李吉甫编的《元和郡县图志》进一步发挥道："敦，大也。以其广开西域，故以盛名。"来敦煌有三个地方一定要去看的，一是莫高窟，二是鸣沙山，三是月牙泉……听他说着说着，大伙儿一点也不觉得长途跋涉的疲劳，不知不觉地到达了目的地。

　　"敦者，大也；煌者，盛也。"说实在的，初见敦煌，我根本没有体味到，这句关于敦煌其名经典注解，那种盛大辉煌的磅礴气势。敦煌，在某种程度上来说，它是那么的名不副实。敦煌，绝对象上帝随意吐在沙堆中的一口唾液。四周都是莽莽苍苍的沙漠、戈壁、盐碱地，只有中间这一小团，因为有水，才有了生命的迹象。可能，只有它东面的三危山，才能真正诠释和切意它的处境，三面岌岌可危，只能从沙堆中冲出一条退路。城市，是人类在沙海荒漠中累起的危卵，如果稍微不加小心，它便会被漫漫的黄沙砾石吞噬和颠覆。初识敦煌，我倒觉得，它的另个名号，沙洲，才真正恰如其分。敦煌，不过就是沙漠中的一片绿洲。沙洲中有绿，便有了一切生机与希望，包括有瓜果飘香。也就是在那时，我才知道，什么叫做绿洲，为什么绿洲会是西北人眼中的天堂。绿，在西北，代表着一种生机，一种希望。茫茫无际的沙海中，有片绿洲，存活，才不至渺茫，富腴，才能够企盼。敦煌，仿佛是一座人沙大战的前沿兵营。人类，被风沙逼得退守到这里，负隅顽抗着，或者说是，英勇抵御着。说负隅顽抗，是因为，人类是环境恶劣的始作俑者，正在自食恶果；说英勇抵御，是因为，人类在遭到大自然的报应之后，真正唤醒环保意识，依靠唯一最为有效的武器——绿化，才能够抵挡住沙漠化。

敦煌，又是一方神秘的圣土。在这里，一览"一轮圆日半边天"的静谧，"大漠孤烟直"的空濛。风撩起层层沙，如雾如烟。那一层层沙好像一张张重叠的纸，记载着历史的厚重。又好像一排排波浪，阳光给他镀上一片金黄，闪闪发光，像鱼鳞，又像满天眨着眼睛的星星。风停沙静时，也会发出丝竹管弦之音，又如奏乐，整个山体发出雷鸣般的轰鸣声，成就了"沙岭青岭"之景。一弯清泉，涟漪萦回，碧如翡翠，泉在流沙中，干旱不干枯，风吹沙不落，泉水弯曲如新，月牙泉水清澈的如女人的眼眸，流淌得那么安静，好像淡忘了时间，淡忘了尘世。扇子般的绿洲，战士般的白杨树，这一切又让我魂牵梦绕。

敦煌之行，首站自然是莫高窟，秋日的敦煌莫高窟在西部微凉的阳光下显得沉静而从容。漫长时光的流逝仿佛也无法抚慰她备受摧残依旧卓然而立的灵魂。走入莫高窟，我便觉得，这就是一个佛的世界，神的净土。

莫高窟，俗称千佛洞，建在断崖峭壁上，顺依山势，开山凿石，建成大大小小、疏密适中的长长一排洞窟，形如蜂房鸽舍，层次井然鲜明、高低错落有致、鳞次栉比。岩壁正中，一座贴倚山体而建的檐角飞翘七层阁楼，成为最为显眼的标志性建筑，将岩壁一分为二，远远看去，气度非凡，蔚为壮观。可它能如此屹立千年，本身就是一个奇迹。莫高窟，始建于十六国时期，据唐《李克让重修莫高窟佛龛碑》一书的记载，前秦建元二年（366年），僧人乐尊路经此山，忽见金光闪耀，如现万佛，于是便在岩壁上开凿了第一个洞窟。此后法良禅师等又继续在此建洞修禅，称为"漠高窟"，意为"沙漠的高处"。后世因"漠"与"莫"通用，便改称为"莫高窟"。另有一说为：佛家有言，修建佛洞功德无量，莫者，不可能、没有也，莫高窟的意思，就是说没有比修建佛窟更高的修为了。自此后，历经此地的商贾旅人，为祈愿顺达，纷纷在此开凿洞窟，并请民间艺人塑像彩绘，一直延续到元朝，历经十六国、北朝、隋、唐、五代、西夏、元等历代的兴建，形成巨大的规模，有洞窟735个，壁画4.5万平方米、泥质彩塑2415尊，是世界上现存规模最大、内容最丰富的佛教艺术地。清光绪二十六年（1900）发现了震惊世界的藏经洞。不幸的是，在晚清政府腐败无能、西方列强侵略中国的特定历史背景下，藏经洞文物发现后不久，英人斯坦因、法人伯希和、日人橘瑞超、俄人鄂登堡等西方探险家接踵而至敦煌，以不公正的手段，从王道士手中骗取大量藏经洞文物，致使藏经洞文物惨遭劫掠，绝大部分不幸流散，分藏于英、法、俄、日等国的众多公私收藏机构，仅有少部分保存于国内，造成中国文化史上的空前浩劫。

鸣沙山的沙漠，却给我另一种景致。鸣沙山，位于敦煌市南郊七公里处。古代称神沙山、沙角山。鸣沙山，因沙动有声而得名。古称"沙角山"、"神沙山"。山有流沙积聚而成，东西长约40公里，南北宽约20公里，最高海拔1715米。"沙岭晴鸣"为敦煌"八景"之一。踏沙无痕，这也算鸣沙山的一奇了。在鸣沙山的沙漠里踏沙，无论你如何留下多深的足印，总会在次日清晨填抹得干干净净，无影无踪。没到鸣沙山见过沙漠之前，我有关沙漠的印象与梦，都是惨淡、残酷而暴虐的。一眼望不到边的苍茫，渺无生命的迹象，干旱，饥渴，被毒辣的日头烤得发干的肌肤，裂得起皮的唇，被无望和无助折磨得呆滞的目光，迟缓难迈的脚步，被风沙卷起的嚎叫与哭喊，被沙丘掩埋的亲情与友情……沙漠，是生命的禁地，它见证死亡，如同沙粒般的寻常和难以计数。

踏沙，对我来说，有种柔柔的美感，可在河边海滩踏沙，却缺一份奔放。踏沙，要想痛快，就得去沙漠。我明白了，经常以海来称喻沙漠，不仅仅是因为，它如大海般广袤无限，更因为，山峦起伏、沙丘累累，宛如波浪荡漾、潮涨潮落的大海，风起处，水涌珠溅，沙飞尘扬，二者是何等的形似神同。只不过，海以动为常态，沙漠以静为常态，大海是翻腾着的沙漠，沙漠是定格了的大海。沙脊如削。山丘的脊梁，如一道道近乎完美的线条，勾勒着沙漠棱角分明的轮廓，撑起绝伦无比的美丽。这哪是沙漠！分明是风神用斧钺刨削出来的人间胜景。沙漠，触手可及，可我还没走进它的包裹之中，就被它的美，它的气度，它的凛然，它的神秘，所惊叹，所折服。

骆驼，是沙漠的灵气。有了它的存在，沙漠才变得鲜活动人。好比，有了舟船，大海才显得那么亲善，岸与岸之间，才不遥远。朋友租了几匹骆驼给我们骑，几个人骑着带驼铃的骆驼，行驶在鸣沙山上，恰似一个驼队。我抬眼望去，天际尽头，残阳如血，透明的空气将缕缕阳光折射得五彩斑斓，漫天的沙粒在阳光下泛闪着金光。蓝天，白云，黄沙，对比强烈的颜色，倘伴在光影世界里，交相辉映；夕阳，沙漠，山丘，恰到好处的点缀，静寂在和谐自然中，相映成趣。站在沙漠的边缘，那种绵延远去的深邃，使你不禁想象，沙漠的深处，一定会有意想不到的收获，等待着你的涉足，可你却又因为，那些谈及色变的凶险，不得不止住脚步。难以穿越的望漠兴叹，让你除了敬畏之外，不敢再奢望。

鸣沙山的温情很特别，很直白。天下也许再不会有比鸣沙山更坦率的山了——它从来没有外衣也没有包装，没有树林，没有青苔，只有金沙连着银沙，一无遮拦地铺陈开去，裸露的身体无需任何一点覆盖，从从容容地展示着它优美的体态和曲线。鸣沙山的沙漠，很细腻，很柔和，细腻和柔和得让你忘乎所以，你只想为之陶醉，与之融合。鸣沙山坦坦荡荡，清清白白，冷峻中含有几分柔韧，野性中有几分羞涩，从春到冬，永远敞开胸怀，呵护着来往西域的路人。

鸣沙山，月牙泉，活生生的就是一个沙海敦煌的微缩版，那泡吐在沙中的唾沫，溅出的星子。月牙泉，被鸣沙山环抱，长约150米，宽约50米，因水面酷似一弯新月而得名。在鸣沙山下，景区内的罗布麻、枸杞等药材很多，自汉朝起即为"敦煌八景"之一，得名"月泉晓彻"。月牙泉南北长近100米，东西宽约25米，泉水东深西浅，最深处约5米，弯曲如新月，因而得名，有"沙漠第一泉"之称。月牙泉有四奇：月牙之形千古如旧、恶境之地清流成泉、沙山之中不淹于沙、古潭老鱼食之不老。人说在清朗干爽的风天，傍晚时分，在山脚下能听见沙子鸣鸣的鸣响。伴着月牙泉汩汩的水声，这鸣沙山就是沙漠中的音乐之城。

来到月牙泉，我才始弄明白，原来，水来土掩，这个古理，居然仍有例外。被茫茫黄沙包围得透不过气来的一湾清泉，居然可以在这里，相生相伴、互为映衬了一千多年。在这里，你根本不用怀疑，沙，是浩大的，那放眼望去绵延天际的黄尘，只差一阵风，就可将整座敦煌城——更别说一湾泉，湮没埋葬；水，却是渺小的，不足四亩的水域，别说是堆在四周浩大的沙，就是每天东升西落的日头，加上，干旱带来的几无降雨补充，足可以在数日内让它干涸。风，其实时时在起，日，天天暴晒，可就是，历经千古,却无法抹去,那微不足道的一点绿。行走在月牙泉边,还有一种胆战心惊的感觉,身在其中,不敢高声语,走得蹑手蹑脚,玩得小心谨慎,生怕太过放肆,将月牙泉上的鸣沙山,惊得崩溃,滚滚而下的黄沙,顷刻之间,便将那宛如明珠——哦,不是明珠,是月牙的泉,吞没与颠覆。

敦煌之行,已经过去了十多年,我似乎有一种难以忘怀的情感,虽然在敦煌的时间很短,仅仅几天时间。可我似乎也读懂了敦煌,她有一种残缺美,陷在沙漠戈壁之中的历史文化名城,覆压在黄沙堆下的艺术宝库,被沙海重重包围的月牙泉,无不让你惊叹其美中不足,忧患意识和历史责任感,油然而生。它展示给我们的,是一种岁月的沧桑,这是一种黄沙压顶,而不能屈服的坚韧。在与无情的历史和残酷的自然多次较量中,难以被掩没和沉沦的璀璨的中华民族文化,尽管危象重重,却依然坚挺不拔。

敦煌,一个醉人情思的地方。敦煌,犹如一叶绿色的轻舟,在一望无际的大漠中轻轻漾着。这颗丝绸之路上最璀璨的明珠,正在以崭新的风采,迎接前来观赏、感受她美丽的人们。敦煌,敦者,仍大,煌者,仍盛,那是历尽浩劫,却坚不可摧的民族意志,让敦煌发扬光大,繁荣昌盛。

五月的鲜花

"五一"小长假，去了一趟海南岛，沿途除了领略到热带海岛风光之外，还欣赏到了一些知名的和不知名的鲜花，从与当地朋友的交谈中，还知道三角梅是海南省的"省花"。海南之行结束之后，回到家中，一朋友送给我两盆艳丽的鲜花，一盆山杜鹃，一盆勒杜鹃，这似乎提醒我，五月是一个鲜花盛开的时节。环顾我们居住的四周，真的有许多盛开的鲜花，各种鲜花让人看得眼花缭乱，目不暇接。

走过四月的春暖，五月那繁花似锦的鲜花，给大地带来了一片生机。五月的春阳，点燃了青春的烈火，浓缩了缠绵幽怨的糜夜。迷茫的春雾，飘散在昨日稚嫩的记忆里，前方的路，变得清晰可辨。花花草草们，喜极了热情奔放的阳光，疯长的心绪在金色的光芒里熠熠闪亮，一任五月风，褪去眼花缭乱，七彩纷呈的裙装，让青春的绿意随意张扬，将童年的懵懂随落英一起埋葬。五月的鲜花，美了眼目，醉了心扉；娇阳如和煦的艳，跳着春的舞蹈，唱着春的歌儿，伴着生命的脚步，奏响着希望的乐章。一树树的花开，把那无尽的春绿洒满人间；一片片的春情，让那百媚的柔情播下美丽的希望。

五月是一个不寻常的月份，"五一"是天下劳动者的节日，"五四"是中国青年的节日，五月的第二个星期二是母亲的节日，"五一二"是白衣战士的节日，五月，是我们生活的大海，是我们的天空和胸怀。五月是鲜红的，鲜红的劳动照耀大地，照耀我们的心灵。我们拥有耕耘，我们书写创新，闪耀着智慧和花样的年华。

五月一日是"国际劳动节",给劳动人民送来了喜庆和欢乐。想起那面朝黄土背朝天的父老乡亲,就会吟诵起李森那首著名的诗《悯农》"锄禾日当午,汗滴禾下土,谁知盘中餐,粒粒皆辛苦。"工人师傅战斗在各行各业,为社会生产出琳琅满目的商品。谁能忘记老师们,在教育这个大花园里,辛勤地耕耘着,向学生们传授各种知识和技能。科学家工程师引领技术革命,一项又一项的各种发明创新成果展现在世人的眼前。社会各行各业,无论是在政治经济,还是文化体育等领域,一切有形无形的东西,都离不开体力劳动或者脑力劳动。火红的五月,第一天给劳动者戴上了鲜花,迎来了喜悦。不管年龄性别,不管民族地域,喜欢劳动的人,就会享受劳动的光荣。

　　"五四运动"过去了九十多年,红色的篝火永远在传承。知识分子活跃在各条战线,思想和行为始终冲锋在前。哪里有压迫哪里就有反抗精神,弘扬正义争取公平。各种知识不断更新,勇敢实践才是真知的根源。没电的时代向往光明,有电的世界不能黑暗一片。社会主义核心价值观、先进的思想文化统领时代前进,改革开放和平发展,以经济建设为中心,和平崛起,团结一切可以团结的力量,努力实现"中国梦",奋发图强,继往开来。

　　"5·12",国际护士节,我们不能忘记南丁格尔的名字,是她创造了现代护理,在克里米亚战争中,她创造了神奇,伤员的死亡率降低到了最低。白衣天使的形象代代相传,全世界护士共同庆贺节日。

　　记得我上中学时,有一位音乐老师曾教我们学唱一首歌《五月的鲜花》,他教唱时,表情严肃,高昂激情。这首歌的歌词,是诗人光未然在上世纪三十年代为独幕剧《阿银姑娘》写的一首小诗。随着"一二·九"运动爆发,全国许多学生走上街头游行,反动军警和宪兵用皮鞭、棍棒、水龙、马刀残酷镇压学生爱国运动,许多学生流着鲜血,其中一位拿出诗人光未然《五月的鲜花》

这首小诗,"五月的鲜花开遍的原野,鲜花掩盖了志士的鲜血,为了挽救这衰亡的民族,他们曾顽强地抗战不歇。"请正在给学生包扎伤口的一名爱国的数学教师阎述诗谱曲。当阎述诗读到"志士的鲜血"时,瞬间心潮澎湃,立即坐到钢琴前很快写出了曲子,这首歌没有华丽、夸张的主题,动机、乐句、旋律简洁得就像自然音阶的简单排列,但这首歌却成了上世纪三十年代,鼓舞全国军民英勇杀敌的一首"奋进曲"。

《五月的鲜花》成为上个世纪三十年代中期后青年男女们最爱唱的歌曲,这首歌颂抗日志士反对卖国投降的爱国歌曲飞遍了全国,飞到了千千万万的爱国青年男女心中。红色的五月来到了,中国依然开满了绚丽的鲜花。如今的中国,在和平中稳步发展经济,再没有被鲜血泅红的江水,再没有忍不住悲愤的泪水。我们还将迎来一个又一个鲜花开遍漫山遍野的五月,那鲜花就像是志士们的眼睛,他们微笑着深情地看着我们。

学唱这首歌已经过去了三十多年,每当我观看有关抗日战争的电视剧或者电影时,就会想起《五月的鲜花》这首歌。"五月的鲜花开遍了原野……",就会感觉到生命的活力。所以尽管时至今日,我唱这首歌常常走调,但能背诵出这首歌的歌词,虽然年代已久,但我还是一如既往地喜爱它,每每在心底默诵,仍能体味到读它时那种被融化的感觉,鲜花与歌声飞扬,鲜花与鲜血并舞,鲜花与记忆长存,鲜花与历史永恒……五月的鲜花,从此又多了一层含义,成了惨烈悲壮的代名词,成了忧愤激昂的英雄画,成了儿女无悔的爱情诗篇。

上世纪三十年代,正是我国抗击日本侵略者的时期,五月的鲜花,理应献给所有的抗战人士,他们为民族的解放和国家的独立,付出了巨大的代价,甚至不惜牺牲自己的生命。时至今日,和平年代,五月的鲜花,理应献给千千万万工作在不同岗位上的劳动者;献给朝气蓬勃,充满青春活力的青年朋友;献给救死扶伤，心灵手巧的白衣天使；献给普天下所有的生我养我的母亲们。

五月，农庄的藩篱架上，扯满了碧绿的藤蔓，紫红色的藤花，一簇接一簇地随风摇曳，宛如娉婷舞动着的少女，芬芳着火红的月度。如绵似针的细雨润泽后，池塘里那几片榆钱似的清莲已出落成水灵灵的仙子，袅袅生香，清丽的容颜注解着五月青春特有的气质。田野里，麦浪滚滚，金光闪闪，恣意涌动着上一季播下的希望。工厂繁忙的机器运转与工人师傅们的劳动倩影交织在一起，构成一幅幅亮丽生动的油画。各行各业的青年，带着春天的气息，浑身充满朝气与活力，闪耀着智慧和花样的年华，为祖国的现代化建设添砖加瓦，为"中国梦"的早日实现，挥洒着青春的汗水。白衣天使继续履行救死扶伤的人道主义精神，来回穿梭于病房间，用她们纤细的双手，抚去病人的痛苦，给患者带来心灵上的安慰。

五月，有暖风拂过，像是母亲们温情的手，穿过万水千山，为游子梳理凌乱的发梢。为了梦想，一颗颗蒲公英，伸展着翅膀，四处找寻成功的希望。眷恋，暂时锁进空空的行囊；思念，托付日渐丰盈的河床，只愿感恩之舟能满载对母亲的祝福，含辛茹苦的萱草呵，永远幸福安康。

五月，有汗珠自疲惫的脸颊滑落。布谷声声，千年不变的音调，回旋在无垠的田野上空，催促着镰刀飞舞，麦粒归仓。纵横交错的阡陌，留下多少辛劳的足迹，养育一方的土地，吞没多少青春的韶华。把青春的汗水，撒向五月的土壤，留住一块人生的梦想。毕竟，五月是短暂的，正如稍纵即逝的青春年华，没有多少资本可以挥霍，错过了耕耘，就错过了一生的收获。五月的鲜花—杜鹃，是母爱的象征，是母亲精神、品质的礼赞。芳菲的五月，倾听花开，倾听心语。

我爱五月的鲜花，五月的美，盈满心扉，盈满心灵。啊！五月的鲜花，五月的美！五月的激情在燃烧！我多想躺在五月的情怀里，于这样的静然，于这样的安美，于这样的浪漫，构筑成一幅和谐安宁的精美画卷。五月的鲜花啊，为了让人们生活更幸福、更安宁，请继续盛开吧！

布 谷 声 声

　　日前返乡，正值暮春时分，在老家小住几天，竟然闻到了布谷鸟"布谷布谷"的鸣叫声，这叫声实在是久违了。这季节精灵，我大概早已忘掉了他的存在，他却执着的唤醒我心底那一缕记忆。再熟悉不过的叫声，将我带进了童年的岁月。

　　每年农历的三四月，也即谷雨与芒种节气之间，布谷鸟就陆续地开始登场。乡村的房前屋后，山林田野，到处都可以听到"布谷，布谷"的阵阵布谷鸟鸣声，像是在催人不误农时，及早春播，就在这样时节，布谷鸟来了。"布谷—布谷——布谷"那一串串抑扬顿挫的叫声，给农人们下了适时播种的口头通知。于是家家户户都忙火起来，种水稻的种水稻，种豆子的种豆子，种高粱的种高粱，日子就在人们的手指头里计数，一天天的飞过。布谷鸟叫时很专注。总是忘不了绕着村子和农家的房前屋后，连续数天鸣叫，声音宏亮，了无半点拖沓！这时即使再懒惰的人，也不好意思在家静坐了。精神为之一振，是应该下地劳动了，是播种的时候了。就是这神秘的布谷鸟鸣声，在薄雾笼罩的清晨、在旭日当空的正午、在晚霞如织的黄昏，那样清脆、悦耳、昂扬、激劲的鸣叫就适时地扑面而来，给人清新、催人奋进。这样的吟唱，是如此恰如其分地贴合时宜，画龙点睛、适可而止，不似蝉虫的铺天盖地、没完没了；这样的高歌，是如此韵律清晰、节奏明快、朗朗上口，并非麻雀的叽叽喳喳、聒噪刺耳。于是，不论是在青草绽绿的田间山坡，还是在忙里偷闲的房前屋外，不经意的、不付费的就如沐天籁、如聆梵音，那种酣畅淋漓的舒爽，是自不待言的。

布谷鸟，又名"大杜鹃"。布谷鸟虽然叫声也很宏亮，但它胆很小，从来不敢接近人类和村庄。其它的中杜鹃、小杜鹃、八声杜鹃等叫声小也都不动听，它们也从来不敢接近人类。飞行急速无声。芒种前后，几乎昼夜都能听到它，那宏亮而多少有点凄凉的叫声，叫声特点是四声一度——"布谷布谷，布谷布谷"。杜鹃是典型的巢寄生鸟类，它不筑巢、不孵卵、不哺育雏鸟，这些工作全由小杜鹃的义父母代劳。在乡村，布谷鸟是绝对受到优待、惹人怜爱的鸟类。这种拥有完美的线型、质朴的颜色、尖利的嘴喙、修长的尾巴加之匀称的身段的精灵，一则是其身上浓郁的故事色彩和深刻的教育意义令人神往、发人沉思；二则是它"布谷、布谷"和善吉祥的叫声，催人抓紧农时、不误农事的勤勉与执着让人感动和感激。

　　那年月，大多数乡村人日子虽然都过得紧巴，但心态都比较平和，乡村的生态环境也十分美好，整日眼前飞来飞去的鸟儿种类难以计数。最常见的是麻雀、喜鹊、啄木鸟、老鹰、鹞子、乌鸦等等，还有一种红嘴灰羽毛、下着绿皮蛋，和啄木鸟形体差不多一样大小、叫做"念爪拉子"的鸟儿。老鹰最不甘寂寞，不时偷偷俯冲下来，对准树上鸟儿或者正在地上转悠的小鸡，看似很温柔的轻轻动作，顷刻间，小鸡就和老鹰一块儿消失在苍茫的天际间。我们几个小伙伴们，曾尝试过爬到一棵大树顶上去掏鸟蛋，这件事不知道是谁告诉了我们的班主任，结果，是班主任给我们上了一堂启发式的批评教育课。之后，就再也没有爬到树上去掏鸟蛋、抓小鸟的事情发生了。

　　有一次，我跟着村子里的几个大人，去猴古坳采摘"杨米饭"，即一种野生水果，途经一条深深的幽谷，由于路途较远，我们走了一个多小时后，感觉到比较累，于是在一片沧绿而茂密的丛林边坐下来休息片刻。此时，从不远处的一棵大槐树上传来布谷鸟"布谷布谷，布谷布谷"的叫声。这声音似乎在整个山谷里回响，听起来像在啼鸣,那凄凉哀怨的呼唤,常激起人们的多种情思,在寂静的丛林深处,浓密的雾气尽头——布谷布谷的啼鸣就像悠扬的挽歌,一声一声地穿透了整个森林,并穿透了你的身体,久久地在你的心头回想!我问随行的一个年纪较大的长辈麦叔,说"为什么布谷鸟的叫声带有哀伤感?"麦叔告诉我,"因为它啼过不停,啼得满嘴流血,很伤痛,所以啼叫声便有哀伤感。"麦叔的回答是否正确,由于年幼无法考证,只能是似是而非地点了点头,至直长大成人之后,才认证麦叔的回答有一定的道理。

关于布谷鸟,关于杜鹃,有许多神奇的传说和悲情的诗篇,古往今来,有许多文人墨客为其赋诗作文。在春夏之际,四声杜鹃会彻夜不停地啼鸣,它那凄凉哀怨的悲啼,常激起人们的多种情思,加上杜鹃的口腔上皮和舌头都是红色的,古人误以为它"啼"得满嘴流血,因而引出许多关于"杜鹃啼血"、"啼血深怨"的传说和诗篇。民间广泛流传着"望帝春心托杜鹃"的故事,说的是在古代蜀国有个名叫杜宇的人,作了皇帝以后称为"望帝",死后化为杜鹃。杜鹃鸟之名,大概来源于此。

"口唱山歌进松林,斑鸠问我是何人?我是春天布谷鸟,凤凰差我来叫春。…布谷告诉斑鸠:"凤凰差我来叫春。"凤凰,古代传说为百鸟之王,常用来象征祥瑞,布谷鸟受凤凰派遣来叫春,意味着春天将带给农民以吉祥喜庆。这是诗人以鸟拟人,移情于景的艺术手法。宋代的蔡襄诗云:"布谷声中雨满犁,催耕不独野人知。荷锄莫道春耘早,正是披蓑化犊时。"陆游也有诗曰:"时令过清明,朝朝布谷鸣,但令春促驾,那为国催耕,红紫花枝尽,青黄麦穗成。从今可无谓,倾耳舜弦声。"诗中催耕的布谷鸟。即杜鹃鸟。南宋词人朱希真的"杜鹃叫得春归去,吻边啼血苟犹存。"更是充分地反映杜鹃为催人"布谷"而啼得口干舌苦,唇裂血出,认真负责的精神。清代泉币学家刘师陆将北周"五行大布"拟为"布谷鸟"。

久居城市,远离家乡,很多鸟类,如布谷鸟、老鹰、斑鸠甚至燕子也很少看见,回乡小居几天,居然闻到了布谷鸟的鸣叫声,也看到了布谷鸟驰骋蓝天的矫健身影,心情似乎有点激动。看到了布谷鸟,就会想起劳作耕耘的美德,就会想起如何才能保住仅有的脚下土地,让里面永远长出粗壮的谷穗,压弯了枝头。布谷鸟,它那传唱不衰的勤奋、执着、坚韧与勃发,仿佛时刻在提醒我,遇事要执着、坚强。我期望,在蔚蓝色的天空上,在寂静的山林,空旷的乡间田野里,留下的是大自然尽责尽职公民的声音;忠于职守,不忘使命的声音。布谷声声,催人奋进。

春雨知时节

春天是个绚丽多彩的季节，春光明媚，春风拂面，春色撩人，桃红柳绿，百花争艳，香满人间，乱花渐欲迷人眼。它是诗人和画家笔下的宠儿。和蔼可亲的春，用柔嫩光滑的手掌轻轻抚摸草儿、花儿、苗儿，无声无息滋润万物，莞尔轻盈地迈动了脚步，挥一挥手，不带走一片云彩；"草色青青柳色黄，桃花历乱李花香。"神采飞扬的春，用和煦温暖的春风唤醒了大地，绿草如茵，柳树刚刚长出嫩黄的细叶。春意盎然，大地呈现出一派勃勃生机。

春天是万物生长的季节，也是农人们春耕和播种的季节。俗话说"春雨贵如油。"及时的春雨无异于人们的生命之水，一年二十四个节气，立春过后，农人们便开始忙碌着选种、耕地、播种等农活，这些农活都与春雨下得早晚，春雨的降水量密切相关，从雨水，到春分，再到清明、谷雨，都是春雨光临的节气。春天的风调雨顺关系到农人们的全年的收成，"一年之计在于春。"我国是农耕文化的文明古国，在我国漫长的农耕历史上，一遇春旱，农人们便对天祈祷，祈求苍天发慈悲，降甘露，每当祈祷成功时，农人们会欢呼雀跃，奔走相告。不成功时，便哀声叹息。祈祷春雨成为我国农耕文化的一个重要内容之一，春雨似乎成为农人们解决温饱之源泉。

"小孩盼过年，大人盼插田。"休闲了一冬的农民，早已迫不及待的盼着春耕生产需要的雨水。干涸冻裂的田土，如饮甘泉，贪婪的吸吮。瘦了的水库大肆填充身躯。闷闷不乐的河流渐渐的有了奔腾的欢快笑声。花花草草，枝枝叶叶，舒舒服服的润泽着肌肤。森林沐浴后，描上青翠欲滴的浓妆，口吐云烟，将天地连接起来，蔚为壮观的云梯，袅袅娜娜，美轮美奂。冯连忠是珠三角少有的一个水稻种植大户，近几年来，各级政府鼓励农民种植粮食，出台了一些奖励政策，如能够种双季稻，政府每亩奖励一千元；农业部门免费提供技术服务等，充分调动了种粮大户的积极性。这些政策也让冯连忠受惠不少，立春刚过，他就盘算着，什么时候给下谷种。乙未羊年冬气候反常，丙申猴年的初春遇上了"倒春寒"，冯连忠十分担心，他今年种植的几百亩水稻会成问题。不过，老天爷还好，有眼，春分节前后连续几天的春雨，加上气温的回升，让冯连忠的担心显得多余了，前几天，他在农资市场遇见我，他告诉我，说他特别要感谢春分前后的几场春雨，使他的农田有充足的水源，他已经迅速组织人手播种，以便赶在五一前将早稻插下去，按计划完成一年的双季稻种植任务。我为冯连忠能够按计划完成全年的水稻种植任务而感到高兴。

哦！春雨，滴答，滴答，成珠，成线，成诗。淅淅沥沥，丝丝滑滑，飘飘洒洒，轻柔如烟，蒙蒙如雾。如牛毛，似花针，密密的斜织，房顶上，田野里全笼罩在如纱的薄雾中。雨点，轻轻灵灵，她在如痴如醉地弹奏着大自然美妙的乐曲，演绎着一个个生机勃勃跳动的音符。大地贪婪地吮吸着甘露，敞开宽广的怀抱，哺育着一个个生灵。草儿被滋润的新绿新绿，各种花儿，知名的，不知名的，赶趟儿涌来，红的、黄的、紫的等等。挨挨挤挤，在绿草间一眨一闪的，和雨点共鸣。那淅淅沥沥的春雨，带着她独有的清凉与明丽，从容、舒缓于无垠的天空，纷纷扬扬，飘飘洒洒。柔软的雨丝舞动着优美的风姿，在天与地之间划着道道美丽的弧线，撒下大地，留下如烟、如雾、如纱、如丝的倩影。像位清纯、含蓄待嫁的新娘，充满着对生命和世间万物的爱恋。她从不选择土地的肥沃或贫瘠，仿佛是为履行前世的约定，总是伴着春天而来，把睡梦中的山川大地轻抚一遍，拂过之处，顿现一片朦胧绿意，那天空更加明净，那山林更加翠绿，那河流更加壮阔。

哦！春雨，好雨知时节。春雨飘落到了田野里，干渴的土地大口大口地喝着雨水。农民望着春雨，脸上露出了微笑，"春雨贵如油"，他们盼望今年有个好收成。其实南方一到冬天就有细细地冬雨，酝酿春的气息，将泥土浸泡、松软，将池塘蓄满，为来年春天做准备。因此春天里是不能没有绵绵的细雨，氤氲在灰暗地天空下；有了细细地春雨，就有了春的气息，就有了生机。

哦！春雨，似无私的母亲，养育世间万物，用心呵护，滋润着根、叶。于是沉睡一冬的生命，如鱼得水，生机勃勃，在春雨润泽下欣欣向荣，绿意盎然。这春雨其实就是万物的命脉，如同人体的血液，有了血液的循环，才有生命的存活；有了春雨的润泽，才有世间万物生根、发芽。世间万物在春雨的滋润下，像分娩的婴儿，呱呱坠地，轻轻的，悄悄的，吮吸着春雨而来，张开惺忪的眼，舒展鹅黄慵懒地身姿，惊喜地从大地怀抱里探出尖尖的芽，沐浴缠绵悱恻地春雨……春雨无声润物，春风又绿神州，鸟语花香，桃红柳绿，万物竞自由，到处透着勃勃生机。

我曾经漫步在春雨中，不自觉地多了几份温柔与漫浪。微风掠过，那细雨从房屋、树林的间隙中直直地向我飘来。仰脸望天，忍不住与春雨来个亲密接触，享受春雨的抚慰。脸被濡湿了，雨丝从领口张开的地方直坠脖颈，凉丝丝、痒酥酥，在心中波荡着涟漪。这绵软的春雨，在天地间编织着对万物的爱、对人间的情。"春雨贵如油"，这句话不单是对农人，对所有人都会是这样的感觉。当飘飘洒洒的春雨降临到我的生活中时，我才真正地领悟了这句话的含义。雨打芭蕉，不知道惊艳了多少文人墨客的闲情逸致，挥毫提笔，文思泉涌，醉心其中，写下名传千古的佳句妙韵。眼前惟妙惟肖地雨雾，不知多少清词丽句隽咏：唐朝诗人王维的《送元二使安西》"渭城朝雨浥轻尘，客舍青青柳色新"；大诗人杜甫《春夜喜雨》"好雨知时节，当春乃发生。随风潜入夜，润物细无声"；孟浩然《春晓》"夜来风雨声，花落知多少。"

杜牧《清明》"清明时节雨纷纷，路上行人欲断魂。"志南《绝句》"沾衣欲湿杏花雨，吹面不寒杨柳风。"宋代文豪韩愈"天街小雨润如酥，草色遥看近却无。最是一年春好处，绝胜烟柳满皇都。"宋代赵师秀"黄梅时节家家雨，青草池塘处处蛙。有约不来过夜半，闲敲棋子落灯花。"等等。

我曾经用心倾听那最美妙的春天落雨声，飞溅的雨花仿佛是琴弦上跳动的音符，奏出优美的旋律。那一刻，我会感触到春雨的婉约含蓄，春雨的单纯温柔，春雨的深邃透彻，春雨的洒脱奔放。如今，虽然儿时的梦已远去了，当年的豪情也不再，但听雨的兴致愈来愈浓。任凭风吹雨打，听雨的情致不减。十分佩服雨水制造美妙音符的天赋，使我心灵在自然中得到升华。雨水洗涤了世间的灰尘，使一切突然焕发了崭新的风采，自己却幻化为一条溪流，经春雨洗礼之后，涨满直指苍穹的活力，任其平缓地流淌林间。

我喜欢春雨，喜欢春雨的轻爽，喜欢春雨的多情，喜欢春雨的洒脱，喜欢春雨的无私。春天里朦朦胧胧下着的春雨，如丝如缕将天地织在一起，牵动我的心弦，有一种冲动，似乎身心与雨交融，随雨一起舞动。就这样静静地，感悟着着洗尽人间铅华的雨，体验着雨丝绵绵凝织而成的万千相思线，是一种陶冶，一种享受。我赞美春雨，她有人间的大爱；我赞美春雨，她滋润着世间万物；我赞美春雨，她给了人们一个全新的春天。

春雨知时节。正是有了春雨，才有美丽的春天！正是有了春雨，才有秋天好的收成！

雾 里 看 花

　　珠三角丙申年的春天，有点反常，立春过后的几天里，一改寒冬的酷冷，气温高达二十多度，进入三月份，又来了一个"倒春寒"，天气又是阴沉沉的，时而下一场大雨，时而又细雨飘逸。春分节快要临近，近一个星期，大雾弥漫，讨厌的"回南天"光顾珠三角，人们都是在雾朦胧、鸟朦胧的日子中度过。

　　日前，有两位文友前来拜访，我们坐在院子里的鱼池边，喝茶、观鱼、赏花。大雾天气，本应坐在室内喝茶聊天，可两位文友说："还是坐在室外好，因为我家的院子里有他们喜欢的花卉树木、盆景鱼池等东西。"我说有雾怎么办？一位既是诗人又是画家的文友说"没关系，雾里看花，雾里赏鱼，也是人生一大乐趣！雾里看花花最美，这是一种想像美，人具备联想的能力，看到认为美的事物，大脑就会自动提取与之关联的一系列美，从而放大美感。"儿子在旁边听到了我与两位文友的对话，迅速地从杂屋里拿出一把活动的遮荫大伞，支撑在我们的茶桌旁，头顶上的雾水随之消失了。只不过看周边的花木、盆景似乎有点朦胧，但观鱼还是比较清楚，因为我们就在鱼池边。院子里现在已经开花的花木有，四季桂花、山茶花、火棘、山松、芒果花等等，我抱歉地对两位文友说"现在不是赏花的旺季，院子里可供观赏的花不多，还过一段时间，花就多起来了，如迎春花、龙眼花、山桔花、红果花等等。"一位擅长写散文和小说的文友笑着说，"到时候我们再来一次吧，这次虽然看不到很多花，但体验一下'雾里看花'，也让人回味无穷吧！"

　　我们几个坐在鱼池边，边品茶、吃点心、边讨论起"雾里看花"

这个话题来，仿佛就是凤凰卫视的"锵锵三人行"栏目的翻版。我是东道主，不便话语太多，多倾听朋友们的看法。那位画家诗人率先打开了话题，他说："我们看人生，不过是雾里看花，水中望月，痴人说梦。谁又能看个清楚，说个明白！因为我们就在其中，所谓当局者迷，旁观者清。谁是旁观者呢，也许就是佛吧。我们看月，月有阴晴圆缺。我们看太阳，太阳不过是个大圆盘。看星星，星星像眼睛。而真的月呢，只圆不缺。真的太阳呢，大得不敢想象。真的星星，更是神奇得不可思议。"作家朋友接着说："我们所见的万物无不如是。社会覆盖着层层的迷雾，人永远不能真正看到真实的画面，因为经过层层迷雾后的视线已经扭曲了事物原本的面貌。置身于迷雾中的你我能看到现实的本质吗？于是，我们人类发明了虚伪这个词……"听他们说到这里，便使我想到了"海市蜃楼"，海市蜃楼本来就是虚无缥缈的，然而千百年来人们一直对它趋之若鹜。其实这海市蜃楼本来就是因为光线的折射所致，是看得见摸不着的东西而已。又从雾里看花这句话来说，花的吸引人已经不在了它的本身，而是因为有雾的缘故，是这些灵动的雾让花朵们得到了升华。也许人们把喜欢海市蜃楼式的意识转嫁过来了，也或许只是一种没有什么联系却有相同结果的意识罢了。"爸爸，到吃午饭的时间了。"儿子从客厅里走出来，提醒我要招呼客人用午餐了，他的提醒打断了我的沉思。我看了看手表，哟！十二点半了，真的到了吃午饭的时间，于是，我们开车到附近的一家农家乐餐厅用餐。

雾里看花，水中望月，历来被人们所推崇，在三月阳春里各种花朵竞相开放，直叫观客看的眼忙脚乱，应接不暇。一些文人骚客还为此写出了不少的惊世之作，也让这个世界的人们有了对花更多更美好的希冀。唐代诗人杜甫《小寒食舟中作》诗："春水船如天上坐，老年花似雾中看。"曹雪芹的《红楼梦》"偷得梨蕊三分白，借得梅花一缕魂"，黛玉笔下的白海棠，清雅切纯洁,袅娜而哀愁。这正是她性格的化身,虽风流别致,清新脱俗,却因看得太透,而不融于那污浊的尘世。如果时间能倒流,只愿你能看淡这红尘中的林林总总,不要太在意世间的纷纷扰扰,拭去那多愁善感,替自己蒙上一层轻纱,如雾里看花般看人行事。现代作家席慕容的《雾里》:"在那些远远传来的声音里,总有些什么会触动了我们,使我们在一刹那里静止屏息,恍如遇到了千年中苦苦寻求的知已。在那如醉如痴的刹那,我们心中汹涌的浪涛也会不自觉地向四周扩散,在雾里,逐渐变成一片细碎的远远散去的波光。波光远远散去,千里之外,也总会被一两个人看见而因此发出一两声轻轻的叹息吧"等。朦朦胧胧,隐隐约约,依依稀稀,不让自己平添不必要的闲愁。静观日升日落,闲看花开花谢,留下该有的心境和空间去欣赏那美丽的风景。

雾里看花,模糊着世间的冷暖无常,给心灵留下翱翔的空间,笑看人生路!朦胧间,仿佛可以追忆曙光;朦胧中,仿佛可以找寻希望;朦胧中,仿佛可以拥抱美好。幻想也许可以成就你的一切美好,朦胧也许可以使美好的事物变得更加美丽。在日日崇尚理性,崇尚精确,崇尚数字化数据化的今天,一种朦胧美,一种由距离产生的只可远观不可近读的美,就一天天离我们远了。雾里看花,看那飘飞的红尘化为蝴蝶,留下一瞬间朦胧的身影……世俗污秽终将过去,唯留下阵阵淡淡余香,沁人心脾。很多人埋怨天地不仁,视万物为刍狗。只是他们不知,天地若不仁,又何来地上的芸芸众生,以及世间万物?只是或许有时候,上天亦自有失衡之处,但绝非永久不变。天地失衡,又自有其修补恢复的时候,我们,只能顺其自然。但若有困厄之处,亦自是一种磨砺。

大千世界,芸芸众生,我们只是沧海一粟;花花世界,五彩缤纷,有的只是过眼云烟。许多如烟似雾的东西,是可望而不可及的,人生是一次旅程,酒色财迷以及五彩缤纷只不过是沿途一些"景致"与"风景"。跨过这些"风景",人生便能驶向终点,轻松淡定。可是,如果只顾着贪图享受,中间止步,一旦天见责,那必是粉身碎骨,不得善终。这既是天道,也是天理运行的规律。也就是说,荣华富贵是上天给你的一种经历,而不能沉溺在其中。

现实生活告诉我们,雾里看花我们需要一双慧眼,人生苦短,我们更要谨慎、小心。当你真正拥有"慧眼"时,或许你就会后悔当初的选择。把一切看得太清楚,只会徒增伤感和悔恨。与其在泪水中追忆,不如模糊着快乐。虽然结果未必完美,至少它的过程是毫无痛苦的。人生只是浮云,过去,也只是云烟。

雾里看花,不要被雾所蒙住。观察事物,思考问题,我们需要冷静、理智。人生,我们更要谨慎,小心,稳重,只有这样,我们在人生的道路上走得更远。

又到山茶花开时

　　我家的院子里种有两棵山茶花，一株大红的，位于桂花树旁，一株淡粉的，位于鱼池边。在这个乍暖还寒的初春，年复一年开花了，开得十分娇艳动人。虽然没有牡丹富贵，也没有梅花冷傲，更没有荷花圣洁，可是她幽幽芬芳，沁人心脾，开在不起眼的地方，独自孤芳自赏。没人提起，却总是难以让人忘怀。几十片心形的花瓣叠叠层层，开得芬芳馥郁，开得欢快舒畅。她们有的缀在枝头，犹如一位正在表演精彩舞蹈的少女；有的挂在枝腰，张着大嘴，正用甜美的嗓音歌唱春天的到来；娇艳欲滴的她们有的三两朵挨在一起，看起来很亲密的样子，又好像几个红着脸的小姑娘凑在一起说悄悄话；有的高高地站在枝头上，迎着风儿欣然怒放，好像很神气地展示着她娇美的容颜；有的还是个小小的花骨朵儿，但是她们从绿叶中探着小脑袋可爱极了。远远看去，绿色的叶子配上红色的花朵，显得格外鲜艳，时时散发着淡淡的清香、沁人心脾。

　　山茶最宜庭园绿化，从文化内涵上它是一种传统的瑞花嘉木，一种吉祥的喜树。从形态来看，山茶四季常青，树形适中，地栽、盆栽、花坛种植均相宜。不管是种植在庭园中，还是养植在家里，都能让人欣赏到它那淡淡的花香。

　　山茶花，耐冬，古名海石榴。属常绿灌木或乔木。山茶花是中国传统名花，世界名花之一。因其植株形姿优美，叶浓绿而光泽，花形艳丽缤纷，而受到全世界园艺界的珍视。山茶花开花于冬春之际，花姿丰盈，端庄高雅，是中国传统十大名花之一，到了七世纪时，山茶首传日本，十七世纪引入欧洲后也造成轰动，十八世纪起,山茶多次传往美洲。为此也是世界名花之一。山茶的栽培早在隋唐时代就已进入宫廷和百姓亭院了。到了宋代,栽培山茶花之风日盛。南宋诗人范成大曾以"门巷欢呼十里寺,腊前风物已知春"的诗句,来描写当时成都海六寺山茶花的盛况。明朝李时珍的《本草纲目》,王象晋《群芳谱》,清代朴静子的《茶花谱》等都对山茶花有详细的记述。

历代文人墨客都喜欢山茶花,赋诗抒怀的比比皆是。宋代陆游的《山茶》诗云:"雪里开花到春晚,世间耐久孰如君?"称赞山茶开花能从冬到晚春,说世间能如此耐久的,有谁能比得上茶花呢?他还在《山茶一树自冬至清明著花不已》中写道:"东园三日雨兼风,桃李飘零扫地空。惟有山茶偏耐久,绿丛又放数枝红。"陆游的诗多处写茶花的"耐久",正是歌颂了茶花自冬及春虽经霜雪风雨,仍能顽强地著花不已的高贵品质。苏轼称茶花为"岁寒姿",并说茶花是花深少态,能长共松杉斗岁寒。杨万里颂茶花是"岁寒不受雪霜侵"。王十朋《山茶》"道人赠我岁寒种,不是寻常儿女花。"明代沈周《白山茶》"周犀甲凌寒碧叶重,玉杯擎处露华浓。何当借寿长春酒,只恐茶仙未肯容。"《红山茶》"老叶经寒壮岁华,猩红点点雪中葩。愿希葵藿倾忠胆,岂是争妍富贵家。""艳说茶花是省花,今来始见满城霞,人人都道牡丹好,我道牡丹不及茶"。这是当代文豪郭沫若先生饱览了昆明茶花后徒生感叹,好一个"霞"字,刻画了茶花光彩照人的景色。郭沫若盛赞曰:"茶花一树早桃红,百朵彤云啸傲中。"山茶花,既具有"唯有山茶殊耐久,独能深月占春风"的傲梅风骨,又有"花繁艳红,深夺晓霞"的凌牡丹之鲜艳,因此自古以来就是极富盛名的木本花卉,茶花的花期在冬春,霜雪中仍能花盛叶茂。山茶花总是在初冬天气稍凉时,静静地开在庭院之中。山茶花的花期较长,长达半年之久。山茶花凋谢时,不是整个花朵掉落下来,而是花瓣一片片地慢慢凋谢,直到生命结束。这么小心翼翼、依依不舍的凋谢方式,和人们追求理想中伴侣的态度一样,所以渐渐地山茶花就成为对心中爱慕女性表达心意的代言了。在几乎所有的花朵都枯萎的冬季里,红色的山茶花格外令人觉得温暖而生意盎然。而且,种在庭园中也能让人欣赏她淡淡的花香。所以,山茶花就让人感受到了可爱、谦让、理想的爱,和谨慎、了不起的魅力。

山茶花在我的心中,不仅是幽幽芬芳,沁人心脾的观赏花卉,更是英雄之花。每当山茶花盛开的时候,我就会想起三十多年前,也即一九七九年的春天,发生在祖国南疆那场对越自卫还击的战争。想起那首催人泪下,催人奋进的《再见吧!妈妈》之歌。我的表哥与我是同龄人,他大我几个月,当时才十六岁就参军来到了南疆云南边防部队,不到半年,对越自卫还击战就打响了。那时正是山茶花盛开的时候,我的表哥是步兵,也自然要参加这场战争。他是我舅妈的独子,那段时间,全家人为他自豪,也为他担惊受怕,半年之后,表哥带着枪伤疤痕回到家里,全家人喜极而泣,舅妈几乎哭成了泪人儿。表哥在家休养了几个月,他同我们讲了许多战场上战友们英勇杀敌的故事,讲到有战友牺牲时,他的眼眶里会充满泪水,甚至会情不自禁地抽泣起来。他还谈到了边境的山茶花,他说他们战场上的临时驻地,满山遍野都是盛开的山茶花,可惜,许多山茶花被炮火所摧毁。表哥在家休养几个月之后又回部队去了,两年之后,他考上了一所陆军学院。期间,他写信告诉我,让我学唱一首歌名为《再见吧!妈妈》的歌,并将这首歌连同那封信一并寄给我。我接到信和歌曲之后,立即找音乐老师辅教,音乐老师试唱了几次,被这首歌所震撼,唱着唱着,他的眼泪哗哗直下,唱完之后已经是泣不成声。最后说"这首歌太感人了,这是一首真正的英雄之歌。""再见吧!妈妈。再见吧!妈妈。军号已吹响,钢枪已擦亮,行装已背好,部队要出发……您不要悄悄地流泪,您不要把儿牵挂,当我在战斗中光荣牺牲，您会看到盛开的茶花……"曲调优美、高昂、悲壮。以至于若干年之后，我唱给舅妈和表哥他们听时，他们还会动情地流下眼泪。这首歌在上世纪八十年代曾经风靡全国，激励南疆勇士英勇杀敌，壮军魂，振国威。

　　山茶花它花艳丽，而不娇贵，温润厚实；它香不敌栀子花浓郁，却淡雅而清新，从不张扬；它枝纤秋，而不妖冶。和梅花同样引领春天，花朵却比梅花大。可以登上雅苑和高朋并肩而坐，更不忘走进寻常百姓的庭院阳台拉拉家常。其实，山茶花最难能可贵的是它的品质。山茶花与许多花不一样，它能够做到身死精神在。受到风雨摧残的它不会象桃花、梨花那样飘落一地，而是裹紧所有的花瓣静静的躺在枝叶丛中，依恋着生它养它的枝叶，久久不忍离去。山茶花的这种恋根情结和品质，的确让人钦佩！对山茶花的这种品质，著名作家、诗人邓拓曾这样赞颂过："红粉凝霜碧玉丛，淡妆浅笑对东风。此生愿伴春长在，断骨留魂证苦衷。"可见山茶花的品质是何等的高贵啊。山茶花的恋根情结和品质，实际上就是不忘本、不忘根。不忘本，不忘祖先，不忘祖国，这不正是我们现代人所具备的应有品质吗？

荷 韵 悠 悠

鄙人工作的机关大院里,有一个面积不是太大的池塘,大约只有五、六亩,可就是这样一个不太起眼的池塘,每年的夏季,由于有荷花的存在,吸引着进出机关大院无数人的眼光。夏季这个季节,各类生物已经恢复生机,大都开始旺盛的生命活动。很多生物会在夏季繁殖后代,各种动物选择夏季交配,生育;植物竞相开花结果。这主要是由于在夏季气候最热,各类食物丰富,而且对于卵生动物,卵更易于孵化。荷花也不例外,长大,成熟,由一粒种子经过大地的养育与呵护,变成了亭亭玉立的大姑娘,它们依泥伴水,在荷叶的陪衬下显得格外亮眼,粉嫩嫩的色彩泛出桃红色的笑靥,让人过目不忘,浮想联翩,尖尖的花瓣均匀地露出来,洒满满怀,有种"莲花宝典"的意境和"观世音仙天下凡"的浮想。

机关大院里的荷花有两个品种,一个是白色的,一个是红色的。是什么时候开始种的,说法不一,有的说是上世纪改革开放那年种的,也有的说是邓小平南巡那年种的,由于没有资料记载,无法考证。但不管怎样,不管何时开始种的,反正自从我调入这个单位二十多年间,就年年看到了荷花,年年能感受到荷韵悠悠。荷花的确很美,它的风韵、雅致、飘逸、洒脱,荷花是自然的女子。她在唐诗里田田舞步,在宋词里盈盈百芳,在《爱莲说》里亭亭玉立,出落一池千古绝唱的姿态。回头一笑百媚生,六宫粉黛无颜色。就这亭亭静植,婀娜含笑,让旷野的百花自惭形秽,纷纷卸妆。仲夏的微风吹动一池荷叶,满眼的碧绿铺天盖地,仿佛把这灵性的绿色渲染到极至,慢慢深沉般地弹奏出绿色的旋律。有的荷叶才只冒出一点嫩尖，可爱极了；有的已经长成手掌般大了；有的已经长成"大玉盘"了，生机勃勃。一片片荷叶挨挨挤挤，好象是一群兄弟姐妹，心连着心，亲密无间。这时，吹来一阵风，"绿的海洋"霎时间波涛起伏，荷叶一片连着一片翻腾着，美丽极了。风停了，"绿的海洋"又平静下来了。荷叶非常奇怪，一点也不沾水，雨水落到荷叶上，像珍珠落在盘子中，滴溜溜地滚动着，晶莹剔透，一颗颗漂亮的珍珠，砰砰乱跳，真是"一阵风来碧浪翻，珍珠零落难收拾"。微风过处，茎秆托着花朵挺立于水面，在风中快乐地摇曳着，点点粉白点缀于碧绿中，空气中流淌着荷花的幽香，说不出的一种赏心悦目。也只有这略带白绒色的荷叶之绿，才能映衬出荷花的高贵、独立、圣洁之美。

我的办公室有一扇窗户，正好对着机关大院里的池塘，夏天时节，天亮的比较早，一般的情况下，鄙人会提前到单位上班，一方面是为防止堵车，错开上班的高峰期，另一方面是，早晨家人都十分繁忙，家中上班的人都是各自解决早餐问题，为此鄙人也只好早点去单位食堂吃早餐。清风徐徐的夏季早晨，空气相对来说是比较新鲜的，走进机关大院里，看到这一池荷花时，心情格外舒畅。"一天之计在于晨"，由于心情舒畅，工作效率也似乎有所提高，虽然时不时地会有几只青蛙"呱呱呱"的叫声，仿佛在说"夏天来了，终于可以有地方乘凉了"。青蛙的叫声有时还比较恼人的，但在满池碧绿的荷花世界里，也不会影响鄙人的心情。有时还会有数十只蜻蜓在荷花池的上空翩翩起舞，名句"小荷才露尖尖角，早有蜻蜓立上头"，就是描述的荷花对蜻蜓的诱惑。艳阳高照的中午，荷花展开了她的花瓣，如亭亭玉立的少女在池中嬉戏。细看去，那顽皮地荷花大都躲在了荷叶下乘凉，感情她也在躲着骄阳的炙热。

鄙人办公伏案时间长了的话，常常会推开窗户，伸伸懒腰，舒展筋骨，眺望一下池塘里的荷花，那种感觉十分惬意。盛开的红荷让人眼前一亮，一丝轻暖的喜意涌上心头。她那美丽的颜色让人不知如何形容，犹如一枝饱蘸墨彩的画笔点在花尖上，无声的氤开，至淡而至无，透着那极致的东方神韵。特别是在雾雨朦涔天气时，池塘里的荷叶碧绿碧绿的似乎是刚刚完成的水墨丹青。沐浴雨中的荷叶，或平铺于水面，或挺立于水面，新叶嫩嫩的尖尖的，浅浅的探出了水面，犹如初生的婴儿，万物的更迭。蛙儿蹲在荷叶上，快意地唱着，鸣蝉躲在深枝上，肆意的叫着，带来盛夏的暑意，对抗着寒冬的凛冽。几朵白莲悄悄地地开着，冰清而玉洁，给人一种不可偎近之感，惟恐沾染了俗气而融化了冰晶。雨打在荷叶上发出沙沙的悦耳的响声，汇聚成颗颗水珠，涌入叶心凝成一汪清泓，挺立的叶儿似乎不喜太多的水破坏了诗意，轻轻低了一下头，水珠儿便跃身坠入池塘去拥抱戏水的鱼儿。雨珠沉在荷叶上，宽大的荷叶为她们遮风避雨，依稀可见的莲蓬仿佛在向世人展示着丰收的喜悦。

　　是一阵清风，是一次细雨，是飘过来的一缕淡淡的荷花香，是早晨的温暖的光线，是夜晚微笑的甜梦，荷花你无处不让人感到清新和淡雅，在生活中的平淡，在生活中的甘甜。其实一切源于你的自然，无需修饰，无需造作，无需张扬，生长在朴实的土壤，站立在静静的水面，含苞待放在粉色的世界，看风雨后的彩虹。在无际的绿荷中，你是那婀娜的仙子，让水因你而笑，让风因你而舞，让人因你而醉，那就是你，纯真的荷花仙子散发的沁人心脾的芳香，我坐在紧邻你的粉裙边，聆听关于荷花仙子的故事。荷花最有仙子的味道，天姿慧中，人们能看到她的自信，能看到她的努力，她肃然的自信和美丽，让人精神振奋，她拥有崭新的开始，更有美好的未来，无论成败，不放弃自己的原则，不放弃自己的目标，其实荷花是一种启示，那就是越是泥泞越要站出来，外面的空气更加新鲜，选择更广阔的空间是荷花之所以能浮出水面的志向，亭亭玉立的仙子也要根植于深泥，挺立是一种精神，这就是我的仙子印象，我的荷花礼赞！我心目中的仙子是生活中的智者，是前进路上的强者，是风骨里洁傲的个性——荷于泥中出，花立水上香，仙在漂遥香气舞，子为轻歌醉。吾意在高远，一统群芳路，清益远香挺茎直，自在人间寓。

从古至今，历史上有许多达官贵人、文人墨客写下了数不清赞赏荷花的诗歌散文。南朝时的梁国皇帝萧衍写的《夏歌》颇有禅意："江南莲花开，红花覆碧水。色同心复同，藕异心无异。"莲出淤泥而不染，江山万物皆有缘。佛爱众生而舍我普度，由此莲与佛结下不解之缘。宋代理学家周敦颐《爱莲说》："水陆草木之花，可爱者甚繁。晋陶渊明独爱菊，自李唐来，世人甚爱牡丹。予独爱莲之出淤泥而不染，濯清涟而不妖，中通外直，不蔓不枝，可远观而不可亵玩焉。"唐朝诗人王昌龄的《采莲曲》："荷叶罗裙一色裁，芙蓉向脸两边开。乱入池中看不见，闻歌始觉有人来。"杨万里《晓出净慈送林子方》："毕竟西湖六月中，风光不与四时同。接天莲叶无穷碧，映日荷花别样红。"唐朝诗人李群玉的《新荷》："田田八九叶，散点绿池初。嫩碧才平水，圆阴已蔽鱼。浮萍遮不合，弱荇绕犹疏。半在春波底，芳心卷未舒。"荷花自古以来就是文人墨客、高洁之士吟咏的对象，人们喜爱荷花，歌唱荷花，不但是荷花的曼妙身姿、幽幽的芬芳，更是她出淤泥而不染的高贵品格让世人敬佩和深深地推崇。梦中的画面，眼前的留恋，现实梦境中都有荷花芬芳的诗篇，"下有并蒂藕，上有并头莲。""应为洛神波上袜，至今莲蕊有尘香。"一首首都因荷花而绝美，一篇篇都因荷花而流芳，在夏天这个季节的荷花是如此的令人神往，是那么的美好。

荷花出污泥而不染，为世人所崇敬。世态炎凉琐碎尘纷，绽放旷世的晶莹剔透，拒污浊恶气顾影自照，还胚胎香远益清。

击碎一切尔虞我诈，使追名逐利望而却步。"清水出芙蓉，天然去雕饰"，这是荷花的真实写照。然而，这么美好的花，却不需要人们专门施肥、松土，没有一个花房或花坛能适合它生长。它的头上只有广阔的天空和淡淡的白云；它只是宁静、充实而顽强地生长着。它并不想取悦人类，但却给人们带来愉悦、欢欣和享受。深思古今之志，不乏清廉之士以荷为志，以此勉励自己，人生于俗世，好似荷出于污泥，任凭时光流转，独醉于喧嚣之中，保持安宁清静之心！

再过几个月，夏季一结束，由于机关私人车辆太多，没有地方停放，单位在想尽一切办法的情况下，都无法解决日益增多的车辆停泊问题，无奈之下，只能将种有荷花的池塘填埋，改做停车场，这几亩池塘将会消失，随之而来的是伴随我工作多年的荷花也会烟消云散，实为遗憾。虽然今后鄙人工作的机关大院里的荷花会俏绝尘时，但荷花在我心目中的"出污泥而不染"形象，却永远不会消失，荷花流芳，荷韵悠悠。

藏在大山里的热水温泉

那年的暮春时节,桃花还未开败,丁香又接踵而至,我随太太的家人,前往岳父的老家汝城热水镇桃花洞拜山祭祖。我们乘坐的是一辆面包车,从县城出发,在郴州留宿一晚,第二天才去桃花洞。第二天一大早,众人用完早餐便赶路了。在走过一段平坦的公路之后,便沿着山路盘旋而上,一头就钻进了绵延的大山里。依偎在大山的村庄,人迹罕见,显得格外幽静,弯曲的路越走越长。清晨,山中弥漫着雾,朦胧的雾像华丽的幔帐,罩着一片耀眼的新绿。到处是耸峙的峰峦,险峻的崖壁。满山松杉、毛竹和知名不知名的杂树,一片接一片,一丛连一丛,葱茏、苍翠,盖地遮天,从山麓一直拥上山顶。我们的面包车一直都在山谷里和山腰上缓慢行驶,为了安全起见,汽车的雾灯总是开启着。大山里林海波涛,汹涌起伏,一浪高过一浪,一层叠上一层,那气势壮阔极了。在漫天云雾,伸手不见五指的时候,深厚,迷朦,天地成为浑然的一体,会使人感到像翱翔在云里,潜游在海里。一会儿,黄白的太阳懒懒地从云里踱出来,把天空涂得一片淡青、一抹微红、一块烟紫,太阳本是出色的画师,却因为是大山里的暮春,就这样敷衍着。

一路前行,一路风景,流动的蓝色里,盛开在静情之梦,春天的生机,静静地抚去,夏天的喧闹,悄悄地来临。"哦!到热水镇了,离桃花洞不远了。"岳父大人提醒我们,太太说"远是不远十多公里,但全部是盘山公路。"我是第一次去岳父的老家,顾不上长时间坐车的疲劳,对大山里的一切都有新鲜感。此时,热水镇的上空弥漫着一股热雾,岳父说"那是从温泉那里冒出来的热气,等会儿拜祭仪式搞完之后,来热水镇泡温泉,住宿一晚。"他的话音刚落,我们的车辆正好路过一处温泉,众人便显得有点兴奋,不约而同地大叫一声"温泉"。清澈的泉水,水漾清风徐,幽怡的山谷,多姿多彩、幽深幽远、幽静幽潭。碧水、古石、亭影入眼帘,身心很快溶入到大自然的静谧和美好之中……四面绿树青翠,此时的天空蔚蓝色的了,在清澈蓝天映衬下,大山泉水相抱,天水一色,

　　桃花洞位于罗霄山脉的一个山头比较平缓的山坡上,我们的汽车在大山腰的盘山公路上行驶,一会儿爬坡,一会儿又下坡,犹如坐过山车,我往山下看了一眼,真是悬崖峭壁,万丈深渊,好在帮我们开车的老马是一位驾龄达三十年的老司机,什么山路都走过,否则的话,安全系数就会大打折扣。只见远处有一座迷蒙的巨峰突起,周围还有几十座小石峰。仔细一看,那巨峰像手握金箍棒的孙悟空,那些小峰就像抓耳腮的小猴。瞧瞧,孙悟空正领着它的孩子们向南天门杀去呢。及至山巅,风悠悠空谷来兮,雾朦朦深涧生烟,俯瞰云海波涛翻滚,远眺群山缭绕飘渺,胸中律动着回归的欢快,喧嚣的心灵荡漾着静雅的瑞端,可谓:人在天庭走,胸生万里云。不一会儿,微白的天空下,群山苍黑似铁,庄严肃穆。太阳直射,一座座山峰呈墨蓝色。紧接着,雾霭又泛起,乳白的纱把重山间隔起来,只剩下青色的峰尖,真像一幅笔墨清爽疏密有致的山水画。过了一阵儿,雾又散了,那裸露的岩壁,峭石,被霞光染得赤红,渐渐地又变成古铜色,与绿的树绿的田互为映衬,显得分外壮美。中午时分,我们一行人终于到达了桃花洞,岳父的弟弟为我们准备了中餐,用完餐即刻去后山祭祖,事毕,坐车下山到热水镇。

　　下午三点多钟,我们返回到了热水镇,早已在一温泉酒店等候多时的岳父的一亲戚堂叔,他为我们安排了住宿的房间,他是这间酒店的几个股东之一,早些年,洗脚上岸在广东做生意,赚

了一大笔钱，后回乡入股开办了温泉酒店。我们所住的酒店，有很多温泉池，凭房卡免费浸泡温泉。酒店的大堂经理在得知我们当中有部分人，是第一次来热水镇时，便口若悬河地向我们介绍起热水镇和其温泉。他说："热水镇位于南岭山脉中部和罗宵山脉南端的交接处，为典型的盆地地貌，周围都是大山，属亚热带温暖湿润气候，夏无酷暑，冬无严寒，非常适宜避暑御寒；其树木茂盛、竹林婀娜、空气清新、景色秀美，享有'四面青山列翠屏，草色花香尽是春'之美誉，飞水寨瀑布、南国天山草原、有仙人桥、蜗牛山、蜗牛塔、飞来石、原始次森林、竹海、红军池、封泉遗址、商代文化遗址、冰川遗址等自然景观和人文景观。热水温泉四周万亩竹海，豪放大气，山庄格调，婉约温馨，热泉水出自地表深层、洁净如炼，系我国南方水温最高，流量最大，水质最好，热田面积最宽的天然温泉……青山、绿水、竹海民居交织如画，是身心疗养、休闲度假的绝佳领地。温泉具有'水温高、流量大、水质好、含氡高'四大特点，一般91.5度，最高98度，温泉水中含30多种对人体有益的微量元素，特别是氡的含量达142埃曼，是举世罕见的'氡泉'，具有调节内分泌，促进生殖腺新陈代谢的功能。泡洗后对人体能起到消除疲劳，强身健体的作用，是珍贵的疗养保健型天然温泉。他们的温泉酒店，内有花瓣浴、石板浴、冰火水疗、温泉沐足、温泉戏水、温泉煮蛋等项目。……"

听完大堂经理的介绍，众人开始心动起来，心动不如行动。我和太太回到房间，换好泳装便直奔温泉，其他人他们喜欢晚上浸泡，去堂叔家里喝酒去了。我们先是来到了一个花瓣温泉池，来一个花瓣浴。花瓣浴是热水温泉的特色之一，所谓花瓣浴，是指用玫瑰、百合、荷花等天然香气芬芳的鲜花或干花花瓣来泡浴，花瓣中的有用身分随温水的热力渗透肌肤，能够起到美容嫩肤、促身材气血轮回、放松身心、愉悦心境等多结果。同时，肌肤"吮吸"花的芬芳后，你的身材也就暗自生香了，体味天然变得很好闻。我们浸泡在温泉里,舒心极了。此时,温泉池旁的草丛里、树梢中传来虫鸟的呢喃,像微风吹起海的歌声,像暗夜里马匹自由奔腾时那极具诱惑的哒哒声,更像一对对相依相偎的情人在吟诵爱情的恋曲。

我在花瓣温泉池浸泡了一会儿,便尝试石板浴和浴冰火水疗,太太她喜欢花瓣浴,继续在花瓣池浸泡。石板浴是热水温泉的特色之一,通过石板制热产生对人体有益的物质,直接作用于人体,缓解腰腿疼痛,关节痛。冰火水疗是在蒸汽浴房中进行10分钟左右的桑拿浴,温度往往超过50℃,这个便称为"一热";继而在约3-5℃的冷水里,没顶浸浴4分钟左右,此法谓之"一冷";从冷水中爬起,披裹上毛巾,再入蒸汽浴房里蒸烤。称之"一烤"。蒸烤完毕,又入冷水池中浸浴,这样一热一冷反复多次的锻炼,有助于强化身体。

我在完成冰火水疗之后,又返回了花瓣池,此时天空中下起了毛毛雨,太太浴后回房间。我与其他一些不相识的十几个人继续在温泉中浸泡,在雨中的温泉里真的别有一翻滋味哦,冷热交加,很惬意的感觉,从来不知道在雨中的温泉也可以泡出不一样的美。其实是真的很美,我在水里仰望着空中,看到的是如珍珠般的雨儿,款款而下,那样淡淡的美,我陶醉了,思绪也跟着那雨儿远离了我的身体,带着淡淡的心情融入了水里,渐渐的散开,消失。我跃身扎进水里,身边没有了任何的纷扰,缓缓的沉入水底,有的只有耳旁水的声音,如同交响乐一般,在水底感受着那种寂静,那种沉着,那种淡定。这里环境格外幽雅,泉温格外适宜,于是我在这里的温泉浸泡时间稍长,体味也较深。仿若沐朝阳,醉春风,好像有一双温柔的玉手在给我全身抚摸,又好比有一位音乐大师在我的身上弹奏优美的乐曲,那份舒坦真是难以形容。

这温泉也许是春回大地之源,也许是秋归人心之水,也许是真诚被澎湃之源,也许是感动被复制之水。洗后通身舒展,有如这一天中的一次洗礼，大有古人吟咏的"浴乎沂，风乎舞雩，泳而归"的飘然境界。"沂"者，相传是古代的温泉所在。只是感叹洗浴的费用太高，无法经常光顾这惬意的场所。从洗浴中心出来，空气清新，晚风习习。同伴只呼舒泰。个个精神饱满，面色红润，在归家的路上，碰到络绎不绝来洗浴的人群，使我想起一诗句："众生尘垢何时尽，日月人间几度秋"，感叹人间众生总有洗不尽的尘垢。

  只有走过崎岖的小路，才可以体味生活的欢乐；穿过茫茫迷雾，才可以深切感受阳光的明媚；不经风雨，怎么见彩虹？只有暴风雨之后，才能见到美丽的彩虹；清澈而使人舒畅的温泉藏在大山深处，只有越过一座座的山，才能掀开热水温泉神秘的面纱，享受到她那惬意的抚摸。我想，大山有情，泉水有灵。山水是天地间最美的两种事物。闭目凝神，感山之静觉水之清。山清水秀，瞑然兀坐，凡尘俗世尽随山风而去，故古人云：念与山野同寂，悲喜何由上眉梢。山间之机曲何其多也，闲来坐忘磐石上，天地尽属蜉蝣。尘心顿华，心与自然同在，身与天地共存。

抖辣椒与辣文化

辣椒，是在明朝末年从美洲传入中国的，起初只是一种作为观赏性作物和药物，自从进入菜谱以后，便掀起了一股辣的风潮，辣椒传入中国大约有四百多年的历史，时间不是很长，但将中国传统的花椒、生姜、茱萸的地位抢占。辣椒的传入及进入中国饮食，无疑是一场饮食革命，威力无比的辣椒使传统的辛辣香料都无法与之抗衡。可就是这样一种辛辣香料的蔬菜，饮食文化中，也较少有人谈及过辣文化。中国的饮食文化可谓源远流长，博大精深，孔子讲究"食不厌精，脍不厌细"，李白崇尚"烹羊宰牛且为乐，会须一饮三百杯"。随着社会的发展，人们对饮食的要求越来越高，什么山珍海味，走兽飞禽无不出现在人们的生活中，但辣椒从来都是人们离不了的一道佳肴和调味品，从湖南、湖北、江西、到云贵川渝，从甘肃、陕西到东北，华夏大地吃辣啃辣的人比比皆是，可为什么四百多年来直至近现代却鲜见吟唱和记载辣椒的诗文，更别说"辣文化"。上世纪八十年代，鄙人在湘东南的安仁县工作过十年，这里的抖辣椒和原始的辣文化给我留下了深刻的印象。

一方水土养一方人。安仁人吃抖辣椒是吃出了一点名堂，在安仁县的城乡，许多百姓家庭都会做这个菜，而且还会拿这个菜招待客人的。记得有一年鄙人参加一个朋友的生日酒宴，在这次酒宴上竟然出现了一个貌不惊人的"抖辣椒"，它也能够登大雅之堂，这是我第一次吃安仁的"抖辣椒"。我尝试了几口，居然味道还不错。过后几天，朋友再次邀请我去他家，说是要为我亲自现身说法"抖辣椒"。那是一个初秋晴朗的日子，盛夏的暑气在秋风的一再坚持下，终于握手言和，渐渐散去。湘东南的初秋，略带一点凉意，袅袅秋风里，老乡地里的辣椒也由青转红。我骑上自行车，走了一个多小时，来到了朋友家，朋友家里还有他几位来自大城市的客人。朋友见我来了很高兴，先是迎我去客房喝茶，然后将他的几位城里客人逐一介绍给我。不一会儿，朋友便引我们进入厨房，开始演示抖辣椒。他边演示边讲解。他说："抖辣椒安仁人又称"抖焦吧"，炭火煨，瓦钵抖，是安仁美食中最浓墨重彩的一笔。"只见他在红彤彤的炭火中，随意丢入几个辣椒，任其裹满灰尘，噼啪作响，偶有火星溅出。炭火热力威猛，毫不留情的激发辣椒骨子里的野劲，这时辣椒的表皮稍稍蜷曲，呈剥离褪去之态，焦香满屋，朋友便用布稍稍褪去辣椒表皮，有几个辣椒还带着灰白的灰烬，朋友也好像毫不介意。将烧烤好了的辣椒丢入焦吧（抖辣椒的器具），木槌和瓦钵无数次的碰撞间，辣椒的饱满肉质化作<u>丝丝缕缕</u>的体态，紧紧的依附在瓦钵的纹理里。朋友又说："抖辣椒，对配料的选择十分宽松，具有包容性，可以是当季的豆角、芋头、毛葱、茄子，也可以是是油渣、干鱼、皮蛋等。不同的配料和辣椒相组合，会给食客带来了一道道的惊喜，以及风格迥异的的口味。调料有麻油、豆油、葱花等这些是必不可少的，麻油增香，豆油提味，白绿镶嵌的葱花杀菌，一切的食材都无声无息的潜入了辣椒的纹理和余热中。"大约过了半个小时，一道香喷喷的抖辣椒便呈现在我们的眼前。随即，朋友又做了十来种农家风味菜，这一餐，我是口味大开，破例中午喝了一点小酒，直至下午太阳西斜才回家。

辣椒富含维生素 C，在蔬菜中名列前茅，吃了可以健脾开胃，增强食欲，吃饭不香、饭量减少时，在菜里放上一些辣椒，就能改善食欲，增加饭量。但吃得过多却会剧烈刺激胃肠粘膜，使其高度充血、蠕动加快，引起胃疼、腹痛、腹泻并使肛门烧灼刺疼，诱发胃肠疾病，促使痔疮恶化等，长期嗜辣，还有可能导致脱发。但辣椒的药用价值也比较高，用辣椒或辣椒树蔸子煎水服用可治感冒发烧等病症，这一土单方可能我们家乡的老一辈都知道。

安仁的抖辣椒的做法有好几种，如油爆法、清蒸法、火煨（焙）法。可以伴以皮蛋、茄子等一起抖制。抖辣椒比较原始的做法就是把新鲜的辣椒洗净放到锅里蒸，蒸得刚好熟看上去有点生的，（太熟了颜色不好看，太生了比较辣）放到一个特制的碗里，那碗外面很光滑，里面有密密的竖条纹，用木制的锤子把辣椒抖碎，放点盐、油、味精，再加点安仁特产豆油就可以吃了。还可以在把豆角、茄子跟辣椒放到一起蒸、抖也很香的了。现在的人比较喜欢把辣椒用油爆了再抖，不用蒸的了，这个也蛮香的，不过有点油腻，而且火气比较大。抖辣椒这种菜，辣中带香，香中又带辣，经典而不张扬，低调又甘于寂寞的陪伴着世世代代的安仁人，并能以防御疾病，保佑健康的象征，深深扎入人心。抖辣椒独特的外形，简单的工序，鲜美的味道，让人总有意犹味尽的回忆之美。一套做抖辣椒的器具——椒钵，也许前身是研制草药所用，也许本来就是贡菜所用，至已今无法考证。可做出来这菜却香得朴素，辣得热情，更让人欢喜的是这菜夏天有增进食欲，去暑散热、开胃下饭的功效，乃夏暑居家旅行必备良菜；冬天里也是一道驱寒御冷的良方。鄙人在安仁工作生活了十年，也初步学会了做这道菜，但是技术一般，做不出那种正宗的安仁抖辣椒，实为遗憾，好在太太会做，但由于原材料不同，如果用我们现在居住地的原材料做这道菜，那味道还是有较大的差异，现在是很难吃得到安仁的抖辣椒了，要吃就只能去安仁。

相传中华始祖炎帝神农氏曾到安仁境内"制耒耜奠农工基础，尝百草开医药先河"，并自古有了"药不到安仁不齐，药不到安仁不灵，郎中不在安仁不出名"的千古佳话。安仁抖辣子是湖南省安仁县最经典的一道名菜，只要是安仁的人听到这道菜的时候，都赞不绝口，拍手叫好；外地人吃了这道菜的时候，无不回味无穷。抖辣椒，永远是安仁城乡大小酒店，老百姓家里饭桌上一道身价不高，却食欲大增的招牌菜。每当饭局接近尾声时，总有一些人喊一声："嗯南还有谁要不要吃，不要的话我就要擂焦吧嗒！"经常不等有人回应，就一勺热气腾腾的白饭，"啪"的盛入快见底的焦吧内。白米饭马上裹满了诱人的汁液，筷子顺着焦吧的弧度，从底到口，呼噜噜的几下风卷残云，再舔舔嘴角的饭粒。吃到这个份上，这个焦吧才算物尽其用，吃货才心满意足。安仁人吃惯了这道菜，总有中餐无抖辣子不饱，晚餐无抖辣子不安这种感觉。

安仁的抖辣椒于1998年获得中国国际美食节金奖，2008年确定为安仁非物质文化遗产。

有人的地方就有辣椒。辣椒据称也成了农业经济的新增长点，史籍记载它是比较早的商品化的菜蔬，并且在漫漫的岁月里产生了许多的辣椒名品，四川的海椒、江西的灯笼椒、贵州的七星椒、青海的线椒、湖南的朝天椒、山东的益都红、湖北的尖椒、云南的米椒、山西的望椒、陕西的大角椒、甘肃的干椒、安徽的牛角椒、海南的肉椒、广东的柿子椒、河北的子弹头……还有无以计数的辣椒品名和新培育出的品种，我们只管大口吃它就是。我想人无论到了何方，吃辣椒是生命中不能丢掉的根本，一经开吃，终身图辣。

鄙人感觉到辣椒除了菜的角色，它也是一种积极向上的文化载体，热烈的辣椒象征着朝气蓬勃的人生。吃辣椒可能会改变人的一生，辣椒是灵魂与毅志的突显，一代伟人毛泽东说："不吃辣椒不革命。"事实上它有着科学的道理，吃辣椒要具备一种心理承受力，而吃辣椒时也是在锤炼一个人的心理承受力，当一个人被辣得天翻地覆灼肠穿肚以后，下一餐他还要接着吃辣椒，这是一种什么精神？这是一种明知椒有辣，偏把辣椒来吃的无畏精神。这也算得上一种辣文化吧！

苎麻的滋味

苎麻，貌不惊人，亚灌木，茎上部与叶柄均长有长硬毛和贴伏的短糙毛，家乡的山坡田野，路旁河边都有苎麻的身影出现。老家上了一定年龄的女人都记得，苎麻，这种牵扯女人幸福的宽叶植物，它绕起女人生命的绿意。刈麻皮、漂麻皮、晒麻皮、搓线、纳鞋底，每个动作都缠缠绕绕，缠着，绕着，一个女孩的心智便成熟了。搓线、纳鞋底，因纯属是女人的私活，又添几许闺阁之气，它柔韧的内皮可用来搓线纳鞋底，也是旧时女子出嫁时一种不可或缺的嫁妆。童年时代的我，亲眼目睹过奶奶的有关苎麻活儿，一直觉得生活中没有任何一种活计能像搓线、纳鞋底一样能使女人做出一种温和，美丽的状态。

奶奶是一个没有什么文化的农村妇女，不过她的日常生活常识却懂得不少。在我奶奶的眼中，苎麻全身都是宝，从叶片、茎杆到根，样样都有用处，有滋味。苎麻叶是蛋白质含量较高、营养丰富的食物，她经常用鲜嫩的苎麻叶与大米加工成苎麻饭和苎麻糍粑。麻根含有"苎麻酸"的药用成份，有补阴、安胎、治产前产后心烦，以及治疗疮等作用。我亲眼见到奶奶用苎麻根熬药给姑姑喝。麻壳也即麻皮，经过几道工序之后，在奶奶的手中便变成了麻线或麻布。那年月，大集体年代，老家村民们口粮不够，许多人的家里便用苎麻叶代替粮食，做苎叶粄和苎麻糍粑。有一次，奶奶做了几窝苎麻糍粑，家人正准备用餐时，邻居李大婶走过来说她家来了客人，饭不够吃，能不能借几个苎麻糍粑给她家应一下急。奶奶是个性情中人，平时为人处事都大方，她对李大婶说："借什么借什么，说得多难听，拿几个过去就是了，不用还。"说完从餐桌上拿了几个苎麻糍粑往李大婶怀里一塞,要李大婶赶快去招呼客人。李大婶刚走,弟弟就大哭起来,说"自己都不够吃,还给别人吃。"奶奶安抚弟弟说"邻居有困难,我们都应该帮助,我们家有困难时,别人也会帮助的。你是小孩,大家让你吃饱,好不好?别哭了。"奶奶这么一说,弟弟果真不哭了。这些老土的乡村食物,它们以其浓郁的乡土气息至今都备受乡亲和游子的喜爱。我奶奶除了会做苎麻饭之外,她最擅长做的是苎麻糍粑。苎叶粄、苎麻糍粑,一年四季均可制作,尤以春夏两季为佳。苎叶粄制作的方法是:摘取新鲜雏嫩苎叶,和适量粳米、糯米和井水于石臼捣烂、粘合,形成青翠欲滴的粄团,然后把粄团捏成小块,放在蒸笼中蒸熟。也可以油炸,油炸后金黄酥脆,清香甘润,别有风味。苎麻糍粑的做法与苎麻饭的做法大同小异,所不同的是,苎麻糍粑所用的粳米、糯米要打成米粉,掺入井水与捣碎的新鲜雏嫩苎叶粘合,然后捏成一团团,放在蒸笼中蒸熟。奶奶告诉我,常吃苎叶粄和苎麻糍粑,能耐饥渴、长力气,除皮肤疾患,强身健体。

奶奶虽然不是家中的主要劳动力,但也是一把农家好手。农忙时,她也有时同主要劳动力一样,披星戴月参加集体劳动挣工分养家糊口;农闲时,起早贪黑忙里忙外操持家务整理家当,还在自家不多的自留地种植苎麻,给子孙们做布鞋织蚊帐。春天,草长莺飞,苎麻开始生长。为增加土地肥力让苎麻生长得更健壮,奶奶便挑些农家肥覆盖在苎麻蔸上。天旱时节,为不让苎麻枯萎,或者影响苎麻生长,奶奶便要叔叔抽空抬些粪水浇,或者淋些清水,以缓解旱情。夏日的繁华演尽,天空高远清淡,树叶随风簌簌作响,心念一转,又是秋天了。空灵清凉的秋风一夜之间便拂了衣冷,摇了叶落,更是携了一阵阵菊花的清香飘然而至,轻轻地扣响窗前那一串蓝色风铃。秋天的乡村稻花飘香,苎麻成熟到了收割时节。清晨,奶奶和姑姑她们背上背篓带上绳索,将苎麻一捆捆背回家，把麻叶剔除，剥净麻皮，拉成麻丝之后，再将麻丝晾晒在屋檐下。细长的麻丝在微风中摆动，似女人飘逸的发丝，楚楚动人。为了使麻丝更洁白，奶奶还将凉干的麻丝放到锅里进行翻煮，同时添加些火灰作为漂白剂，之后，漂洗晾干备用。

天命之年的奶奶，晚上常常借助昏暗的煤油灯光纺纱织线缝衣补鞋。时而搓麻线纳布鞋，时而捻麻丝织纱线；时而将麻丝抿于双唇间增加湿度让麻线搓紧，时而点些火灰增加指间摩擦力使麻丝捻实。娴熟的动作来来回回上上下下舞动，从不知倦怠，时常忙到夜深人静鸡鸣三更，有时甚至通宵达旦。如此长年累月，从未间断。

奶奶家里的木制纺纱机、织布机等原始织布设备样样齐全。奶奶把麻丝弄成织布的材料之后，接下来就是织麻布了，只见奶奶将麻丝一根一根地挂在织布机，织布机大约有一米多宽，织布机的底部有一块踏板，每织一线脚踩一次踏板，中间的一个绕着麻线的梭子便穿梭一次，这样，不知重复多少次，一天到晚，才织成一块一米多宽，二米多长的麻布。这种麻布牢实、挺括滑爽、透气排汗、吸湿性好，传脂、传热能力强，穿着舒适、凉爽，而且它缩水小、着色力强、不易变形，不易褪色、易洗快干。因其纤维长，结实，织物冬暖夏凉，"轻如蝉翼，薄如宣纸，平如水镜，细如罗绢"，曾被历代列为贡布，成为皇室和达官贵族喜爱的珍品，20 世纪 30 年代曾获巴黎国际博览会金奖。吾辈小时候就穿过奶奶织的麻布做的衣服，可惜没有将这些衣服保存下来。奶奶在上世纪九十年代已经仙鹤了，随着奶奶的仙鹤，家中祖传下来的麻布纺织技术和文化遗产，也随之消失了。有一年我专门去寻找奶奶的织布设备，老家没有找到，后来父亲告诉我，上世纪七十年代时，奶奶娘家来人，说是借用一下，谁知道若干年之后，我父亲去奶奶娘家找这些织布设备时，奶奶娘家的人说，原来放置那些织布设备的房子，在一场大雨过后倒塌了，织布设备也被砖瓦压坏了,也没有谁去清理过,这些木制的织布设备早已化成了泥土,呜呼!可惜可惜!

苎麻,我国古代重要的纤维作物之一。原产于我国西南地区。新石器时代长江中下游一些地方就已有种植。考古出土年代最早的是浙江钱山漾新石器时代遗址出土的苎麻布和细麻绳,距今已有4700余年。我国是苎麻品种变异类型和苎麻属野生种较多的国家,苎麻栽培历史最悠久,距今已4700年以上。苎麻较适应温带和亚热带气候。苎麻是中国特有的以纺织为主要用途的农作物,是中国国宝,中国的苎麻产量约占全世界苎麻产量的90%以上,在国际上称为"中国草"。我国记载苎麻的书籍很多,如《纲目》:苎,可刮洗煮食救荒,味甘美。其子茶褐色,九月收之,二月可种。宿根亦自生。《本草经疏》:"(苎根)《别录》专主小儿赤丹,为其寒能凉血也。渍苎汁疗渴者,除热之功也。《日华子》用以治心膈热,漏胎下血,胎前产后心烦,天行热疾,大渴发狂,及服金石药人心热,署毒箭、蛇虫咬,皆以其性寒能解热凉血故也。"《诗经·曹风·蜉蝣》曰:"蜉蝣掘阅,麻衣如雪。"郑玄注:"麻衣。诸侯之朝,朝夕之深衣也。"可见在当时的贵族生活中,不仅以麻为待人接物之体面,而且诸侯在朝天拜地祭祀神灵的时候,早晚之间必须用麻布缝制的衣裳。唐朝著名诗人孟浩然在诗中写道:"开轩面场圃,把酒话桑麻。"表现了诗人农家遇故友,与之闲谈农事的场面和气氛,诗中展现怡人自得、达观乐天的平实、健朴的境界,体现了当时文化人对麻的审美情趣。湖南民谣:"君山茶,莨山麻,年年朝贡到京华"。也就在西汉这个时期,麻织精品与丝织精品沿"丝绸之路"进入中东和地中海各国,继而走向世界各地。

听我父亲说,我们家种植苎麻已经有两百多年的历史,具体是从什么时候开始种植,无法考证。奶奶的苎麻糍粑做得好吃,她的麻布织得好,其实都是父亲的奶奶教会的。奶奶十三岁就来到了爷爷家，父亲的奶奶便开始向她传授苎麻糍粑的做法和麻布的织造技术，很可惜，到了父亲这一代就失传了。我母亲也曾经尝试过做苎麻糍粑，可那口感始终没有奶奶做的好吃。至于那手工织造麻布，对我们来说，那只是儿时的记忆了。苎麻的身影常见，可苎麻的滋味，只能靠记忆或者奶奶的托梦了，再也很难体会到。如今，每当我看到那些貌不惊人的苎麻，就会情不自禁地想起我的奶奶，想起童年时代吃过的那些苎麻饭和苎麻糍粑，想起那些手工织造的苎麻布。

有人称，苎麻是光明与圣洁的象征，端庄大方，厚道朴实，刚正坚韧，节奏自然。我认为，也确实如此。

暮秋游华山

小时候，我看过一部电影，名叫《智取华山》，电影里的华山的确是陡峭险峻，当时还当真地替解放军战士攀登险峻的山峰担忧，总是怕解放军战士掉下来。又听父亲讲《宝莲灯》"沉香劈山救母的故事"，似是而非地明白孝敬父母、感恩父母的一些道理。也就是说通过看一部电影和听一个故事，才知道中国西部有座华山，而且是非常险峻，俗话说：自古华山一条路，从儿提时代开始，就萌生了想来目睹华山的风姿，感受体验一下这座山的惊险。

戊子年的暮秋时节，我随市文化局组织的赴陕西基层文化考察团一行来到三秦大地，在完成了延安和西安的考察任务之后，按照行程，来到了有着中华民族圣山之称的华山。我们一行凌晨五点就从西安出发，六点多钟就来到了华山脚下。俯首山侧，一股清溪，从高处流下，顺着石阶绵绵地流向山外；抬头望去，群山巍峨，壁立千仞，那犹如刀劈斧削般峻峭的石壁，仿佛使人能够感受到2000多年历史流淌的回音。正如徐霞客在游记中所描述的，忽仰见芙蓉片片，俱片削层悬，惟北面时有土冈，至此尽脱山骨，竟发为极胜处。据相关资料记载：华山是我国著名的五岳之一，海拔2154.9米，位于陕西省西安以东120公里历史文化故地渭南市的华阴市境内，华山由东西南北中五峰组成，"五峰"既相互照应，又各有特色。宋代寇准曾有诗赞道：只有天在上，更无山与齐。举头红日近，回首白云低。北临坦荡的渭河平原和咆哮的黄河，南依秦岭，是秦岭支脉分水脊的北侧的一座花岗岩山。凭借大自然风云变换的装扮，华山的千姿万态被有声有色的勾画出来，不仅雄伟奇险，而且山势峻峭，壁立千仞，群峰挺秀，以险峻称雄于世，自古以来就有"华山天下险"、"奇险天下第一山"的说法，正因为如此，华山多少年以来吸引了无数勇敢者。奇险能激发人的勇气和智慧，不畏险阻攀登的精神，使人身临其境地感受祖国山川的壮美。

我们在华山脚下，小休片刻，即穿着事先已经准备好了的运动鞋，带着手套，坐车进山了。汽车在险象环生的盘山公路上盘旋，一边是悬崖，一边是峭壁。但是，我们往上看，看到那华山真是奇景、奇峰、奇异、奇怪、奇观、奇妙和奇险。同行的伙伴中有的吓得双手蒙着双眼。远处看那华山的石头都是白色的，导游说都是花岗石。山上树林青翠，主要是松栎林，海拔分布在 800 米以上的山地，其树种以油松、华山松、白皮松、栓皮栎、锐齿槲栎、辽东栎、山杨等为主。松栎林带的下部是以栓皮栎为主的阔叶林，小量有板栗、化香、槲树等。

我们乘坐的汽车停靠在瓦庙沟索道站的一停车场，部分同仁准备步行攀登华山，但他们这一行动被领队否决。领队认为集体活动应该步调一致，为了安全起见，也为了节约体力和时间，领队决定集体乘坐索道缆车，直接上北峰。华山的索道是我坐过索道中最惊险的索道，比泰山、衡山、张家界的天子山的索道还要惊险，它的上下度数最陡峭，有的地方是竖立直起来的，缆车还会在高空中左右摇摆，一车要坐 6 个人。大约过了七八分钟，索道缆车到达了北峰的山上索道站，此索道站建在非常陡峭的北峰解放纪念亭下，到纪念亭还要攀登一段弯曲的 S 型山路。由于北峰就近不远，又比较平坦，我们先游北峰。北峰海拔 1614.9 米，为华山主峰之一，因位置居北得名。北峰四面悬绝，上冠景云，下通地脉，巍然独秀，有若云台，因此又名云台峰。峰北临白云峰，东近量掌山，上通东、西、南三峰，下接沟幢峡危道，峰头是由几组巨石拼接，浑然天成。绝顶处有平台，原建有倚云亭，现留有遗址，是南望华山三峰的好地方。北峰也是电影《智取华山》的拍摄地。1949年华阴解放前夕，国民党陕西省第八行政督察区专员兼陕西保安第六旅旅长韩子佩率残部百余人逃上华山，妄图凭借天险负隅顽抗作最后挣扎。我中国人民解放军在华阴群众的帮助下，打破"华山自古一条路"的传说，独辟蹊径，8位解放军从黄甫峪攀上北峰，奇袭残匪，创造了神兵飞跃天堑、英雄智取华山的奇迹。顶上建有纪念亭，亭两侧镌刻着一副对联，上书：千秋功勋三军猛勇震天地，万代楷模将士奇智惊鬼神。北峰顶上还有金庸先生手书"华山论剑"石碑，给这座名山增添了一丝神秘的气息。

峰腰树木葱郁，秀气充盈，是攀登华山绝顶途中理想的休息场所，1996年开通的登山缆车上站，即在峰之东壁。峰上景观颇多，有影响的如真武殿、焦公石室、长春石室、玉女窗、仙油贡、神土崖、倚云亭、老君挂犁处、铁牛台，还新增加了白云仙境石牌坊等，各景点均伴有美丽的神话传说。我们一行来到了真武殿，并在真武殿合影了一张集体照。真武殿为供奉镇守九州的北方之神真武大帝而筑。焦公石室、仙油贡、神土崖皆因焦道广的传说得名。相传北周武帝时，道士焦旷，字道广，独居云台峰，餐霞饮露，绝粒避谷，身边常有三青鸟，向他报告未来之事。武帝宇文邕闻知他的大名，便亲临山庭问道，并下令在焦公长春石室前建宫供他居住。筑宫时，峰上无土，缺乏灯油，焦道广默祷，便有土自崖下涌出，源源不绝。油缸里的油也隔夜自满，用之不竭。后来人们就把涌土的地方叫神土崖，把放油缸的地方叫仙油贡。"哟！这样的地方还有这么一个岗位。"同行中不知是谁发出了这样一个感叹！一道景观是"共产党员岗位"出现在我们的眼前，为游人指点和服务，很受游欢迎，我想这也是景区管理部门一个"与时俱进"的举措吧。

游完北峰，我们向其他山峰进发。那就是东峰、南峰和西峰。

这三座山峰在一条路上，所以说"自古华山一条路"。好看的也数这三座山峰。路最难走的也属这条路。从北峰南上，经"擦耳崖"、"苍龙岭"，过金锁关，从这里可分别前往东、中、南、西四峰。我们跋到金锁关，金锁关是建在三峰口的一座城楼般石拱门，是经五云峰通往东、西、南峰的咽喉要道，锁关后则无路可通。杜甫《望岳》诗中"箭栝通天有一门"就是指的这里。道家认为，华岳为仙乡神府，只有过了通天门，才算进入仙境。

所以有"过了金锁关，另是一重天的"的民谣。金锁关北接五云峰，南控华山主峰，东西两侧壑深千丈，关前仅有一米宽的台阶石径。环周古松苍翠，奇石林立，常有祥云环绕，风光非常迤丽。站关前，北可观锦鸡守玉函奇石，西能望老虎口景观。关内关外登山路两侧铁索上情侣锁、平安锁，重重叠叠，红绳彩线迎风摇曳，不失为关前一道美丽的风景线。站在山峰顶端，遥望众峰低，真是好感觉，似仙非仙。有道是："莲华峰下锁雕梁，此去瑶池地共长。好为麻姑到东海，劝栽黄竹莫栽桑。"让我最有踏实感和安全感的时候，是一步步颤颤惊惊地爬过晃晃悠悠的铁桥，脚踩在坚实的山路上的时候，那近乎直角的坡度现在想想还有点后怕。到东峰的时候，记住的不是瑰丽浪漫的日出而是人们发自灵魂的嗟叹。

游览华山时我发现，华山也同其他名山一样，留下了历代许多文人墨客的题字，其中有好多是我们耳熟能详的名字，远到唐朝的文化大家，近到民国初中期，就他们的书法而言，也确实是配得在华山上留下他们的笔迹的。题刻人中的著名有清代胜保、吴大澂、升允，民国孙中山、张大千等。石上书法，行、草、隶、篆琳琅满目，各具特色。华山石刻以摩崖石刻为主，是一个书法艺术宝库，被誉为镌刻在崖石上的书法博物馆。

攀登了一天的华山，大伙儿似乎觉得很累，这时天色已近傍晚，一抹鲜红的太阳在远处的山凹处时隐时现，我们不得不怀着依依不舍的心情沿着盘山小路缓缓下山。虽然只是走马观花般的粗略行走，却让我们真切地感受到了大自然的壮观。对面石壁上，一株不知名的树木在秋风中依然簌簌抖动着，那黄中带绿的树叶向人们昭示着生命力的顽强，她也像这华山的石、华山的水一样，生生不息，亘古流长。来到山下，我再一次将目光洒向群山，远处的山峰仿佛在微微轻颔，目送着远方来客；山顶的寺观云雾缭绕，似朵朵莲花盛开在天际。此时，唐代诗人李白的一首诗在我心间油然而生：西岳峥嵘何壮哉，黄河如丝天际来。黄河万里触山动，盘涡毂转秦地雷。看着沐浴在夕阳下的华山有如一卷水墨山水画，只是不再是肃穆冷峻，而是透露着祥和。夕阳、华山，感受着还在努力攀爬的人们，恍如隔世，也许人生就如登华山，在爬一座看不见的山，从平淡到辉煌再归于平淡，有险有美有遗憾，而任何时候我们最丢不起的就是毅力。也许华山是活的，也许我读懂了，华山，她正是在试图用她震撼人心的险峻和绝美唤醒人们的毅力。但是，对一个勇敢地去攀登的人来说，山，永远在脚下。因为，山高人为峰！

　　短暂的一天走马观花式的游览，华山许多自然景观和人文景点来不及顾赏，有点遗憾。可华山在我心目中的印象却是十分深刻的！华山除了其奇险陡峭，是八百里秦川绝无仅有的秀岭奇峰之外，她仿佛是一首没有文字的诗，是一幅不需要装裱的画；又像一朵盛开的莲花，纯洁高雅。华山更像一位豪气冲天的巨人，他在朴实平凡的西北大地上昂首挺立，傲视万里峦嶂，笑对天下名山。她的魅力令人向往，她的芳名千古传扬。

客人来自沙家浜

丙申年的端午节，家中来了几位远方的客人，客人来自江苏省常熟市沙家浜镇，是十年前鄙人认识的朋友。十年前的盛夏，单位组织去友好市常熟市辖的几个镇学习考察，沙家浜镇是其中的一个。在沙家浜镇学习考察期间，结识了两位朋友，一位是水产养殖专业户陈叔，另一位是红色文物收藏家李世科先生。这两位朋友都是抗日战争时期，沙家浜地区抗日武装人士的后代。这次陈叔带着他的太太，李世科先生带着他在南京读大学的儿子，千里迢迢来到中山拜访我，鄙人很惊喜又感动。

常言道：有朋自远方来，不亦乐乎！我与陈叔、李世科先生两位朋友有整整十年未谋面了，虽然逢年过节通过手机短信或者微信互相问候，但还是显得比较生疏。此次，他们来访之前，并没有事先电话联系过，而是到了广州之后才打电话告诉我，说是要给我一个惊奇。我对此嗔怪他们不够朋友，事先应该告诉我，也让我有所准备。他们却说不要给朋友增添太多的麻烦，客随主便，随便一点好。我对他们说："你们还没有真正拿我当朋友看待。"陈叔一听急了，接着我的话题"如果是没有拿你当朋友看待的话，我们就不会千里迢迢来到中山看你。"我忙解释道"那是那是，我开玩笑说的，我们之间是真正的好朋友。"正当众人谈笑风生时，太太埋怨并批评我，只顾准说话，忘记招呼客人请坐喝茶。我觉得太太说得对，于是，我连忙招呼客人喝茶。我与来自沙家浜的客人，虽说有十年不曾见面，但交谈起来却好像很熟悉的老朋友。谈着谈着，我们一下就谈到了十年前，我们从认识到一起游览沙家浜，到讲述他们的先辈为了抗击日本鬼子的侵略,帮助新四军运送伤员、枪枝弹药的动人故事。

十年前,我在沙家浜考察期间,除了综合性的考察之外,还自带课题,向当地有关部门了解水产养殖情况,以及基层文化情况时,他们在介绍完基本情况后带我们去实地了解这两方面的典型,水产养殖方面就是陈叔,基层文化方面就是红色文物收藏家李世科先生。我通过与他们的交谈,感觉话语比较投机,就这样我们之间便成了好朋友。鉴于当地政府的热情,我们把考察的时间延长了两天,分组进行专题调研,其他同志去了解工业、旅游以及社会发展的一些情况,而我却根据自己比较关心的话题,选择了水产养殖和红色文化进行调研考察。由于陈叔是渔民和水产养殖大户,对沙家浜地区的水产养殖情况了如指掌,为此,他建议坐他的小渔船,把调研的现场放在沙家浜湖区。这个建议也得到了李世科先生的响应,他也认为采访他谈红色文化沙家浜湖区是个不错的场所,他可以现场讲解当年发生在沙家浜地区一些抗战故事。就这样,陈叔和李世科先生不谋而合,引我真正进入了沙家浜。

那是一个盛夏的早晨,阳光普照着大地,沙家浜在阳光的照耀下显得分外肃穆和壮丽。我与陈叔、李世科先生,还有我的同事小周共四人,乘坐陈叔的渔船从沙家浜的一个小码头出发,陈叔即是船工又是向导。渔船穿梭在芦苇荡之间,一个个芦苇荡从我们眼前飘过,这时陈叔开始进入了主题,他说:"沙家浜镇是典型的江南水乡,河浜纵横,湖荡密布,水面面积占总面积的20.7%。他自己租用水面500多亩,养殖虾、蟹,好的年份可获纯利100多万元。全镇水产养殖面积达4.28万亩,占全镇农业耕地面积的85.7%,占常熟市水产养殖总面积的27.7%,水产养殖户3000多户,水产经纪人300多人,建成水产品无公害生产基地6个,创建水产品牌10多个,获得苏州市、江苏省名牌产品等荣誉……"我边听陈叔的讲解,把眼光盯住了那些芦苇,芦苇我比较熟悉，在我们南方许多水乡都有，但是没有沙家浜这么多。这里在波光云影下摇曳生姿的是荡边最常见的芦苇。所谓"蒹葭苍苍，白露为霜"，相对于精耕细作的小麦和水稻，这种水生植物更接近原始与野性，也更接近天空与心灵。芦苇成了片，就会有浩大的声势，在水陆交错之地，风乍起，澎湃起好大一片芦苇，她是水乡威武的仪仗队，也是江南风情的眉眼。陈叔讲完之后，李世科先生接着向我们讲述发生在这里的抗战故事。他说："沙家浜文化底蕴深厚，境内有唐市、横泾两座古镇，复社先驱杨彝、藏书家毛晋定居于此，明清时期产生进士举人40人。抗战时期沙家浜成为苏常太抗日游击根据地中心，新四军在此留下了战斗足迹。以沙家浜革命故事为原型创作的现代京剧《沙家浜》唱红大江南北，沙家浜因此闻名遐迩。1939年5月，由叶飞率领的新四军六团以"江南抗日义勇军"的名义东进抗日，与常熟的地方抗日武装民抗、新六梯团会师，打击日伪势力和土匪武装，依靠水网湖荡密布、交通闭塞的自然条件开辟了以阳澄湖东唐市为中心的苏常太和澄锡虞抗日根据地。当年10月，江抗西移，仅留下警卫班、常备队数十人以及流动的后方医院和36个伤病员，后方医院在群众的掩护下不断转移，躲避敌人"扫荡"。11月，以夏光、刘飞等痊愈的伤病员为骨干，配合当地抗日武装，成立了江抗东路司令部（新江抗），组建了江抗东路指挥部特务连。沪剧《芦荡火种》与现代京剧《沙家浜》即取材于新江抗建立前后的那段史实。抗战时期横泾有抗日宣传队。1940年成立的江南出版社船队常隐匿于境内芦苇荡中，印刷出版《大众报》《江南》等刊物。1942—1945年日伪办有农教馆。新江抗发展成一支拥有6个支队的抗日力量，巩固并发展了根据地。1940年4月，谭震林来到唐市领导中共苏南东路地区工作，发动群众开展"红五月"运动，建立县、区、乡、村各级政权机构和农民、职工、青年、少年抗日组织，横泾、唐市地区成为新江抗的后方基地。

江抗成立一年内，组织参加大小战斗47次，击毙日军147人、伪军357人，打伤日军113人、伪军433人，生俘伪军298人。"皖南事变"后，新江抗恢复新四军番号，为新四军六师十八旅。1941年7月，日伪发动大规模"清乡"，中共领导的大部分武装撤离，根据地遭到重大破坏。留在当地的少数干部发动群众，组建武工队，坚持进行武装游击……"说到这里，李世科先生眼眶里似乎充满了泪水，他动情地说"他的伯伯，当地的一个武工队的副队长、中共党员，在一次与日寇的战斗中光荣牺牲，年仅二十五岁。"听李世科先生这么一说，大家的心情似乎十分沉重起来，这也就不难理解李世科先生是个牙科医生，却还十分喜欢收藏红色文物之缘故。我们乘坐的渔船荡悠悠，芦苇太多似迷宫，芦苇荡深邃而幽远，划船进入其中，头顶、身边，满是望不透的绿色，仿佛五脏六腑都被熏绿了。此情此景，不禁让人浮想联翩。在那个烽火连天的岁月里，新四军36名伤病员在这里父老乡亲的帮助下，一头扎进了无边无际的芦苇荡。芦根水清甜爽利的汁液滋润着他们干哑的喉咙，芦花鞋拙笨却温暖地伴随他们度过江南的萧瑟寒冬。当指战员们重返杀敌战场的时候，一定不会忘记青青芦苇的平安佑护和脉脉流水的母性温情。

　　在沙家浜考察调研的几天里，除了仰慕那段早已熟悉的历史，为真切感受到的那种坚强的革命精神和沙家浜那清澈灵动的水之外，还感悟到水的魅力。所有的文明因水而缘起，又终归于水。倨傲的风车与沉稳的牛车连在一起。恰恰是在漫漫的农耕社会里，关于风调雨顺的最好物象。当然，先民们对水的依赖并不局限与播种与收获的当口。蓝印花布的天然色彩因为水的漂洗而日渐纯澄，涉古书阁的上好油墨因为水的调配而历久弥香，那灿烂的丝线与飞动的银针，绣出了水的风姿，那辽远的笛声与悠扬的吴歌传来了水的消息。是莲藕出水的清晨，是鱼虾满仓的黄昏，是花灯闪耀的元宵，是龙舟飞渡的端午，是稻麦洒金的仲秋，阳澄湖大闸蟹汲取了一年的天地精华，已经硕大肥满。那晶莹的肉，那膏腴的黄，是水乡百姓的辛勤收获，也是江南滋味的兼容并包。天一生水，水生万物，水做了一个沙家浜。

　　来自沙家浜的客人，在中山小住的几天里后，我们聊了许多，聊了沙家浜的现在，也聊了中山的风土人情；聊了家常，也聊了未来。我也尽东道主之谊，带他们去翠亨参观了孙中山的故居，以及其他一些旅游景点，品尝了中山的一些美食。之后这几位远道而来的客人便去了深圳，我想挽留他们在中山多住几天，被他们谢绝了！来自沙家浜的客人，鄙人的好朋友，欢迎你们下次再来！

五桂山的松涛声

乙未年的暮春，一个分别了三十多年的老同学携夫人前来中山，专程拜访鄙人，并特别声明要去造访五桂山。鄙人对此有点疑问，一个外乡人，来中山点名要去五桂山，的确是少见。后听老同学解释，才知道其中缘由，原来老同学的外公是广东人民抗日游击队珠江纵队的一名战士，在五桂山一带打击日本鬼子有两年多时间，他的一些战友就长眠在这块土地上。老同学的外公早几年去逝，老人家临终前说他有一个心愿没有了结，就是去中山五桂山烈士陵墓凭吊牺牲了的战友，委托他的外孙也即我的老同学，帮他了结这个心愿。哦！原来是这样，老同学这个要求鄙人一定要满足。

五桂山，鄙人经常去，有时是同一群文友去采风，有时候是去爬山锻练身体。五桂山方圆一百多平方公里，其虽然不是名山，但亦是青山绿水，小溪淙淙。引人注目的青松、沉香屹立山野，远远望去，碧绿苍翠，生机盎然，深深呼吸清新的空气，仿佛从林间徐徐飘来，十分惬意。更因上世纪三、四十年代发生在此间系列的抗日故事，吸引着无数的人前来游访。

在中山，五桂山堪称仙景，每逢夏初，青松披新衣，山风吹拂，连绵起伏，好似大海的波涛，时尔汹涌澎湃，时而又微波绵延，这是松海的胸襟，她把人从喧嚣带回宁静，凝神细品，山间激荡的回音，时而高亢，时而低鸣，俨然一部伟大的交响乐。据清道光《香山县志》载，五桂山主峰顶有五峰，海拔 531 米，是中山市的最高山峰，产木犀、岩桂，故称五桂山。《香山县乡土志》云："宋史《太平寰宇记》，东莞县香山在县南，隔三百里，地多神仙花卉，故曰香山。以里数计之，疑即今县东南五桂山。考旧志称，五桂山多异花、神仙茶，与《寰宇记》所言正合"。古代香山乃以五桂山而得名。

那天，鄙人带着老同学夫妇俩，驾车前往五桂山，将车停泊在山底下的一个停车场，然后朝烈士陵墓走去，拜祭老同学外公长眠在此的那些战友。我们一行走进那郁郁葱葱的松林，遮天闭日阴影，偶有阳光透进，洒下了金线串串。在那原始次森林里，深深地吸一口沁人肺腑的空气，都带着那松针气味的甘甜。流水潺潺，清澈无染。享一份难得的雅静，品一口清凉的山泉，真是遐意无限。当微风劲吹，那松涛声连续不断，犹如大海的波澜。连延不绝于耳，缠缠绵绵。它象少女的轻嘤，它象婴儿的梦魇。它轻轻地倾诉，倾诉着那山峰的美，倾诉着那泉水的甜。倾诉那湛蓝的天空，倾诉着那洁净的自然。

约莫走了半个多小时，一座巍峨的烈士陵墓便出现在我们的眼前。我们走在那平整的用石子砌成的墓道上，老同学夫妇俩将一大簇鲜花摆放在烈士墓前，大家以一种肃穆的心情，凭吊着这些为国家为民族长眠在墓中的烈士，老同学面对烈士陵墓说了几句话，意思是他外公已经仙鹤了，让他代表其外公来看望他们，老同学的夫人还动情地流了眼泪。我望着眼前的烈士陵墓，仿佛看见了烈士们出生入死、浴血奋战的雄姿，还有那从容就义的凛然神态，听到了响彻云霄、视死如归的悲壮口号……

五桂山的抗战史，鄙人略知其二。五桂山地区有着光荣的革命传统，抗日战争时期，五桂山是中山抗日根据地。1939年7月下旬至1940年3月，日军向县城石岐及邻近地区共发动5次军事侵略，其中前2次由于国共合作，顽强作战，取得了横门保卫战的胜利。1940年3月15日中山县境大部分沦陷。日军所到之处，大肆烧杀抢掠、奸淫妇女，中山人民陷入灾难之中。中共南番中顺中山县委为谋求在中山建立较为理想的抗日根据地，派出谢立全到五桂山区进行实地调查。1942年初，中山县委认为五桂山区具有良好的群众基础和思想基础，有建立根据地的政治条件和地理条件。因而决定开辟五桂山区抗日根据地，发展壮大部队，坚持独立自主的抗日游击战争。1942年5月，中山县抗日游击大队在五桂山区整编成立；1943年7月，广东南番中顺游击区指挥部从禺南转移到五桂山区。五桂山抗日根据地建立后，中山抗日游击战争如火如荼开展起来。1944年1月1日，经南番中顺游击区指挥部批准，原中山县抗日游击大队改编为中山人民抗日义勇大队（后改编为珠江纵队第一支队）。1944年10月中区纵队在槟榔山村正式宣布成立，1945年1月15日，广东人民抗日游击队珠江纵队宣布成立，司令部设在槟榔山村古氏宗祠内，五桂山区便成为南番中顺游击区的指挥中心。在抗日战争中，中山县抗日游击大队在广东南番中顺游击区指挥部和广东人民抗日游击队珠江纵队的直接领导下，同日军进行了140多次战斗，其中发生在境内的著名战斗有"抗击日伪六路围攻"、"粉碎日伪十路围攻（大帽山伏击战）"、"粉碎日军四路围攻"、"五九反扫荡"等。在历次战斗中，有300多人光荣牺牲，留下了许多可歌可泣的英雄事迹；林锵云、梁嘉、谢立全、谢斌、谭桂明、欧初、梁奇达、罗章有、杨子江等是抗日武装斗争的出色领导者，为抗日斗争的胜利写下了壮丽的诗篇。抗战胜利后，国民党政府抢夺抗战胜利果实，全面发动内战。1945年11月至1948年秋，国民党中山县政府先后4次大规模围剿五桂山革命根据地。五桂山区军民在中国共产党的领导下，与国民党军警展开了艰苦顽强的斗争，粉碎了国民党军队的疯狂"扫荡"，保存并发展了革命武装。

　　从五桂山区抗日根据地建立以后到中山解放的8年多，五桂山人民大力支持共产党领导的抗日战争和解放战争，境内近100子弟参军参战，20人光荣牺牲。广大群众为部队捐款送粮，主动为部队提供住处。在日伪"清乡扫荡"时，山区人民对日伪进行坚壁清野，许多民房被毁坏，群众毫无怨言，反而冒着生命危险，为抗日部队传送情报，掩护部队安全转移。战时，群众自动组织运输队、救护队、后勤队支援部队作战，为革命作出了贡献。新中国成立后，经广东省人民政府批准，五桂山镇被划评为抗战时期革命老区乡镇，辖内20个自然村为革命老区村庄。

我们一行在拜祭完烈士陵墓之后，继续往山顶前行。五桂山的原始次森林风貌，的确引人入胜。植被茂密，山花烂漫，溪水潺潺，沟谷纵横，泉清石奇，林荫蔽日，空气清新。一个天然植物博物馆，拥有610多种常绿季雨林植物。一溪水，一袭云。一脉青山，掩山野闲居，在清远静谧里，听松涛声远。珠三角下游一块难得的世外桃源，一个休生养性的好地方。特别吸引鄙人的是五桂山的松树以及其松涛声。我们爬到一个山峰，见到了一大片的松树，我们面对眼前的这片松树，闻着被风吹拂的松涛声，不约而同地发出了感叹！松树，她没有春天里桃树的争妍斗艳，也没有夏天里梧桐那硕大的叶片，更没有秋天里银杏树的一身金色的外衣，它只是冬天里，穿着朴素绿色外套的雄姿。但是，它却以刚毅常青荣居"岁寒三友"之首。在极端寒冷的气候中，深居林海，身躯健壮，不失英雄本色。在坚硬贫瘠的山顶，还能扎根石隙，挺直腰身，彬彬有礼地长臂揖客。松有着强壮的生命力，不管是在悬崖的缝隙间，还是在贫瘠的土地上，只要有一粒种子，它就能茁壮地成长起来。它不怕环境恶劣，不被困难所惧，狂风吹不倒，洪水淹不灭，严寒冻不死，干旱旱不枯。乘着风的翅膀，松涛喧嚣而至，天地之间，风与松倾诉着岁月的沧桑，琴律，风语，涛韵与天地交融，一波起，一波落，波与波相携，涌入了尘世，刹那间，生命在欢歌，在舞蹈，苍松婆娑的臂腕与蔚然的云霞同醉同舞，与日月光华同升而归，汇聚着世代相守相传的韵律，合奏着悲与喜的栉风沐雨，信天而立。松的风度既庄重又高雅，虽高耸入云，而无傲慢轻世之态。松不善婆娑起舞，但并不寡言沉默。听！狂飙过处，松涛如吼，犹如万马奔腾，惊心动魂，蕴藏着无穷力量。

弦如蔓，千缠百绕，松向天，扶云揽月。浩渺的音符入云而吟，依稀千年不朽的音律，仿佛生命年轮的昭显。生命的声音是微小的，生命的呐喊是宏大的，琴声如泣如诉，涛声如歌如云。山鸣而谷应，风唱而松和，风跳跃激荡的音符打动了树心，年轮似水的涟漪渐行荡漾，又若娇羞回眸的浅笑。葱笼的笑靥凛然的魅影，皆在激荡的音符中凝聚奔放，探寻生命意义的华美。松涛时而和风细雨、时而浮云掠过、时而情怨声声……松涛就是最美的音符，景随风动，风随季动，季随天动，天随心动，而一切都是天籁之音，浑然天成！松涛，是声的传奇，是力的聚集。是森林的容纳，是自然的神秘。是美的享受，是情的根蒂。是松的本质，是自然的魅力。

半天的五桂山行程，鄙人陪老同学夫妇俩拜祭了烈士陵墓，游览了五桂山的美景，感受了五桂山松树的涛声。我似乎觉得五桂山的松树，就是曾经在这里战斗过的英雄和牺牲在此烈士的化身，他们不畏困难，百折不挠，一身傲骨，为国家的解放和民族的独立，浴血奋战，英勇杀敌，敢于牺牲的大无畏的革命精神值得后人学习和传承。五桂山的松涛声，仿佛是烈士们大义凛然的就义声，他告诉我们，今天的幸福生活来之不易，是成千上万的革命先烈用自己的鲜血和生命换来的，似乎提醒我们要格外珍惜，永保江山不褪色。我赞扬松的坚韧，我更佩服松涛的活力。五桂山的松涛声，声声入耳，声声动听，声声催人奋进！

土 地 情

  许多年之前,我听过一首歌"生我是这块土地,养我是这块土地,祖国啊我永远热爱你……"这首歌的歌名是《祖国啊,我永远热爱你》,此歌经著名的歌唱家殷秀梅女士演唱之后,立即风靡大江南北,我欣赏这首歌的曲调委婉动听,更喜欢这首歌的歌词,饱含着对祖国母亲的深情厚义,以及对生我养我的这块土地的感激之情。
  土地从地质学的角度来解释,是由地球陆地部分一定高度和深度范围内的岩石、矿藏、土壤、水文、大气和植被等要素构成的干裂的土地自然综合体。土地是一个综合的自然地理概念。土地"是地表某一地段包括地质、地貌、气候、水文、土壤、植被等多种自然要素在内的自然综合体"。作为自然物的土地是逐渐由人类生存和发展的最基本生态环境要素转化为人的劳动对象和劳动资料,日益作为人类生活和生产活动的自然资源宝库,而成为一切生产资源和生产资料的源泉和依托;并使自然资源和生态环境要素的土地转化为人工自然资源和人工生态环境要素而成为自然资源综合体,土地不仅具有使用价值,而且有了价值。
  生我养我的这块土地,是淳朴的、温厚的,坚强的、隐忍的。如母亲的性格,亦如母亲抚育我们,在心尖上抚育着一株株茂盛的庄稼,把自己的根扎在这里,以阳光和水的名义植入母亲的乳汁,还有那么多熟悉的背影,那么多茂盛的庄稼,如诗、如歌,如梦、如幻,滋养着我的心灵,储藏记忆,生长灵魂,栖息生命。在这块土地上,我不只爱我赖以生活的稻谷、高粱、玉米、红薯、蔬菜,我喜爱犁地的耕牛、看家的黄狗、捕鼠的花猫、还有院子里的几只鸡,也喜爱在"物类"中见灵性的小动物和禽鸟;喜鹊、乌鸦、老鹰,还有啄食的蜻蜓、蝼蛄、蚯蚓之类的土虫。还喜爱野生的花草;包括阡陌间草叶上的雨珠、土路上的碎石、潺潺的溪流、青草甜甜的气味,炊烟升起的图画。

我深深地爱着这块土地,我的每一寸皮肤,都有着土粒;我的手掌一接近土地,心就变得平静。我是土地的族系,我不能离开她。在故乡的土地上,留下了我无数的脚印。小时候常在老家的自留地里挖坑种向日葵,种丝瓜,种南瓜,在屋后的猪圈边种的冬瓜爬上草房结出白茸茸的冬瓜卧在房面上,象是草原上的白绵羊。懂事以来,我就融在家乡的土地里,打猪草,割青草,捉地蚕,拾狗粪,打柴火,在水田里捞过鱼和虾,在田边钓过黄鳝,在屋前屋后的阳沟里捉过螃蟹……在那田垄里曾传递过我的欢笑,在那稻颗上我捉过蚱蜢,在那沉重的锄头上留着我的手印。我吃过我自己种的白菜。故乡的土壤是香的。在春天,春风吹起的时候,土壤的香气便在田野里飘扬。河流浅浅地流过,柳条像一阵烟雨似的窜出来,空气里都有一种欢喜的声音。原野到处有一种鸣叫,天空清亮透明,劳动的声音从这头响到那头。秋天,稻禾的香气是强烈的,晒谷场上堆满了金灿灿的稻谷,麻雀吃厌了,这里那里到处飞。满树的跳跃,大片的吱喳,那是我小小心灵在田野里欣赏的大景观。那是大自然的恩赐,是人生一种真正的享受。在他们面前,儿时的眼睛、耳朵、鼻子、话语和所有的感官都能进入一个无怨无哀无怒无愁,最为童趣、最有生机的生命世界。

祖国的这片土地,如果不见你的身影,泥土的味道,一定会多出苦涩,我的生命也会从此暗淡无光。祖国的这片土地,每一部分都是神圣的。每一处沙滩,每一片耕地,每一座山脉,每一条河流,每一根闪闪发光的松针,每一只嗡嗡鸣叫的昆虫,还有那浓密丛林中的薄雾,蓝天上的白云,在我们这个民族的记忆和体验中，都是圣洁的。在这块美丽的土地上，有南国的丝雨，草原的羊群，塞北的白雪，戈壁的骆驼；有流淌的长江，泛波的黄河，耸立的长城，巍峨的黄山，还有壮观的大漠等等。我们是大地的一部分，大地也是我们的一部分。青草、绿叶、花朵是我们的姐妹，麋鹿、骏马、雄鹰是我们的兄弟。树汁流经树干，就像血液流经我们的血管一样。我们和大地上的山峦河流、动物植物共同属于一个家园。

我在这片深情的土地上，一次次听风吹过。风，裹挟了太多的疲惫，把村庄叠印在河水的怀里。片片涟漪的细语，带着欢乐与渴望，带着祖先说给子孙的故事，在某一个时刻悄悄走掉，又在某一个时刻，悄悄回来滋润这片土地。每一棵庄稼，都饱尝着他的爱抚，荡漾着会心的笑容。踩着风的脚步，跳出美丽的舞蹈，之后成为人们口中的粮食，在柔缓的炊烟里，飘出好闻的饭香。哦！我看见"金井梧桐秋叶黄，珠帘不卷夜来霜"片片红叶零落到了大地，渴望着新的居所，而那片土地就像救济孤儿的收容所不惜一切的接受着，落叶归根，缺不了土地这一媒介，他无私的转载着落叶，生老病死，也就可以无止息的运转着，他，脚下的这方土地总是让我如此的欣赏。

人类历史上，多少人为了土地而进行了连绵不断的悲壮斗争，又有多少英雄义士为保卫它而英勇地献出了生命！晚清以来我国丢失了数以百万平方公里的土地，在我国许多地方，历史上就流传着许多可歌可泣的保卫土地的抗敌故事。土地的长度和面积计算单位可以用丈、用公里、用亩、用公顷，然而在含有国土的意义的时候，它的计算单位应该用寸。因为它代表一个国家的主权，一寸土都决不容侵犯，一寸土都是珍宝。时任俄罗斯的总统普京有一句名言："俄罗斯国土面积虽然很大，但没有一寸是多余的。"

众所周知，南海诸岛是中国固有领土。2013年菲律宾时任政府,在美国的操纵下,单方面提起的南海仲裁案违反中菲通过双边谈判解决争议的协议,侵犯中国作为《联合国海洋法公约》缔约国自主选择争端解决方式的权利,滥用《公约》争端解决程序。南海仲裁案临时仲裁庭于日前公布了"仲裁结果",闹剧终于收场。这场由菲律宾阿基诺三世政府单方提起的所谓仲裁,是披着法律外衣的政治挑衅。仲裁庭罔顾基本法理,轻率开庭,武断裁决,冒天下之大不韪。"此仲裁能夺走中国领土吗?休想!南海诸岛自古就是中国领土,中国在南海的领土主权和海洋权益在任何情况下不受所谓菲律宾南海仲裁案裁决的影响。"《解放军报》评论员的文章《休想用非法裁决夺走中国主权》掷地有声。

当我躺在这块土地上的时候,当我仰望天上的星星,手里握着一把泥土的时候,想起了许多……晚清时期,沙俄利用威胁恐赫等手段,迫使清政府签订了许多不平等条约,丧失了几百万平方公里的土地。八国联军踏入我国土,烧杀抢劫,瓜分势力范围。日本鬼子穷凶极恶侵占我大半江山等等。祖国的河山在流泪,土地在流血。痛定思痛,落后要挨打,贫穷要受欺。只有祖国强大了,国土才能完整,生我养我的这块土地,才能保持那源远流长的历史,那灿烂广博的文化,那飞速发展的昨日,那辉煌盛世的今天。

我每天生活在这块土地上,与所有有灵性的动物、植物,自然山水和我共同成长、欢悦,共同收拾泪水。于四季的风来风去中,我愿将自己化成一棵不老的树,站在神奇而平实的土地上,倾听来自大自然与花与草与风的对话,种子萌了芽,茁了壮,结了果,自幼而少,自少而壮,自壮而老,在生命的过程,沿着时间的路线老老实实的行走,所有的浮躁归于完全的平静。唯有泥土下凝聚着生命的暗流,期盼所有的希望,都在大地上普生!有时候,我仿佛能看见那土地的深层,在翻滚着一种红熟的浆液,这声音便是从那里来的。在那亘古的地层里,有着一股燃烧的洪流,像我的心喷涌着血液一样。我常常把手放在大地上,我会感到她在跳跃，和我的心的跳跃是一样的。它们从来没有停息，它们的热血一直在流，在热情的默契里它们彼此呼唤着，终有一天它们要汇合在一起。

生我是这块土地，养我是这块土地，我深深地爱着这块生我养我的土地。

种　子　赞

　　春种一粒粟，秋收万颗籽。没有种子，这个世界便是一个枯燥无味的世界。大自然中五颜六色的花草树木，将这个世界装扮的勃勃生机，其中种子立下了汗马功劳。有科学家说，假如地球遭到毁灭，一切生命都灭绝了，但只要有一颗种子保存下来，地球上所有的生命都将会重新开始。种子是种子植物的繁殖体系，对延续物种起着重要作用。种子与人类生活关系密切，除日常生活必需的粮、油、棉外，一些药用（如杏仁）、调味（如胡椒）、饮料（如咖啡、可可）都来自种子。植物、大树、花草也是种子繁殖而来。许多种子能够食用，是餐桌上的美味佳肴。种子有多种传播方式，如：自体传播、风力传播、水力传播、鸟类传播、哺乳动物传播、昆虫传播等。最主要是昆虫传播（虫媒花）、风力传播（风媒花）。

　　鄙人十分喜欢花草树木，小时候，老师给我们讲过"蒲公英的种子"的故事，她绘声绘色的讲课身影至今还印在我的记忆深处。老师好像在诗朗诵，又好像在讲故事，声情并茂，使我们班的学生听得如痴如醉。她说："种子的传播方式有很多种，蒲公英的种子是靠风传播过去的。风是一个匆匆的过客，邀请蒲公英去远方旅行。从村庄到城市，坠入小溪流向河流，飞过天空，乘着云彩，飞到了无边无际的远方。风过无影，水过无形，微澜安然，时光静好，阑珊之所，一株蒲公英孤单的摇曳在一片翠绿之中。没有花的妖娆，也没有叶的迎风招展，轻轻的舞动着，在属于自己的节拍中，放肆的摇摆。满园春色中，微小的蒲公英没有花开的嫣然灿烂，也没有草青万里的磅礴之势，总是习惯的孤单着，静静的萌动在那些不被注视的角落了。"的确是这样，蒲公英小小的种子被迎风吹起，离开了枝头的蒲公英飞得如此的自由自在，展示了她那千丝万缕的身材。在风的怀抱中，尽情的翱翔，没有蝴蝶飞不过沧海的遗憾，也没有徜徉天际的宏图大志，只是在一个属于自己的高度上尽情的释放着。风的相随给了蒲公英坚持的最终勇气，也许最终的降落会吞噬了蒲公英的小小生命，但是在那些自由恣意的飞翔之后，一切都已经不重要了，所有的结果都是蒲公英这短暂的一生最好的传承和祭奠。田野里的蒲公英，在风的传动中祖祖辈辈生活着。风一吹，一瓣瓣小雨伞四处飞舞，飘落到天涯海角，像四海为家的游子落地生根。

种子的确很奇特。有一天，我与朋友正在林中小憩，突然听到"噼啪"一阵声响。朋友说，这是种子爆裂的声音。果真是这样，我从地上检起一颗种子，双手捧着它，仿佛听到了它的心音……1905年，荷兰人强占了摩鹿加群岛，为垄断岛上盛产的制造名贵香料的原料——豆蔻，下令严禁外传，否则处死。可不久，其他岛上竟也长出了豆蔻，荷兰人大为恼火，以为是当地土人偷运出去的，对他们严刑拷打甚至屠杀……后来才发现，传播种子的原来是岛上的鸟，还有风和海水。你可以囚禁世界上的任何东西任何人，可你永远也囚禁不住的是思想，还有种子！从生物学的角度来说，是种子在发芽后有光合作用，不断的吸收阳光和水分，装换成自身所需要的能量、养料。这个过程中，可能还有寒霜、病虫等等的干扰，可是，种子依旧不折不挠的，变成一颗参天大树。

我在自家的院子里种了一些花草树木，有龙眼、黄皮、芒果等果树，有罗汉松、山松、水松、桂花、莫忧等观赏性的树，还有一些高大的乔木树，如仁面、香樟等，这些都是树苗移植种下来的。后来买了一些花木种子，如康乃馨、勿忘我、三叶梅等品种种在院子里的花基里和阳台上的花盆里，经过一段的时间，这些花木绽放出各种婀娜多姿、五颜六色的花朵，艳丽迷人。前段时间天阴风冷，阳台上的茉莉花枝条光光的，一狠心带枝剪掉；三叶梅巨大地铺开在天空，全部是黑紫色的枝条，光秃秃的，剪掉大半部分，春天一来，这些花木便争奇斗艳，郁郁葱葱充满生机和活力。

种子的大小形状，颜色因种类不同而异。椰子的种子很大，油菜、芝麻的种子较小，而烟草、马齿苋、兰科植物的种子则更小。蚕豆、菜豆为肾脏形，豌豆、龙眼为圆球状；花生为椭圆形；瓜类的种子多为扁圆形。颜色以褐色和黑色较多，但也有其他颜色，例如豆类种子就有黑、红、绿、黄、白等色。种子表面有的光滑发亮、也有的暗淡或粗糙。造成表面粗糙的原因是由于表面有穴、沟、网纹、条纹、突起、棱脊等雕纹的结果。有些还可看到种子成熟后自珠柄上脱落留下的斑痕枣种脐和珠孔。有的种子还具有翅、冠毛、刺、芒和毛等附属物，这些都有助于种子的传播。种子体积的大小差异很大，一个带着内果皮的椰子种子，可以达几千克重，而药用植物马齿苋种子的千粒重只有 0.13 克，寄生的高等植物列当种子更小，千粒重仅在 0.0029–0.0049 克之间。

种子大小的差异悬殊，各有其生物学上的意义。例如椰子的种子很大，每株结实数量有限，由于种子极易萌发，种子内又富含液体胚乳，营养充足，这样就可得到"重点保证"。而那些体积极小的种子，则以多取胜，虽然它们只有占总数很少的种子能够萌发，但仍可产生大量后代。许多一年生杂草植物，就是以这种方式进行大量繁殖的。种子成熟离开母体后仍是生活的，但各类植物种子的寿命有很大差异。其寿命的长短除与遗传特性和发育是否健壮有关外，还受环境因素的影响。有些植物种子寿命很短，如巴西橡胶的种子生活仅一周左右，而莲的种子寿命很长，生活长达数百年以至千年。种子寿命的延长对优良农作物的种子保存有着重要意义，也就是可以利用贮存条件延长种子寿命。

世界上气力最大的是植物的种子。一粒种子可以显现出来的力，简直是超越一切的。你见过被压在瓦砾和石块下面的一棵小草的生成吗？它为着向往阳光，为着达成它的生之意志，不管上面的石块如何重，石块与石块之间如何狭，它总要曲曲折折地，顽强不屈地透到地面上来。它的根往土里钻，它的芽往上面挺，这是一种不可抗的力，阻止它的石块结果也被它掀翻。一粒种子力量之大如此。千千万万的种子总是被埋在地下，从不愿抛头露面，所以它的身影才覆盖了整个地球。不管是谁，你若想实现你的高高的梦想，先得去做一颗小小的种子，做一粒饱含热情，充满斗志，拥有抱负的种子。

　　做一粒种子吧，遇到土壤就安定下来，不要去管这片土地是贫瘠还是富饶。随遇而安是种子的命运，有土地就是上苍的厚赐了。有多少的种子一出生就不小心落到了水里，最后变成了一具空壳；又有多少的种子遇见了虫子，被吃了一个残缺不全；还有多少的种子，在没有成熟之前已经死亡。既然是一粒健康的种子，就不要太在乎土地是不是富饶，想要发芽，只要有水和土壤就可以了。做一粒种子吧，在黑暗的地下可以耐得住煎熬。若是仅仅存在与土地的表层，就不可能健康的成长。暴露的根系在阳光下无处遁形，最终只有死亡。耐得住黑暗的煎熬，才能有一个完整的根系啊。做一粒种子吧，不去抱怨生命有多么不公。可能你是在悬崖的缝隙中，就有那么一点点的土壤；可能你是在河边的软泥里，面临腐烂的危险；可能你是在干旱的沙漠中，等待甘霖的到来；可能你是在鸟窝的旁边，随时可能变成腹中餐。可是啊，我们要努力的积蓄力量，尽快的发芽。一旦我们以一个生命的姿态出现，我们就得到了继续生存下去的机会。做一粒种子吧，不论是什么植物的种子，我们都要努力成长。若是一颗树种，就在今后的几十年里长得更高更大更壮，直到撑起一片属于自己的天空，把世界装扮成一片绿色。若是一颗花种，就努力的吸收能量，等到花开时开出最美的花朵。或许我们不是最美的花朵，甚至不是什么漂亮的花朵，可是在花开的一瞬间，我们就是最美的自己。

上世纪四十年代，伟人毛泽东在其《关于重庆谈判》的文章中写道"共产党员好比种子，人民好比土地。我们到了一个地方，就要同那里的人民结合起来，在人民中间生根、开花。"这是无比亲切的教诲，也是最好的诗篇。它值得我们经常朗诵，牢牢地记住。战争年代，一个革命者，一个无产阶级战士，一个共产党员，本身就应当都是一粒酷暑热不坏，严寒冻不死的革命种子。许多优秀的革命种子，在人民群众这块丰厚的土壤里生根开花，带领广大人民群众推翻了压在中国人民头上的三座大山，夺取了新民主主义革命的伟大胜利，建立了新中国。当今，在祖国快速发展，人们生活越来越幸福的大好形式下，我们每一名共产党员干部都要加强学习，学习政治，学习科学，学习为人民服务的本领。这样才能成为一名新时代的无产阶级的先锋战士，中华民族的先锋队的队员，这样才能成为实现最高理想，最终目标的一粒革命种子。我们每一名共产党员，尤其是经过了风风雨雨的老党员都是一颗先锋队的种子。这些种子有的已经发芽了，但是还有不少种子没有发芽，或者还有的发不了芽呢！因为种子发芽是需要阳光、水份、温度的，缺乏了哪一个因素也是发不了芽的，即使发了芽而这三个因素不足，也会半路夭折的。

人生是一个磨练的过程，其中可能有许许多多的困难与挫折让我们却步不前。那时，我们可能绝望，可能眼前一片迷茫。但是你又是否会发现，在心灵的深处，深埋着一颗信念的种子。当我们身处绝境时它就像我们紧握在手中的一根救命稻草，能把我们从绝望的深渊给拉回来，让我们重新踏上征途。其实人生并没有真正的绝境，真正阻碍我们的就是没有坚强的信念，只要怀抱信念，任何挫折都能击退。这也告诉我们一个道理："只要信念在，希望就在！"只要你不放弃，信念的种子就能让你的人生重新开花结果。每一名共产党员都要做时代的先锋,当好一粒闪光的种子,在九百六十多万平方公里的沃野良田中生根、发芽、开花、结果,伟大的"中国梦"就一定能实现。

品　菊

　　每年的农历腊月，临近春节，珠江三角洲各地的花市都会竞相开启。鄙人所在的城市也不例外，腊八节一到，各地的花农、花贩便在集市上设点摆摊，绝对不会放弃一年当中最好的赚钱机会。花市中，品种繁多，百花争艳，百花齐放，令人眼花缭乱，目不暇接。有年桔、水仙、菊花、山茶、牡丹花、康乃馨等等，人们购买的主打产品还是年桔和菊花，按珠三角的习俗，春节期间，家中摆放一盆年桔寓意一年当中会大吉大利。围绕年桔四周，摆放不同颜色和形状的菊花，十分好看，再加上年桔树上吊上几十个红包，过年的气氛特别浓厚。每当春节来临，鄙人和太太都要去花市逛一逛，购买心目中喜欢的年桔和花卉，花卉中菊花是必不可少的品种。

　　喜欢菊花并不单是因为过年需要，过年菊花与年桔搭档，增添节日气氛，当然是一个原因，更重要的是喜欢菊花的风格。菊花，花中隐士者也。春风里她不与百花争艳，秋雨中她悄然绽放。她不畏寒冷，不随众草同枯，凌霜傲放，喷芬吐芳，点缀着整个金风萧萧的深秋季节，一幅秋光绮丽的菊花盛景，把人们再度深浸在菊香缭绕的享受之中。郭沫若先生曾作诗："花不凋零根不死，东篱岁岁茁新生"。她有松树般的风格，有着梅花似的品行。古往今来，曾被世人所赞许。它没有过高的要求，只要扎根于土壤之中，它就能茁壮地成长着。它的枝干挺拔直立，叶片郁郁苍苍，足能给人美的享受。

　　秋天来了，树叶儿慢慢地黄了，花草逐渐凋零，惟有傲霜的菊花却迎着秋风怒放。这儿一簇，那儿一丛，姹紫嫣红，流光溢彩，争妍斗奇。红的像一团火，黄的像一堆金，白的像银丝。在花丛中有一些含苞待放的花蕾，花瓣一层赶着一层，向外涌去。一朵朵的菊花像用象牙雕刻成的球，在太阳的照耀下，傲然挺立，美极了！不同品种的菊花竞相开放，真是美不胜收，单朵的、并蒂的，满株盛开的，密如繁星的，好一派多姿多彩的风景。五彩缤纷的菊花，千姿百态，有的像海葵，花瓣弯弯曲曲；有的像绣球团团，环抱一起，最吸引人的悬崖菊，朵朵怒放，像亭亭玉立的少女拖着裙带。那菊花从花盆垂挂下来，像一条长长的瀑布，真是一派雄伟的气势！红的、黄的、白的、紫的，各种各样的颜色使人心旷神怡。

　　菊花穿越古韵的沉香，轻轻的在世间飘荡，风舞动，菊清香漫拂；在雨蝶飘飞的诗意年华，菊羞羞答答的唱起歌谣，菊独步漫芳菲，携着寒露入眠；菊的灿烂色彩，点点映辉，描绘秋的童话。花丛中的柠檬黄、淡雅白、娇艳红、慧智蓝、神秘的淡紫色的菊花，每一朵点缀这秋色，把高贵，典雅，浪漫带给人间。

　　菊花是中国十大名花之一，在古神话传说中菊花还被赋予了吉祥、长寿的含义。菊花有三千多种，我国是菊花的故乡，已经有两千多年的栽培历史，最早的记载见之于《周官》《埤雅》。《礼记·月令篇》："季秋之月，鞠有黄华"，说明菊花是秋月开花，当时都是野生种，花是黄色的。《礼记》和《山海经》中都有菊花的记载。《楚辞》中有"春兰兮秋菊，长无绝兮终古"之句，西汉末期名臣胡广，采集菊泽良种播之于京师以后爱好者既多，栽种日广，逐成了遍布南北各地的名花。晋代养菊花就已盛行，唐宋年间贞洁情操的象征。历代诗人、词家以菊花为题咏者颇多，春秋战国时期诗人屈原的"朝饮木兰之坠露兮，夕餐秋菊之落英"；东晋诗人陶渊明最喜欢菊花，一生不愿面对社会的黑暗，曾几经挣扎官场宦海，厌倦后便决然辞官归隐丘山，将自己一生所孜孜追求的所谓猛志寄予田园，写下了自己心中的理想生活《桃花源记》，留下了"采菊东篱下，悠然见南山。"著名诗句。唐代诗人写菊花的就更多，有李白的"时过菊潭上，纵酒无休歇。泛此黄金花，颓然清歌发"；杜甫的"丛菊两开他日泪，孤舟一系故园心"；等名句，元稹《菊花》"秋丛绕舍似陶家，遍绕篱边日渐斜。不是花中偏爱菊，此花开尽更无花。"；范成大《重阳后菊花三首》"寂寞东篱湿露华，依前金靥照泥沙。世情儿女无高韵，只看重阳一日花。"；孟浩然《过故人庄》："待到重阳日，还来就菊花。"；农民起义领袖黄巢的："待到秋来九月八，我花开后百花杀。冲天香阵透长安，满城尽带黄金甲"等等。一代伟人毛泽东对菊花的描述更生动形象，"不似春光，胜似春光，战地黄花分外香"。

　　菊花除了具有观赏性之外，还有药用价值。能入药治病，久服或饮菊花茶能令人长寿。《神农本草经》上说，菊花"久服利血气，轻身、耐老、延年"。汉代以来，还有农历九月九日佩茱萸、饮菊花酒，以祈延年益寿、祓除不祥的习俗。宋代诗人苏辙："南阳白菊有奇功，潭上居人多老翁"。菊花可以做成精美的佳肴。"菊花肉"是经过长期摸索制作成的一种菊菜，它由一块块用蔗糖熬浆炮制的白嫩猪肉加工制成，玲珑剔透，有如白玉。每块之上黏上几丝菊瓣，饱饮油脂糖甜，观其金黄色泽，吃到口里荤中有素，素中有荤，香甜不腻，实为名菜。还有菊花鱼球、油炸菊叶、菊花鱼片粥、菊花羹、菊酒、菊茶等等，这些菊餐不但色香味俱佳，而且营养丰富。北京有名的"菊花锅子"（即在涮羊肉火锅里放些菊花煮汤），清淡味美，更是别有风味。

　　从宋代起，我国民间许多地方都有一年一度的"菊花盛会"，这习俗相沿至今，很多城市几乎每年的秋季都要举行菊花展览。鄙人也参观过一些城市的菊花展览，如昆明、开封、中山小榄等，感觉到各地都有特色，但印象最深的还是中山小榄的菊花会。小榄有"菊城"的美誉。菊花文化贯穿小榄的历史，初起有"菊试"、"菊社"等民间组织，后来逐渐演变成为每10年一度的"黄花会"。清代嘉庆甲戌年（1814年），有10个菊社联合举办大型菊花盛会，并相约以先人定居小榄时的甲戌年为一大盛会（即60年一届）。1994年，正值60年一届甲戌菊花大会之期，小榄经济腾飞，百业俱兴，小榄镇政府顺应民意，发扬传统，隆重举办了第四届（甲戌）菊花大会。鄙人和家人朋友一道，驱车前往观展，这次小榄六十年一遇的菊花会，规模之大，品种之多，让人赞叹不已，也确实让鄙人开了眼界。大会布展面积达10平方公里，陈展菊花82万盆，1568个品种，还陈展时花5万多盆。大立菊栽培技艺更上层楼，其中43圈的"白牡丹"大立菊和42圈的"绿衣红裳"均刷新世界大立菊单株着花数的最高纪录，"白牡丹"大立菊还被确定为大世界基尼斯之最。不少中央、省、市领导应邀出席大会，海内外嘉宾、客商云集，媒体纷至沓来。观展群众达到600万人次。鄙人从北到南的大大小小的菊花盛会，以及丰富多彩的菊花品种中，还领悟出菊花深受我国人民的喜爱的另一种原因，就是菊花不同于那些凡花俗卉，她不以妖艳的姿色取媚于人，而以素洁淡雅、性格坚贞深得人心；她不与春天的百卉群芳同盛衰，却在寒霜到来草木黄落时傲然独开。她有逸士之操、君子之节，故古代人以之与梅、兰、竹合称为"四君子"。宋代苏轼的《赵昌寒菊》"轻肌弱骨散幽葩，更将金蕊泛流霞。欲知却老延龄药，百草摧时始起花。"这首诗既赞美了菊花的清奇多姿和秋菊的高洁品性，又道出了人们喜欢菊花的原因。

　　菊花，她不在春天开放不代表她没有这个实力，而是她在等待在积蓄。秋风中开放也许只是一瞬，终不能获得永恒，但是即使面对秋霜她矣笑脸相迎，其实什么都不可怕关键是自己明白懂得，也许是她真的明白了"花适时而开，人择时而争"。她有的不只是那种贞洁，更是一种智慧。菊花不畏严寒，积极向上，坚强不屈。我想，人们也应该像菊花那样，能够在逆境中，不畏艰难险阻，迎难而上，向着自己既定的目标前进！

聊聊退休

鄙人聊退休这一话题，似乎有点太早，因为离现时的法定退休年龄还有七、八年。但时常听到一些朋友和同事在议论退休之事，又感觉到退休这一话题，是每个人都不能回避的，特别是年过半百的人。现实生活中，有的人五十岁才出头，就开始掐着手指头，盘算一下自己还有几年能够退休，有的说我有三十多年的工龄了，应该可以退休了等等。近年来，国家退休政策似乎有变，人力社会资源部抛出了一个延迟退休的方案，说是男女都要延迟到六十五岁，虽然说是征求意见稿，这一方案却在社会上掀起了轩然大波，大多数人似乎是持反对态度，特别是体力劳动者。

日前，正值龙眼成熟期，有一长者朋友来访，他的年龄几乎与鄙人的父亲相当。这一长者朋友是资深的收藏家、书画家，退休将近二十年，可他从来没有闲过，身兼很多社会职务，如市政协委员、市集邮协会会长、市书法家协会副主席等等。长者朋友来访，鄙人十分高兴，他学富五车，才高八斗，与其聊天是鄙人的一种享受。一方面，鄙人与其"臭味相投"，话语特多；另一方面，鄙人能够从与其的交谈中，学到很多东西。我征求长者朋友的意见，我们闲聊的地方是在室内的客厅，还是室外的院子里，长者朋友毫不犹豫地选择了在院子里的一棵龙眼树底下。理由是既可以观赏院子里的树木花草，叹一叹新鲜空气，又可随手摘摘树上的龙眼，品尝新鲜甜美的龙眼。于是，我在龙眼树下，摆放了一张桌子和几把椅子，并顺手从龙眼树上摘了几串龙眼，太太便将冲好的茶水以及其他一些点心放在桌子上。

我们先是聊收藏、聊集邮等，聊着聊着就聊到了退休这一话题，长者朋友说，他刚退休时，以为退休之后，闲暇日多起来，便充分利用阳台，开始了种植花木的"生涯"。说是养花，哪里有花？由于场地的限制，其实就是种植盆栽、盆景，阳台上满目的盆栽：有雀梅、红豆杉；有吊兰、滴水观音；还有文竹和几盆芦荟。他家里的盆栽，是一盆盆随意积攒的，完全没有"开花不要"的限制。不过也好，习惯满目绿色，倒也免去了老是期待出蕾、期待开花的那份额外牵挂。他时常看着阳台一片葱绿，绽放生机，让人平静中想到几分淡泊、健康。他也想到郑燮的一首咏竹诗："一节复一节，千枝攒万叶。我自不开花，免撩蜂与蝶。"已过花甲之年，什么节外生节，什么撩蜂撩蝶，似乎与他风马牛不相及，好似对夏虫说冰一样。可是他这种宁静安怡的生活，只维持了半年时间。之后，市邮政局的领导亲自找上门来，请他"出山"担任市集邮协会的会长，他最初是毫不犹豫地拒绝了，可是，市邮政局的领导并没有"罢休"，再次登门。面对这种情形，他无法拒绝了，当年刘备"三顾茅庐"请诸葛亮出山，也不过如此。于是他就挑起了市集邮协会会长这副重担，一干就是十年，十年间，中山的集邮工作从默默无闻，一跃成为广东省集邮工作的先进市，拿获了许多国家级、省级大奖。得到了市领导和同行的赞赏。年过七十之后，他卸下了这副重担，每日带孙子、种花草、练书法等，其乐无穷。长者朋友的退休生活给了鄙人一点感悟，即"做得来皆成事业，推不去便是因缘。"

　　退休的制度，古今中外都有之。早在战国时期，就实行了退休制度。《礼记·曲礼》："大夫七十而致事，若不得谢，则必赐之几杖，行役以妇人，适四方，乘安车，自称曰老夫，于其国则称名，越国而问焉，必告之以其制。"致事就是致仕，言致其所掌之事于君而告老，也就是我们如今所谓的退休。所谓礼,是用来确定人与人之间关系的远近,判断事情的疑似难明,分别事情的何时当同何时当异,明辨事情的得礼或失礼。依礼而言,不可随便地取悦于人,不可说做不到的话。依礼,做事不得超过自己的身份,不得侵犯侮慢他人,也不得随便地与人套近乎。礼,不论男女老少,大家都应该遵守,到了法定的退休年龄,都应该退休。

世界范围内的退休制度虽然千差万别,但仍存在共性。据说我国将在 2017 年,公布渐进式延迟退休方案,每年延长几个月的退休年龄,经过"相当长时间"达到法定退休年龄。而方案最早将在 2022 年开始正式实施。当然,延迟退休年龄并不是中国独有的命题。在一些发达国家,由于福利水平高,政府财政负担重,延迟退休年龄从上世纪 90 年代开始,就渐渐成为社会福利改革中一个重要的手段。在延退的具体操作上,各国做法也大同小异,通常会设定几年到几十年不等的过渡期,在这段期间里逐渐将退休年龄延长,大约每年延长几个月。不过这个延迟退休的方案还没有正式出台,我们暂且不去理会它。时下鄙人刚刚五十出头,按现在的政策规定,还要七、八年才能退休,至于那个延迟退休的方案,如何规定,我也无法知晓,只是觉得顺其自然吧!

日本的退休制度有点特别,日本政府规定,夫妇离婚,养老金必须平分。一辈子都埋头工作、完全不会做家务的工薪男在退休之际,丰厚的养老金被妻子领走一半后,经常会被当成垃圾扫地出门。这样的规定,造成了许多日本人有"不工作,会早死!"退休后还想继续工作。不久前,日本政府针对 35-64 岁日本人老龄期工作意愿进行了调查。结果显示,31.4%的受访者表示将工作至 65 岁才退休,20.9% 的受访者希望到 70 岁退休,另有 25.7% 的受访者表示希望持续工作,直到无法胜任为止。也就是说,近半数日本人希望 65 岁以后还要继续工作。

在忙碌了大半辈子后，大多数人都希望能享受悠闲自在的退休生活，而多数日本人却还要继续工作，这与日本人的国民性格及社会环境有关，也可见诸日本进入老龄化社会的人情冷暖和世态炎凉。

鄙人认为，人们退休之后，再不要去为名为利所累。金钱财产乃身外之物，生不带来死不带走，要多少又有何用？儿孙自有儿孙福。连古人都知道，上辈对下辈应该"受之于渔"而不是"受之于鱼"。金钱是腐蚀剂，是美丽的海洛因，它只会让下代平庸无能穷途没落而灾祸迭生，却不会给他们带来幸福和安逸。老年朋友，再不要去为金钱累了自身伤了儿孙。做一点自己想做的事情，让自己活得自在一些，洒脱一些，潇洒地做一回自己的主人，让生命的晚霞放射出更为绚烂的光彩，这才是真正享受退休，享受人生啊！

鄙人设想一下，自己在若干年退休以后的情形，能够经常闲情逸致地欣赏到大自然优美的景观：即小河静静地流淌在大地上，安详舒适地享受着秋阳的光照，把她那细长的腰肢伸展到幽远的地方。纤细的垂柳时疏时密，仿佛一道道宽窄不等的帘幕，从两岸的半空中垂挂下来，把小河隔成一条狭窄的绿色走廊。走廊下是宁静的秋水，在柳梢的轻轻抚摩下泛起微微涟漪，闪着粼粼波光。水虫伸开长长的四肢，在明镜般的水面上穿梭来往，疾走如飞；水面下还可以看到小鲳条，两个一对，三五一伙，自由自在地追逐、嬉戏，或者津津有味地咀嚼刚刚捕捉到的小虫子……盘坐在她的身旁，饶有兴致地细细品味她的美景，享受大自然给我内心带来的恬静，归依到安恬淡泊的心态。与太太一道领略祖国的大好河山，饱览世界各地优美的风光，干着自己想干的事。

退休，是人生的一个转折点。昨天是今天的往昔，也是一页撕下的日历，随着落日的余辉已消失在天边，在脑海中留下了不完整的回忆，把每个黄昏看作生活的小结，总结昨天的失误制定今天的方案，人生的前进不外乎这样的周而复始。民谚告诉我们"走路朝前看，做事往后想。"千真万确的真理！当然退休不一定要远离尘嚣，遁迹山林，也无需大隐藏人海，闭门谢客。活的好不好，不在环境，在于心境。退休之前是这样，退休之后也是这样。

那年月的露天电影

人到中年之后，常常会回忆起一些生活中的往事。在鄙人的生活中，也确实有许多往事值得回忆，如儿时的露天电影。露天电影，多么富有诗意的字眼，现在的 90 后和 00 后或许根本无法了解，在那个精神文明匮乏的年代，露天电影，曾经带给了我们多少美好的回忆。记忆里，少儿时代，晚上能有一场电影可看，就像过节一样热闹兴奋、惬意舒爽！公社的放映队到来的消息，会被第一个看到的村民以旋风般的速度迅速传遍各家各户。

露天电影就是在室外放的电影。在城镇矿山、乡村都有过露天电影，尤其乡村最为普遍。乡村的露天电影，场地十分简单，一般在晒谷场、学校操场进行，采用 8.75mm 放映机或 16MM 放映机、活动幕布。开始于上世纪的五十年代，六十年代开始流行，七十年代为高峰期。其费用由单位或个人承担，观看者不需要买票，可以随意进场观看。露天电影刚出现在农村时，听到有放影的消息，人们往往成群结队赶赴几公里，甚至十多公里以外观看。由于放映地点一般是在农村的晒谷场，遇到下雨天，一般都是提前散场或改期。放映方法也就是在晒谷场的边上，在泥地里插上两根竹杆或是小树杆，再在竹或树杆的顶部系上一块白色幕布，然后在晒谷场中找好位置，摆上机器，调试好，便可开始了。观众主要是本村的男女老少，当然也少不了附近几个村的闻讯赶来的青年男女和小孩，很多时候，看露天电影也成了当时不同村男女互相相个面或是谈对象的好场所与好借口。影片以革命战斗故事片居多，如《红日》《难忘的战斗》《地道战》《英雄儿女》《今天我休息》《林海雪原》《海鹰》《东方红》等。

鄙人出生于上世纪六十年代初,少儿时代是在农村度过的。记忆中那时候看露天电影,还真的像过节那样热闹兴奋。我们这个自然村,是全大队人口最多、面积最大的自然村,而且有一个面积较大的简易篮球场兼晒谷场,旁边有一座两百多年历史的古祠堂,每逢大队放露天电影,几乎都选择在我们村子里放映,每年大概会放映七八场。我家就在古祠堂旁边,离村子里的露天电影场地十分近,因此,看露天电影也十分方便。每逢村子里放露天电影,太阳西斜,天还没有黑,我与弟妹们便拿着大大小小的板凳到篮球场占位置,村子里的老人、小孩也纷纷拿着自家的板凳、椅子摆放在篮球场上,为各自家人占位置。篮球场上有两根常年高耸着的木头杆,下午四、五点钟,公社电影放映员便早早地挂起了一块镶着黑边的白色幕布,距离幕布约有十多米的空地上,一张桌子端端正正地摆在地上,桌子上放着一部放映机,一个足有100瓦的电灯泡明晃晃地高悬着,两个放映员正忙着倒片子,检查放映机。几个大人和好奇的孩子们围在周围,有问放映影片名字的,有和放映员唠嗑的,更有性急的催促着赶快放片子的。常年奔走于乡村的放映员早已和村民们如一家人般亲近,而对电影的喜爱,使得他们在村民们心中更占有足够高的地位。

夜色降临了,黑夜的黑铺天盖地的遮掩着大地。忙了一整天的乡亲们扫落满身的尘土和疲惫,在耐心的等待中准备享用一顿丰盛的精神大餐。上了年纪的老人们嘴里叼着烟杆儿足足有一尺多长的大烟斗,眯缝着双眼有滋有味地品味着土烟特有的味道,那有些干扁的两腮帮子有节奏地一扁一鼓地动着,嘴里发出"吧嗒吧嗒"和"呲——呲——"的声音,不时还和老伙计们谈论着什么。年轻的小媳妇们凑在一块窃窃私语,不时发出阵阵开心的笑声。带孩子的婆娘们则在和别人说笑的同时，视线却停留在年岁尚小的孩子身上，时而也会责骂不听话的到处乱跑的大孩儿。对于那些青春萌动的尚未成家立业的年青人来说，看电影是最好的约会和表白的时机，他们三三两两地站在人堆后面，女孩儿的羞涩，男孩子的热辣尽显无遗。最开心的要数孩子们了，他们三个一群五个一伙地玩起了捉迷藏的游戏或绕着场子你追我打。小巧而敏捷的身子穿梭于人群当中，像一条条可爱的小泥鳅，孩子固有的童真和顽劣的性格得到彻底的释放。

电影正式开映前，放映员要试放一下灯光音响的效果。他把机器放置场子中央，人群齐刷刷的自觉退后，放映员傲慢的，不慌不忙的架好机器，灯光一亮。站在凳子上的我们跳着挥舞小手，有的做着老鹰状，有的做着青蛙状，形形色色的怪状在幕布上凛冽的显示。此时的放映员绝不会早早的放映电影，他会咧着嘴等着大家疯够了，才有条不紊的摇晃放映机。电影终于开演了。人声鼎沸的热闹场面在瞬时变得鸦雀无声，如果说有声音，那也仅仅是人们嗑瓜子、吃豆子发出的声音。人们的目光齐齐刷刷地聚集到眼前的荧幕上。那时节放电影，一般都是先放一部短片子，如《新闻简报》记录片或科教片，然后才是大片登场。遇到一些政治运动时，还要放映一些政治口号的幻灯片。

看露天电影，还得看天的脸色。它和颜悦色，不下雨，不起狂风，你观赏得也就滋润。而如果看着看着突然落了雨，人们又没有预备雨具的话，那简直就糟糕透顶。人们撤下板凳，纷纷挤进篮球场旁边的祠堂，孩子哭老人叫的，像是一群难民。而如果遇到大风的天气，悬挂着的银幕被风吹得一皱一鼓的，那上面投映出的风景和人物全都变了形，人看上去不是歪嘴就是折了胳膊，而风景一律哆嗦着，仿佛正经历着一场大地震。

所以看电影前,人们往往还要观察一下天,若是晚霞满天,炊烟笔直,去的人就多;而如果阴云密布,风声萧瑟,去的人就少了。不过在本村放露天电影,极少遇到下雨天,就是遇到下雨天也不怕,放映员会将场地转移到旁边的祠堂,继续放映,不过观看电影的效果就远不及在篮球场观看的效果好。

上高中前,鄙人十分喜欢观看露天电影的,只要是听说本村或相邻村放电影,基本上是每场必看,由于是巡回放映,所以往往是同一部电影看过三、四次。如《地道战》《英雄儿女》《龙江颂》等等。上高中后,国家恢复了高考制度,鄙人忙于参加高考,就很少再看露天电影了。看露天电影给我留下了许多终身难忘的记忆。这些年来看过不少的电视剧和电影,但真正留下深刻印象的却聊聊无几。而当年看过的那些露天电影,到现在似乎还记忆犹新,如《地道战》《地雷战》《铁道游击队》《洪湖赤卫队》《英雄儿女》《永不消逝的电波》《鸡毛信》《小兵张嘎》等等,很多英雄人物的光辉形象,如:小兵张嘎、王成、李向阳、杨子荣等等似乎还历历在目,有时甚至还会情不自禁地哼唱一些当年的电影歌曲。

应该说,露天电影是几代中国人共有的记忆。从上世纪五六十年代一直到八十年代末渐出历史舞台,露天电影一直是丰富生活的重要娱乐项目,尤其在广大农村。一面幕布、一个放映员、一束光,自己搬来板凳的人们,几乎构成了露天影院的全部要素。换片的"中场",会有人影或大脑袋映在幕布上,幕布白光闪着321倒计时一样,电影又开始。2000年,文化部门"送电影下乡",露天的电影带着怀旧色彩又出现在农村,不过据报道观影人数,已非昔日。村里的人们早已不再像从前那样热切地盼望着走村串巷的电影队了,露天电影也不再是香饽饽了,心中涌起的是些许的失落,是因为再也回不到儿时那热闹的情境中了;但打心眼里又非常高兴,是因为随着时代的进步，城乡差别在逐渐缩小，我的父老乡亲们也可以过上好日子了。

那年月在晒谷场或篮球场上，放映的露天电影，两根竹竿子搭建，一块白色的幕布。星星照路，夏虫伴奏，温馨而浪漫。今天，露天电影离我们愈来愈远了，她悄然地消失在我们的记忆之中。只是残存在记忆深处的那些回忆，依旧如故乡的云水，微凉地悬挂在心头的枝叶上。

石榴花开照眼明

十多年以前,鄙人以盆栽的形式,在自家的院子里种植了两棵石榴,来年之后,两棵石榴树,一棵树开出了红的花朵,花红红似火焰;另一棵树则开出了白色的花朵,花白白如雪飘。说来也奇,当时买回来的石榴树苗,鄙人并不知道这两棵石榴树开的是什么颜色的花,偏偏这两棵石榴树却开出了不同颜色的花朵,好像有人特意安排似的。

中国传统文化视石榴为吉祥物,视它为多子多福的象征。中国栽培石榴的历史,可上溯至汉代,据陆巩记载是张骞从西域引入。中国人向来喜欢红色,满枝的石榴花象征了繁荣、美好、红红火火的日子,所以很多中国人都喜欢在自家庭院里种植一两颗石榴,以祈求生活如石榴花般红红火火。千百年来为民间所喜爱。古人称石榴"千房同膜,千子如一"。民间婚嫁之时,常于新房案头或他处置放切开果皮、露出浆果的石榴,亦有以石榴相赠祝吉者。常见的吉利画有《榴开百子》《三多》《华封三祝》《多子多福》等。

每年的仲夏之际,花事阑珊,绿叶方稠,鄙人家中的院子里一片绿荫,唯有那两棵石榴树,要么花红如丹霞,要么洁白似冬雪。既有"万绿丛中红一点,动人春色不须多。"的景色,又有"君知此处花何似,白花倒烛天夜明。"的韵味。石榴花很美丽。在那茂密的枝叶中挂着一朵朵一簇簇迷人的花朵,那含苞欲放的花,像一位害羞的小姑娘;那半放半合的花像奥运火炬;尤其引人注目的是那盛开的花,吐蕊怒放,像一团团火焰,多美啊!一阵风吹过,石榴花扬起轻盈的舞姿,散发出一股股沁人心脾的花香,让你心旷神怡,神清气爽。蜜蜂在花上采花酿蜜,蝴蝶在花间翩翩起舞。石榴仔初始成,便是"蝶舞风摇香散尽,型似古树仔无穷。"石榴籽粒晶莹、色彩绚丽,红如玛瑙、白似水晶,因而深得人们喜爱。

石榴,五奇崛而不枯瘠,清心而不柔媚,这风度兼备了梅杨之长。舍去了梅杨之短,春天,它被白李桃红闹春的笑声唤醒,她不乞求春神太多的庇护,当晨雾悄悄爬上枝头,它才悄悄的在枝头上张开鹅黄色的嫩芽,新芽小小的,嫩绿嫩绿的,犹如翡翠一样,静静地享受大自然赐予的甘露,翠绿的石榴树给整个庭院带来自然的气息。夏天,等白李桃红众多花群不敌骄阳直射,飘然凋零,石榴树才垂枝蔓展,亭亭如盖倩影婆娑,绿萼流丹,琼枝滴翠,在酷热的风雨中红花满树,越是骄阳当空,越是红花似火,比红玫瑰还美丽,胜过牡丹、桃花。秋天,秋风迎面而来,当白李桃红等水果早离树,并在市上悄然消失,而冬季水果还在树枝上尚未成熟,石榴树悄悄落去树叶,石榴树上已经果实累累,它红红的花戏法般的变成一个个石榴,像一盏盏小小的红灯笼,秀果摇红,咧开小嘴,带着亲昵的姿态,笑盈盈地向你走来,为你奉上香甜的果汁,使你爱不释手。冬天,石榴树变得光秃秃的,铁杆虬枝,苍老劲节。寒风吹过,石榴树摇动了几下,便直直地站在寒风中,像一个士兵在站岗。它又养足营养,储存来春的力量,待到春暖花开时,光秃秃的树杆上抽出新芽,再现生机。

石榴,花果并丽,火红可爱,甘甜可口,浑身都是宝。除了可以观花和观果食用外,还有相当的药用价值,石榴性凉,有清热、解毒、健胃、润肺、涩肠、止血等功效。其中,石榴花有止鼻血、阻吐血及外伤出血的作用。石榴嫩叶内服可健胃理肠、消食积、助消化,外用可治疗眼疾和皮肤病。石榴树的根皮还有驱除蛔虫的作用。果皮、根、花皆可入药。其果皮中含有苹果酸、鞣质、生物碱等身分,据有关资料记载,石榴皮有明显的抑菌和收敛功能，能使肠黏膜收敛，使肠黏腊的排泄物镌汰，所以能有效地治疗腹泻、痢疾等症，对痢疾杆菌、大肠杆菌有较好的榨取感化。其它，石榴的果皮中含有碱性物质，有驱虫功效；石榴花则有止血功能，且石榴花泡水洗眼，还有明方向功绩成效。

据古籍记载，石榴花有许多神话故事。比如，在闽南东山一带，据说有个榴花洞，唐朝永泰年间，樵夫蓝超遇见一头白鹿，他一直追到榴花洞口，只见洞门极窄，里面却豁然开朗，内有鸡犬人家。进入洞以后，见一老翁，说是避秦的人，劝蓝超留下，蓝超说回去辞别家人再来，老翁临别时赠他石榴花一枝。他乘兴而出，好似梦境一样，后来再去，竟不知所在。这个故事，显然是陶渊明的《桃花源记》的翻版。此外，传说唐代天宝年间，有个处士叫崔元徽，春夜里遇见十多个女伴，一个穿绿衣服的自称姓杨，她指着一个穿红衣的是石家阿措。当时又有封家十八姨也来了，让女伴们进酒歌唱，十八姨举动轻佻，举杯时泼翻了酒，把阿措的衣服弄脏了，阿措作色而起。原来她就是安石榴，而十八姨就是风神。石榴还与中国的服饰文化也有着密切的联系，这也许是因为有人说石榴花像舞女的裙裾，梁元帝的《乌栖曲》中有"芙蓉为带石榴裙"之词，"石榴裙"的典故，缘此而来。古代妇女着裙，多喜欢石榴红色，而当时染红裙的颜料，也主要是从石榴花中提取而成，因此人们也将红裙称之为"石榴裙"，久而久之，"石榴裙"就成了古代年轻女子的代称，人们形容男子被女人的美丽所征服，就称其"拜倒在石榴裙下"。

历代名家吟咏石榴的诗词甚多，形成了独具特色的石榴文化。西晋的文学家潘岳曾在《安石榴赋》中写道："榴者，缤纷磊落，垂光耀质，滋味浸液，馨香溢流。"称石榴乃"天下奇树，九州名果，数籽同室，数室同房，千籽如齿。"南朝文学家江淹的《别赋》有石榴颂云："美木艳树，谁望谁待？缥叶翠萼红华绛采。照烈泉石芬披山海。奇丽不移，霜雪空改。"此诗精雕彩绘,写得与石榴花一般绮丽。唐韩愈在《榴花》中写道:"五月榴花照眼明,枝间时见子初成。可怜此地无车马,颠倒青苔落绛英。"白居易在《山石榴寄元九》这样说"闲折两枝持在手,细看不似人间有。花中此物是西施,芙蓉芍药皆嫫母。"南宋诗人范成大有诗云:"玉池咽清肥,三彭迹如妇。"元代马祖常的《赵中丞折枝石榴》:"乘槎使者海西来,移得珊瑚汉苑栽。只待绿荫芳树合,蕊珠如火一时开。"不仅道出了石榴的来源,也描写了石榴花的优美;还让我们联想到了石榴怒放的生命的精彩和品格;更赞美了石榴存本求真、适时而发的品格。

  石榴花开的时候,花红似火,丰神挺秀,然而有谁会想到这明艳动人的花朵竟会结出如此平凡粗糙的果实,而又有谁会想到这貌不惊人的果实里挤满了的是粒粒晶莹。率性如石榴,一半内敛一半外放,在果实上韬光养晦,于花朵上飞扬绽放,展现的是淋漓尽致的真性情和生如夏花般惊鸿灿烂。石榴花即没有玫瑰那样娇抚,没有桂花那样清远,更没有菊花那样华贵。可是,石榴花却默默的为人们无私的奉献。花果如此,人生亦应如此,活出一份率性,向世界展示一个真正的你。

窝　窝　头

近年来，随着儿媳妇走进我们这个家庭，我们这个纯南方人的家庭成员，也慢慢喜欢上了北方人的主食，如面条、馒头、窝窝头、饺子等。儿媳妇的老家在浙江，也属南方人，可她从小就跟随做生意的父母，在北方长大，十分喜欢吃面食，饮食习惯几乎完全是北方化了。其实，我对北方的面食并不陌生，除了窝窝头之外，其他的如面条、馒头、饺子等面食，三十多年前在长沙上大学期间，学校食堂的早餐时常会有这些早点供应，不过很难吃，不是较酸，就是很粗。弄得我若干年之后，都对这些面食敬而远之。

珠江三角洲是经济发达地区，人口流动性十分大，外来人口已经超过了本地人口，中国东西南北各地的饮食文化，在这里碰撞、交织，形成了一个多元化的格局。前段时间，太太发现在我们居住的小区附近，新开张了一个专门卖五谷杂粮的面食店，面食的品种有馒头、包子、窝窝头等，原材料有玉米、乔麦、黑米、面粉。面食店的老板很会经营，他每天所使用的粗粮都不一样，几种粗粮轮番使用，经特殊配方加工而成，也一改传统窝窝头生硬、干涩的口味。由于其配料恰当，手艺很好，价格公道，包子两元钱一个，馒头、窝窝头都是一元钱一个。蒸出来的馒头、包子、窝窝头等，深受附近居民和打工族的青睐，常常是供不应求，特别是五谷稻坊窝窝头，不但是有玉米窝窝头，还有黑米窝窝头、高粱窝窝头、红薯窝窝头、绿豆窝窝头、糯米窝窝头等等，去迟了一点就卖完了。太太、儿媳妇她们十分喜欢这个面食店的面食，特别是喜欢吃窝窝头，经常去排队购买，有一次她们没有时间，叫我去买，我在那里差不多等了一个小时，才买到窝窝头。由此可见，昔日不能登大雅之堂的窝窝头，今天在我们这里受欢迎的程度之高。

听一位是民俗文化专家的朋友介绍，窝窝头本来是过去中国北方地区常见的汉族面食，是穷苦人的主粮。它是用玉米面或杂合面作成的，黄色的，在旧社会人们都吃这，它的样子和名字是一样的，圆锥形锥底部有一个向里面凹进去的口。大个儿的有半斤来重，小的也有二、三两。窝窝头的外型是上小下大中间空，呈圆锥状。为了使它蒸起来容易熟，底下有个孔（北京俗语叫窝窝儿），又因为它是和馒头一样的主食，所以北京人称这种食品为窝窝头。过去形容某个人命运苦，常常说："他呀，一辈子饥饱劳碌，吃窝头的脑袋。"歇后语"窝窝头翻个儿——显大眼"是指把窝头翻过个儿来，窝儿朝天就显出了个大圆眼儿（即圆孔）来，用以比喻出风头，反而出了丑，常常带有轻视讽刺的意味。如今的窝窝头已经是一种绿色、美味、营养、健康的美食了，因粗粮对身体健康很有好处，因此广受现在消费者的喜爱。

窝窝头在北方常见，在南方却不常见，南方面食口感多偏松软，大多数人不喜欢窝窝头扎实的口感。散文家梁实秋先生在其《窝头》一文中，这样描述窝窝头的："窝窝头，简称窝头，北方平民较贫苦者的一种主食。贫苦出身者，常被称为啃窝头长大的一个缩头缩脑满脸穷酸相的人，常被人类落，"瞧他那个窝头脑袋！"变戏法的卖关子，在紧要关头停止表演向围观者讨钱，好多观众便哄然逃散。变戏法的急得跳着脚大叫："快回家去吧，窝头煳啦！"（煳是烧焦的意思）坐人力车如果事前未讲价钱，下车付钱，有些车夫会伸出朝上的手掌，大汗淋漓地喘吁吁地说："请您回回手，再赏几个窝头钱吧！总而言之，窝头是穷苦的象征。"该文中还透露，梁实秋先生虽然有七十多年的时间，没尝到窝窝头的滋味，但他也不想吃窝窝头，可见窝窝头在梁实秋先生心目中的形象是如此的糟糕。这也怪不得梁实秋先生，他虽然出生于北京，但他是浙江余杭人，是南方人。其实，旧时的北方平民吃窝窝头，也是一种无奈之举。是由于社会制度陈旧、落后造成的，换句话说，如果不是生活所逼，谁想吃烧焦的窝头，谁又想做一个缩头缩脑满脸穷酸相的人。

还有一种窝窝头，就是我们在电影或者电视剧中，常常看见旧时的警察，给看守所犯人送窝窝头的情景，这种看守所里吃的窝窝头，有人说那才是正宗的窝窝头呢，虽然形状是长条形，酷似发糕，但是制作的配料是绝对的正宗，用苞米面加碎苞米叶和苞米棒子蒸的，才叫正宗窝窝头。以前旧社会指的窝窝头都是这么做的。

窝窝头起源的历史是不可考了，但我们知道至少在明朝已经有这个名称。明朝时期的窝窝头，可不是贫穷食品的象征，而是一种美味窝窝，至今已有三百多年的历史了。李光庭著《乡言解颐》卷五，载刘宽夫《日下七事诗》，末章中说及"爱窝窝"，小注云，"窝窝以糯米粉为之，状如元宵粉荔，中有糖馅，蒸熟外糁自粉，上作一凹，故名窝窝。田间所食则用杂粮面为之，大或至斤许，其下一窝如旧而复之。茶馆所制甚小，曰爱窝窝，相传明世中富有嗜之者，因名御爱窝窝，今但曰爱而已"。照这样说，爱窝窝由于御爱窝窝的缩称，那么可见窝窝头的名称在明朝那时候已经有了。

我国北方农民用玉米面做这种食品，用这个名称，已经很久了。天下事无独有偶，窝窝头还有其他故事。北京城北海公园有一家饭馆名叫"仿膳"，是仿御膳房的做法的意思。他们的有名食品里边，便有一种"小窝窝头"，相传还与慈禧有关，清朝末期，八国联军打进北京前不久，慈禧等一帮人狼狈西逃，一连好几天赶路，带的糕点都吃完了。快到西安时，慈禧饥饿难耐，下令停车，要手下人去找吃的。随从们想，她吃惯了山珍海味，细软糕点，现在到何处去寻。所以手下人只哼哈应声，无从着手。慈禧一见，火冒三丈："你们这帮奴才，怎么还不去找吃的，想饿死我呀！"一个太监说："老佛爷息怒，奴才不是不肯去找，可这地方，前无村后无店，到哪儿找呀？"正说着，慈禧见不远处有逃难的百姓，正坐着吃东西，她指着说："你们去看看。"太监跑去一看，逃难的人吃的是凉窝窝头。太监回禀说他们吃的是粗食窝窝头。慈禧从未听说过什么叫窝窝头，心里好生奇怪，就亲自下车前去探视，见是一种黄橙橙的食品，那些人吃得正香。她上前问道："这东西，好吃吗？"一位老头回说好吃。慈禧肚中空空，不自觉口生涎液，也很想尝尝，便说："你能给我一个尝尝吗？"那位老人爽快地递上了一个。慈禧接过就咬了一口，感觉味道不错，就吃了起来，啊！还真香呀！不一会儿，一个大窝窝头就被她吃光了。后来，她重回北京宫中，每当吃腻了满桌的御膳，就想起那次逃难时吃的东西——窝窝头，真可谓回味无穷。于是下令御膳房做窝窝头吃。窝窝头送来了，也是黄橙橙，她一尝，咂吧咂吧，感到不是那滋味，一怒之下，又杀了几个厨工。这可难坏了御膳房，哪个厨人不怕死，谁还敢给她做窝窝头。大家凑在一起想办法。还是一位老厨师想出一个主意："咱们用栗子粉加白糖，做窝窝头，试试她爱不爱吃？"于是，大家动手做了栗子面窝窝头送上，慈禧尝了尝，挺好吃，高兴地说："我总算又吃到了当年逃难时的窝窝头。"消息传回御膳房，大家才松了一口气。从此御膳房的点心谱中又增添了一品小窝窝头。其实这种窝头只是比现在的多加了些料而已，据说里面有：玉米面，栗子粉，黄豆粉，白糖等材料，因此味道也就别具一格了，所以北京市面上除真正窝窝头以外，还有两种爱窝窝与小窝窝头，留下一点历史的痕迹。"窝窝头"极是微小的东西，但不料有这么一段有意思的历史，可见在有些吃食东西上如加以考究，也一定有许多事情可以发现的。

尽管窝窝头在旧时的形象较差，是穷苦人的主粮。但如今的窝窝头已经是一种绿色、美味、营养、健康的美食了，采用天然绿色的五谷杂粮为主要原料，含人体必需的多种蛋白质、氨基酸、不饱合脂肪酸、碳水化合物、粗纤维和多种微量元素、矿物质，其中的纤维素含量很高，具有刺激胃肠蠕动、加速粪便排泄的特性，可防治便秘、肠炎、肠癌等。其中含有的玉米油，更能降低血清胆固醇，预防高血压和冠心病的发生。因粗粮对身体健康很有好处，因此广受现在消费者的喜爱。窝窝头作为一种健康食品，走进了我们的生活。他不再是旧时北方平民较贫苦者的一种主食，随着社会的发展，人们的自由流动和对健康饮食的追求，南北饮食文化的交流，制作工艺水平的提高，窝窝头渐渐地被越来越多的人所接受。

沉　　默

现实生活和工作中，人们有一种现象是"沉默"。

初识"沉默"，是在上中学时读鲁迅先生的散文《纪念刘和珍君》，"沉默吧！沉默吧！不在沉默中爆发，就在沉默中灭亡！沉默啊，沉默呵"。我清楚地记得，当时语文老师的解释是，这里的"沉默"是对反动派罪行的愤怒控诉。这里不是赞许"沉默"，而是对中国反动派的高压政策所造成的这种黑暗的沉默现状表示极大的愤慨。从与后面一句联系来看，第一个"沉默啊"感情深沉，感叹的成分较强；第二个"沉默呵"感情较为激越，愤怒的情绪较突出。为唤醒民众，作者在最后指出"沉默"的两种前途：一种是爆发，一种是灭亡。从句式看是选择复句，表明只存在一种可能。表面上看，作者并不肯定哪一种，似乎只客观地指出衰亡民族的两种不同的发展前途，但是实际上暗示，只有"爆发"才是唯一出路，作者肯定的是后者。作者用这一复句，既是对反动派的警告：杀人者别得意，沉默到了极点就将是爆发的时刻，更是对"后死者"的呼唤、激励、鼓动。其实沉默就是一把双刃剑，对于弱者沉默只会使他失去信心，看不到光明，永远消沉，直至走向灭亡。对于强者沉默只是韬光养晦的过程，它会使自己变得更加聪明，更加强大。

参加工作以后，家人和一些朋友，特别是那些有着丰富经历的长辈，常常告诫我说"沉默是金"。而至于为什么要告诉我说"沉默是金"，他们都没有说出什么理由，大概是要我在漫长的人生旅途中，自己去感悟吧！"沉默是金"，多么美丽的比喻，把沉默和金放在一起，可想而知沉默有多么重要，懂得沉默的人有多么高贵。

几十年的人生旅途，随着自己生活阅历的不断增加，进一步验证了刚参加工作步入社会，家人、长辈以及一些朋友当初"沉默是金"的告诫。沉默是一种处世哲学，用得好时，又是一种艺术。说话是银，但沉默是金。沉默是金，它表达了一个人的处世方式。沉默是金，不是不说话，而是要明白什么话能说，什么话不能说；什么场合，需要说什么样的话。为什么要说这些话；如果一句话可以说清楚的，绝对不要啰嗦到两句话。人生为什么会有无奈，那是因为我们一旦投入到人群中，就必须为相互的尊崇，快乐，或取暖而付出代价。这种代价可能是金钱，也可能是你逢场会面的漂亮话。《论语为政》中，孔子曰："多闻阙疑，慎言其余，则寡尤；多见阙殆，慎行其余，则寡悔。言寡尤，行寡悔，禄在其中矣。"意思就是说：想做一个好干部好领导，要知识渊博，以多听、多看、多经验，有怀疑不懂的地方则保留，等着请教别人，讲话要谨慎，不要讲过份的话。对于模棱两可的事，随时随地都用得上古人的两句话"事到万难需放胆，宜于两可莫粗心。"如果照这样做就会少了很多后悔，行为上就不会有差错的地方，这样要是去谋生，随便干哪一行都可以，禄位的道理就在其中了。沉默只是形式上的静止，并不代表思考的停滞。正相反，深邃的思想，正是来源于那看似沉默的思考过程。有的人喜欢夸夸其谈，将并不成熟的思想，过早地说出来。这样，对于他自己，失去了进一步思考、提高的机会，使本来可能很有价值的想法，随口溜走了。而对于听的人，由于说者的滔滔不绝，很容易忽略了其谈话的重点及思想的核心，随耳一听罢了。还有的人因为说话前缺少足够的思考和语言的组织，造成言不达意或逻辑不清，反而影响了感情的交流，真是欲速则不达：难怪有人要感叹："要了解一个人的思想，最好是看他写的文章，而不是和他交谈。"为什么？因为人们在写文章前会仔细推敲，然后才落于纸墨，所以清楚、流畅。由此可见，思想需要语言的表达，而语言的形成更需要经过冷静思考和反复推敲润色的过程。

　　沉默是金，虽然是一句很朴素的话，但它蕴含着很深切耐人寻味的真理，它是喧嚣和夸夸其谈的一种反衬，他是智者的一种表现，也是睿智者在为人处事之中以退为进、静观其变的一种手段。舍却灯红酒绿，山林溪涧是隐者的沉默；丢掉红尘杂念，庙宇寺院是僧人的沉默；抛开炙手可热的权利，平民是政客的沉默；走下热闹的人生舞台，坟墓是所有人的最后沉默。沉默是一种忍耐。忍一时风平浪静，退一步海阔天空；这其中，也许有些沉默的韵味，甚至可以说是沉默的要义之所在，只是这句话比沉默说得更直白些。而且，用到一些受到刺激将要做出傻事的人身上时，它还有着引导和安慰的功效。沉默是更深刻的领悟人生的一种方式。沉浮于茫茫世界，需要你线上哲学家深邃的沉默——在沉默中洁净自己的思维。因而沉迷有时是一种内心交战，他帮你构筑合理的结局。

　　沉默是一种孤寂，但不是孤独，沉默的世界很清纯很洁大——那里面有对世俗的鄙视，亦有对希望的憧憬，好友对邪恶的拒绝。多一份沉默就多一分人性的完美。我有时会倚窗而立，看窗外或生机勃勃，或花团锦簇，或果实累累，或银装素裹，四季无声，默然而过。只需听风带来四季变化的声音，一缕风来，一季花开；一缕风去，一季花落。人生四季，亦不乏颓废，更不乏生机。无需为失败的痛苦失去希望，更不必被成功的喜悦冲昏头脑，只需一份清淡如水，一种宠辱不惊。轻扬嘴角，沉默不言，不会在沉默中爆发，亦不会在沉默中死亡，只会依从沉默清淡的心态，细数过去，清点失误静瞻未来，铺陈设路。

　　沉默是一种宁静的自信。沉默不是叫人缄口不语，而是希望人们学会深思熟虑，三思而后说。沉默是让我们说话办事更加稳妥把握，领导干部可以少出或不出决策失误，生意人可以少出现经营亏损和失败，黎民百姓可以少走一些弯路。沉默它是一种积蓄、酝酿、等待猝发的过程，战国时，楚庄王继位三年，没有发布一条法令。左司马问他："一只大鸟落在山丘上，三年来不飞不叫，沉默无声，为何？"楚庄王答曰："三年不展翅，是要使翅膀长大；沉默无声，是要观察、思考与准备。虽不飞，飞必冲天；虽不鸣，鸣必惊人！"果然，第二年，楚庄王听政，发布了九条法令，废除了十项措施，处死了五个贪官，选拔了六个进士。于是国家昌盛，天下归服。楚庄王不做没有把握的事，不过早暴露自己的意图，所以能成就大功绩。这正是"大器晚成，大音希声，不鸣则已，一鸣惊人"！有时候，沉默是最好的诉说。一些美丽，只能尘封，细细品味，才能刻骨铭心；一些心事，只能珍藏，静默如花，才可闻其馨香；一些情怀，只能无言，放逐岁月，才会愈加清晰。不想说，就不说，因为解释太多有时是一种掩饰；不用想，就不想，因为想象的太多有时是一种折磨。沉默，其实是一首最动听的歌，是一种最好的诉说。

有时候，沉默会让你显得更有魅力；有时候，沉默比说话更有效果，俗话说"此时无声胜有声"。沉默，可以让混乱的心，变得清澈。不用告诉别人，你有多愚蠢，多天真，多善良，多幸运，多倒霉，多痛苦，学会用沉默去掩饰自己的情感。也许有人说你洒脱，但洒脱有时候只是一种假象。沉默，是城府，是睿智，是内涵；沉默，是最后的清高，也是最后的自由。许多的事情，总是在经历过后才懂得。一如感情，痛过了，才懂得如何保护自己；傻过了，才懂得如何适时的坚持与放弃，在得到与失去中我们慢慢的认识自己。其实，生活并不需要这么些无谓的执着，学会放弃，生活就真的容易。有一种感情叫无缘，有一种放弃叫成全。

吾辈生于世俗，并不想做脱俗之人，只是会偶尔斜看天上一大片一大片很干净的蓝，收起脸上总柔顺灿烂的笑容，换一副安静恬淡的姿态，细细缕顺一大把纠缠纷乱的记忆。心在瞬间变得纯粹，学着面对浮于表面的世俗繁华。沉默，只想沉默。

不是"为赋新词强说愁"，不是刻意做作，标新立异；不是骄傲清高，与世无争。只想沉默，只是沉默。

大地沉默是孕育金秋的收获；锣鼓沉默是宣告戏剧的结束；刀枪沉默是和平的象征；空气沉默是酝酿风暴的前兆；雄鹰的沉默是积蓄更有力的冲击；寒冬的沉默是要奉献给鲜花盛开的春天。古人云："君子厚积薄发。"就是这个道理。人生的奋斗与成功都是要靠平时一点一滴的积累，孜孜不倦的耕耘，没有点滴的积累，没有滴水穿石的精神，哪有成功者的喜悦，那有胜利者的欢呼。人们往往只看到人前侃侃而谈的博学者，却忽视了他寒窗苦读的沉默和艰辛。有的人在沉默中蓄积力量东山再起，有的人在沉默中沉沦消亡。

沉默是人生伴你感觉美的长驻，学会"沉默"吧！

付　　出

　　上中学时，鄙人从古代诗人佚名的《警世贤文·勤奋篇》里摘抄了一句名言："宝剑锋自磨砺出，梅花香自苦寒来。"写在笔记本的扉页上，并从一本成语词典里了解到这句名言的含义，宝剑的锐利刀锋是从不断的磨砺中得到的，梅花飘香来自它度过了寒冷的冬季。喻义要想拥有珍贵品质或美好才华等是需要不断的努力、修炼、克服一定的困难才能达到的。通俗一点说，就是要达到目的，就必须付出。

　　付出，关于这两个字，好像在我的文字里出现得比较得少，但在我的日常生活和工作中却很多。因为我一直都觉得，只有付出才有收获，天上是不会掉馅饼的。小时候，我母亲常常跟我说："有付出才有回报。一分耕耘，一分收获。"之所以收获，只因为耕耘。付出的越多，收获也就越多。"春种一粒粟，秋收万颗子"。那么换句话说，如果要想得到回报，首先必须要付出。人生需要追求，人生更需要付出。付出，可不一定就会有回报；即使有，有时也不一定与你的付出成正比。既然你付出了，就说明你愿意去做，这是你心甘情愿的；那么，如果你付出了而别人没有回报，就不要怪别人不会感恩。如果你付出只是为了别人的回报，那我劝你还是别总是付出了，因为，或许别人就没想过要感恩戴德地回报你，或许他们只是认为你的付出是无偿的，而你却因此怨天尤人，这可不值得。如果你不付出，就可以有回报的话，那只能是"天方夜谈"。

　　付出是一种精神，是一种修养，是一个人生的高度。付出到处可见，它或许是具体的，或许是隐形的。其实你身边的人，与你有或疏或密关系的人，甚至与你一点关系都没有的人或许他们每一天在为你而付出。建筑工人顶着烈日默默为你盖房子，他们付出了汗水，付出了劳动；清洁阿姨不顾尘埃认真为你打扫，他们付出了体力，付出了健康；朋友不顾麻烦为你梳理情绪，他们付出了时间，付出了真心；父母不怕辛苦每天为你打理一切，他们付出了精力，付出了自己的爱等等。正是因为有这些，你的生活才如此多彩，世界才如此绚丽。然而他们付出的却不一定有回报，或许有时反而遭到我们的不理解。但是没有他们，我们的生活就会黯然失色，有各种的不便。不要看轻每个人所付出的，因为他们都是为了你，所以我们要珍惜每个人给我们的，珍惜自己所拥有的一切，同时学会给予那些为你付出的人回报。只有这样人的心才不会疲惫，人的付出动力才能永存。每个人都不希望自己做的事是无用功，是白费功夫，每个人都需要鼓励与支持。因此你的重视，你的关注，你的焦点是重要的。回报是一种鼓励，是一种动力，是一个台阶。回报必须建立在付出的基础上，只有当你付出了，不管你付出的多与少，你才可以接收到回报，让你拥有不一样的驱动力，继续前进。

　　父母养育我们，无微不至地照顾我们健康成长，父母为我们付出了许许多多。这里的"付出"，不单单指物质上，也指感情上的付出，但感情的付出往往要以物质上的付出来体现，是一种天然的亲情付出。相当一部分父母对自己子女的付出，是不讲回报的。胡适在其《我的儿子》一文中写道："你既来了，我不能不养你教你，那是我对人道的义务，并不是待你的恩谊。"把养育儿子当成义务，而不是给儿子的恩谊，那么自然就会豁达地给儿子更多的自由与宽容，只要求儿子做"一个堂堂正正的人，不要你做我的孝顺儿子"。胡适没有过多的强调付出和要求回报，这样自然就会培养出对父母尊重，对父母的付出有感悟的孩子。

　　"付出"是给予、是奉献，是无偿的。这种"付出"使别人得到满足，幸福，而自己也会从他人的欢欣与快慰中得到精神上的满足与幸福。刘备"勿以恶小而为之，勿以善小而不为"，体现了他的博爱，故成为万民心中的明君，"得民心者得天下"，他以爱心得三分天下，不能都看成是韬晦之计。这其中也有他政治家的"仁爱之心"在起作用。有时候，付出也是一种默默的忍受。古时候，有个人得了怪病，是一种病虫所至，只要他把一只病虫放在别家门前，自己便会病愈，但那家人会生病。而他听后却没有那样做，因为他懂得孔子的那句话："己所不欲，勿施于人。"

有人说生活是烈酒，须在飒飒寒风卷袭尘土时随风畅饮，折射出的闪烁着炙热余光的甘醇，才最有味道。有人说生活是清茶，须在斜阳夕照、微风拂面时清啜；那杯盏之间的一缕余香才最令人心怡。而往往，喜清茶者会在暴雨雷鸣时悲叹生活的残酷无情，乐烈酒者在和风煦日时爱上生活的索然无味。这都是一种"付出"。余秋雨先生说得对，人可以在自由中设置不自由，也可以在不自由中寻找自由。生命之所以空虚和暗淡，就是因为你从来没有对所拥有的一切加一份咀嚼，因此也不会有一丝丝的回味。所以，请少一份抱怨，少一份散漫，只要你稍稍咀嚼，你就会发现生活其实是很美好的。

鲁迅先生说过："伟大的成绩和辛勤劳动是成正比例的，有一分劳动就有一分收获，日积月累，从少到多，奇迹就可以创造出来。"越王勾践在吴国屈辱求和，回国以后，时刻不忘受辱时的情景。"卧薪尝胆"，勾践在自己的屋里挂了一只苦胆，每顿饭都要尝尝苦味，提醒自己：不能忘了在吴国的苦难和耻辱经历！他身着粗布，顿顿粝食，跟百姓一起耕田播种。勾践夫人带领妇女养蚕织布，发展生产。勾践夫妻与百姓同甘共苦，激励了全国上下齐心努力，奋发图强，他的付出，终于有回报了，几年后，结果真的实现了灭吴雪耻目标。

智者说："有施散的，却更增添，有吝惜过度的，反致穷乏。

好施舍的，必得丰裕；滋润人的，必得滋润。"即使你拥有更多的金钱、爱情、荣誉、成功和地位，你可能还是不会觉得快乐，心灵里面还是那么地穷乏。为什么呢？智者说得不错，"有吝惜过度的，反致穷乏。"快乐是人生的至高追求，只有慷慨施散、施舍、给予和付出，才能实现这一追求。付出又何尝不是一件快乐的事情，既不付出也不奢求回报？那样岂不活的无滋无味？快乐不是一个人的事情，快乐是别人给予的。当然，不一定每次的付出都有回报，而且如果在每次对谁好之前，都考虑以后的回报势必让当初付出的心已经不纯洁。我们既不想去奢求回报的去付出，也不希望自己的付出被人理解为活该。这样，如何看清一个人变得很重要。其实到底应该怎么样看清一个人我也不知道，但是我比较爱和一些内心情感世界丰富的人打交道。这一类人似乎对认定的一些话或者一些事特别执着，例如点滴之恩当涌泉相报。

　　付出和所得，是世界上许多人关心的。付出和所得却并不是成正比的，甚至还会出现比例倒挂的现象。如部分科学家和文人，他们的付出与收获就不是成正比。许多大科学家为国家、民族作出了巨大的贡献，他们自己的物质收获却远远少于影视明星，如王宝强。前一段时间，媒体炒作的王宝强马蓉离婚案。据悉，王宝强的资产过亿元，王宝强要求分割的财产包括9套房屋，其中包括美国洛杉矶的一处房产，多家公司股权、出资，一辆宝马x5轿车、一辆宾利轿车，爱马仕、LV、香奈儿、GUCCI、PRADA、迪奥、范思哲、芬迪、TIFFANY等品牌的珠宝、首饰、名表、包、服饰等，此外还有存款、股票、理财产品、保险、原创设计品牌等。

　　在这个物欲横流的社会里，还有一个极端就是所得甚多而又付出最少，世界上这一类人一般是谁呢？不法商人和贪官，那些狗苟钻营的不法商人。他们为了追求最大的利润，或倒腾毒品，或贩卖妇孺，即便是做一些正当的生意，也坑蒙拐骗，置国家的法律和人类的良知于不顾，这样的人，不要说是不配做一个普通公民，如果没有受到法律的惩罚就已经是万幸了。贪官往往比不法商人更为邪乎。他们贪天功为己有，中饱私囊，贪赃枉法，置党性于不顾，甚至置人性于不顾，胆大妄为，一旦东窗事发，却又装成痛苦万分，一副可怜相的样子。

还有一类认人的人，是一些原则性很强的人。这类人，有仇必报，有恩必记。这种说话很聪明，因为自己的原则性强，说出来的话都很有道理，让人找不到反驳的理由。他们会说，这些钱花就花了，反正都是朋友。或者说，我有什么必要或者义务做这件事情，我困难的时候给谁说过，我没饭吃的时候有谁看见？

人生永远是有舍才有得的，这叫舍得。不肯施舍和付出的人将一无所得，只要有所施舍和付出，那怕是一丁点儿，得到的也会是比施舍和付出的多好几倍，甚至上百倍。俗语说："种什么就收什么，多种的多收，少种的少收，不种的就没得收。"这是千年不变的道理。世界上没有哪一个人富得可以不需要别人的协助，也没有人穷得不能在某方面协助他人，其关键就在于自身，心理上的拒绝就表现了行动上的自私自利，可以没有金钱没有权势，但是不能没有互相协助互相关怀的爱心。人生在世既要做好自己，也要看清自己身边的人。也懂得付出，也要会付出。付出的时候心胸坦然、豁达、淡然的别想着同等的回报。那样才不会得不偿失。回报不是索取，付出后的回报，或只是别人一个发自内心的笑容，便足令心情欣慰。一切收获都是由你的努力换来的，不论你的努力有多微笑，都会有对应的回报不知何时的出现在你身边。如果你看见一个人现在获得了荣誉，那么在获得荣誉的背后，一定付出了与之相应的代价。赠人玫瑰，手留余香。付出也是厚积薄发，前期的积累和付出的比他人更多，会使我比他人先一步触摸成功。施舍和付出是一生的基石，学着去行动吧。让你的生命因着施舍和付出更精彩，生活更充裕，日子更快乐，笑脸更灿烂，工作更轻松。

岁月如歌，一个人成年之后，应该思考着要为社会做点什么，我想堂堂正正做人，踏踏实实做事，这是最好回报社会的方式，哪怕一点小事，做好了，也值得欣赏，一点小事，做好了，别人也会永远记住你的好，社会发展迅速，人性化更重要，让我们明白今生要付出什么，要为社会做点什么，要时刻记着国家的使命所在，碌碌无为做出自己的贡献。付出不只是贡献，而且还是帮助。付出不是短暂的，而是永恒的。付出不一定能使人伟大，但在无人知晓的情况下付出，就能使自己崇高。真爱是付出，不会想着索取。一分耕耘，一分收获。有多少付出就有多少回报。没有蓝天的深邃，可以有白云的飘逸；没有大海的壮阔，可以有小溪的优雅；没有原野的芬芳，可以有小草的翠绿。付出汗水，才会收获麦穗；付出真诚，才会收获友谊；付出微笑，才会得到友善。我快乐，我付出！

好一朵美丽的茉莉花

  丙申年的中秋时节，鄙人刚从广西出差回来，回到家中，就发现院子里的那盆茉莉花开花了，一朵大的洁白如雪，还有几朵含苞欲放。不觉中一股淡淡的清香扑鼻而来，心中不免一惊。我走上前去，深深地吸几口茉莉的清香，那是一种由内而外的舒爽。我喜欢茉莉花的香味，在千娇百媚的花朵中，我还喜欢那藏于万绿丛中的一点白"茉莉花"。那白白的小花，象羞涩的待嫁闺中的少女，在展示着她的美丽，她的芬芳。让赏花的人儿依依不舍，不忍离去。

  很多年之前，鄙人去了一趟苏州，碰巧遇上虎丘庙会，一群苏州姑娘正在演唱一首江苏民歌《好一朵美丽的茉莉花》，"好一朵美丽的茉莉花，好一朵美丽的茉莉花，芬芳美丽满枝桠，又香又白人人夸……"姑娘们哼唱着歌，穿梭在茉莉花海中，一阵阵笑语歌声动人，一阵阵花香扑鼻，给我留下了深刻的印象。我也从这首有着朴素无暇的歌词、优美淡雅的旋律里认识了茉莉花。看得出，茉莉花她没有玫瑰的风光，于宠爱有加的馈赠中娇嗔。也品得来，不曾有兰蕙的尊贵，一了附庸风雅的虚荣。却听得到下里巴人的引吭，阳春白雪的吟咏。还有上世纪八十年代流行的那首《茉莉花》歌也传唱弥久，遐迩闻名。这首歌还流播到海外，东南亚一带的侨胞也广泛传唱，真是香播四海！香馥五洲，天涯比邻。"好一朵茉莉花，好一朵茉莉花，满园花开香也香不过她……"仿诺那刻便倾听到洁白花瓣绽开的声音，心境那般地悠然，那般地清远。当如今闻到沁人心脾的花香仿佛我已听见洁白花瓣绽开的声音；此时的心境已经被花香所陶醉，<u>丝丝缕缕</u>、清淡怡香是那般的温润,那般的悠远!这个时候你不会想到诸如风情万种这样艳丽的词汇,幽香不会醉人,只是让你在烈日的炙烤下怏怏的情绪为之一爽,收获一腔沁人心脾的清凉。

茉莉花,是一种常绿的小灌木或藤木,小枝圆柱形或稍压扁状,有时中空,疏被柔毛。叶圆而带尖,很像茶叶;她的花为白色,多为重瓣,单瓣的较少,据说也有黄色的茉莉、绿色的茉莉等,只是非常罕见。常在夏天的夜晚,舒展洁白的花蕾,悄悄地飘散馥郁的花香;在阳光的普照下,油亮的绿叶丛中,花朵洁白纯净,朴实清雅,风韵楚楚动人。茉莉花的花期特别长,从夏天到秋天,几乎是天天孕蕾,夜夜放花,连绵不断。茉莉花的原产地是印度和中东,汉朝时传入中国,现中国南方和世界各地广泛栽培。她没有牡丹的华贵、富丽,没有玫瑰的鲜艳夺目,只是一朵普通的没有任何鲜明特征的白色小花,她自然、朴素静静的立在那里。可是,当一阵风吹来,她又会带给你清香的气息。或者,你把她放在屋里,她会散发出一种茉莉的清香。洁白的小花可能会被忘记形状,独特的花香却是它永远的印象。

茉莉花,佛学中称之为"鬘华",是古代信佛妇女用以簪饰髻鬟。汉·陆贾《南越行记》记载福州一带茉莉"以彩丝穿花心,作为首饰"。唐代周昉的《簪花仕女图》中,盛装仕女高髻上簪的大花是牡丹,下插的白色小花便是茉莉,意为"国色牡丹、天香茉莉",佩戴这两种花烘托出她们的身份与气质。宋代杨巽斋《茉莉》诗曰:"麝脑龙涎韵不作,熏风移种自南州。谁家浴罢临妆女,爱把闲花插满头。"当年苏东坡被贬谪儋州时,看见当地黎族妇女头上竟簪茉莉花,便戏书"暗麝着人簪茉莉,红潮登颊醉槟榔"的诗句。有关茉莉簪发的古诗还有很多,如:宋代杨巽斋《茉莉》"麝脑龙涎韵不作,熏风移种自南州。谁家浴罢临妆女,爱把闲花插满头。"宋代许棐云的"荔枝乡里玲珑雪,来助长安一夏凉;情味于人最浓处,梦回犹觉鬓边香。"陈学洙"玉骨冰肌耐暑天,移根远自过江般。山塘日日花城市，园客家家雪满田。新浴最宜纤手摘，半天偏得美人怜。银床梦醒香何处？只在钗横髻躺边。"元朝江奎的"无艳态惊群目，幸有清香压九秋。应是仙娥宴归去，醉来掉下玉搔头清。明朝皇甫汸的"蕚密聊承叶，藤轻易绕枝；素华堪饰鬟，争趁晚妆时。"到清代，茉莉一度被慈禧太后"霸占"。据清代史料记载，"其（慈禧）头饰上，珠宝之中，仍簪鲜花。白茉莉，其最爱者。皇后与宫眷，不得簪鲜花，但出于太后殊恩而赏之则可。余等可簪珠与玉之类。太后谓鲜花仅彼可用。"慈禧太后对茉莉花有特殊的偏爱，竟然到了规定旁人均不可簪茉莉花的程度。彼时的茉莉花的佩戴方式相沿二千多年，至今未变。

除了妆点装束，茉莉是著名的香花，茉莉的幽幽香气也给人留下遐想，或许这就是最早的香水的效用。古人老早就拿它来熏香。"虽无艳态惊群目，幸有清香压九秋"。这是宋代诗人江奎曾赞美茉莉花的诗句。宋人刘克庄有诗咏茉莉"一卉能熏一室香，炎天犹觉玉肌凉。"宋·杨万里江梅去去木犀晚，萱草石榴刺人眼。茉莉独立幽更佳，龙延避香雪避花。茉莉的清香在炎热的夏天带给人阵阵清凉。宋代的宫廷，为了祛暑，常在庭院里放上很多盆茉莉花，用风轮鼓风，熏得满院清香。宋周密《乾淳岁时记》有记："禁中避暑，多御复古、选德等殿及翠寒堂纳凉，置茉莉、素馨等南花数百盆，于广庭鼓以风轮，清芬满殿。"茉莉花很平淡没有牡丹，玫瑰之华丽雍容；也没有竹，菊之清高；但在平淡之中，默默花开的时候把清新淡雅的阵阵幽香溢满世间；无怪乎虽无任何艳丽之姿，但便是那仅有的绿叶白花，也令无数的人们为之陶醉，为之爱怜。

两任福州知府、北宋著名书法家、茶学家蔡襄曾写过著名的《茶录》，上篇论茶道，包括辨茶、煎茶、品茶等10个问题；下篇论茶器，包括制茶工具、饮茶器具等9件器物，生动详尽。蔡襄在福州期间十分喜爱茉莉花："素馨出南海，万里来商舶。

团栾末利丛,繁香暑中折。"他的茶录里也有关于以茶吸取香气制茶的记载。蔡襄《茶录》中云:"茶有真香而入贡者,微以龙脑,欲助其香。"描写了以香入茶的历史。香茶的诞生引发了香茶热,文人雅士们热衷于绘画、书法、焚香、斗茶、吟诗赋词。北宋福建人柳永的《满庭芳·茉莉》是屹今为止发现最早描写茉莉花茶的词——"环青衣,盈盈素靥,临风无限清幽。出尘标格,和月最温柔。堪爱芳怀淡雅,纵离别,未肯衔愁。浸沉水,多情化作,杯底暗香流。凝眸,犹记得,菱花镜里,绿鬓梢头。胜冰雪聪明,知己谁求?馥郁诗心长系,听古韵,一曲相酬。歌声远,余香绕枕,吹梦下扬州。"到了明代,茉莉花茶的窨制工艺得到发展,使茉莉花茶获得更佳口感。明代钱希言曾描写当时买花窨制花茶的热闹场面:"斗茶时节买花忙,只选头多与干长,花价渐增茶渐减,南风十日满帘香。"明朱权《茶谱》云:"今人以果品为换茶,莫若梅、桂、茉莉三花最佳。可将蓓蕾数枚投于瓯内罨之。少倾,其花自开。瓯未至唇,香气盈鼻矣。"明徐勃著《茗谭》云:"闽人多以茉莉之属,浸水瀹茶。清代诗人刘灏的一首诗"茉莉开时香满枝,钿花狼藉玉参差。茗杯初歇香烟烬,此味黄昏我独知"。道出了品尝茉莉花茶的韵味。在暮色四溢的黄昏,独坐一偶,花茶入杯。随着沸水的冲入,茉莉花开,新芽吐翠,在水里各自芬芳。一层层绽结,一朵朵散开,清澈温润的黄昏颜色就在眼前,轻易地就拂乱了一阵清香。微品轻啜,清爽入口。而正因了它的奇香,于是便产生了如今家喻户晓、可闻春天之气味的"茉莉花茶"。茉莉花茶是在茉莉花盛开季节,取新鲜茉莉花与绿茶放在一起,采用特殊的工艺,让绿茶吸收花的芳香而成的一种工艺茶,即窨花。茉莉花将所有的芳香全部送给了绿茶。于是,盖碗中的茉莉花茶,看到的是绿茶,却有了茉莉的香味与口感。茶的苦涩中沁着茉莉似有还无的香,点点滴滴,若隐若现,于唇齿间弥漫,经久不去。

茉莉花除了可以做成茉莉花茶之外，还具有药用价值。《食物本草》："主温脾胃，利胸隔。"《药性切用》："功专辟秽治痢，虚人宜之。"《本草再新》："解清座火，去寒积，治疮毒，消疽瘤。"《随息居饮食谱》："和中下气，辟秽浊。治下痢腹痛。"《饮片新参》："平肝解郁，理气止痛。"茉莉花的花、叶药用治目赤肿痛，并有止咳化痰之效。

茉莉花清白雅稚，花山秀丽，冰姿玉蕊，浓香馥丽，正如古诗所言"一卉能熏一室香，炎天犹觉玉肌凉，野人不敢烦天女，自折琼枝置枕旁。"茉莉花素洁、浓郁、清芬、久远，它表示忠贞、尊敬、清纯、贞洁、质朴、玲珑、迷人。茉莉花自古以来就是东方女人感性的象征。东方女人是美丽的，是聪慧的，是含蓄的，是素雅的，是感性的，茉莉花就是为了女人而生。花朵儿很小很小，与淡绿的花蒂一起，展示素雅风格，意蕴着女人的内敛。花开季节，走近茉莉花，会有一阵阵郁香迎鼻扑来，犹如一位身着古典旗袍的古代女子，挽着发髻，脚着木屐，手持素雅小花手帕，迎面走来。美丽，大方，纯洁，高雅，这就是茉莉花！许多国家将其作为爱情之花，青年男女之间，互送茉莉花以表达坚贞爱情。它也作为友谊之花，在人们中间传递。把茉莉花环套在客人颈上使之垂到胸前，表示尊敬与友好，成为一种热情好客的礼节。情谊是人生最看重的东西，但真正的情谊唯有淡雅才是最醉心的，如茉莉一样，没有矫揉造作，没有虚情假意，没有杂念，没有趾高气扬之态。淡而清纯的情谊，才最为持久。也最让人感动。

茉莉不似牡丹高贵富丽，也非寒梅傲雪凌霜。但她淡然如菊，清幽属兰，开的单纯，细腻芬芳。冰肌玉骨的肃穆，更惹人万般怜惜。茉莉花开，一朵朵洁白的小花与一片片绿叶相互陪衬着，珠圆玉润，仪态雅素，以冰雪之姿，呈袭人之香。我喜欢茉莉，正源于此。随遇而安的恬淡，不事张扬的宁静，无论什么时候遇见，她都是一副内敛从容淡泊沉静的样子，她的安宁与恬淡，能拂去身心的疲惫。茉莉花将香味送给绿叶，自己成了一朵朵无香的驱壳，而她的灵魂在茶水中早已得到了升华。百花之中想来只有茉莉，才会用这独有的方式诠释生命的美丽，也只有素洁的茉莉花才会拥有如此的品性，她的平淡她的无私亦如人类的高尚境界，在默默地付出中升华了自己的美，难怪乎虽无任何艳丽之姿，但便是那仅有的绿叶白花，也令无数的文人雅士、寻常百姓为之倾倒，为之陶醉。 人们爱了她的纯，品了她的香，也就惹动了心中那满心怜爱，不与人争，不求人惜，只是默默地吐露着生命的芳华，奉献一抹沁人的幽香。这就是茉莉，好一朵美丽的茉莉花哟！

红薯叶的味道

近年来，人们大概是大鱼大肉吃腻了，想换一下口味，或者说是想吃一些健康食品，于是乎原来一些难登大雅之堂的东西，如马齿苋菜、蕨菜、红薯叶等等频繁出现在人们的餐桌上。我家的餐桌上也时常出现红薯叶，具体是什么时候出现在餐桌上说不太准确，只记得是几年前的一场台风过后。

那天下午快下班了，太太打电话给我，说要我下班以后顺便去菜市场买点蔬菜回来，我下班后随即驾车去菜市场，谁知道，通往菜市场的路段由于受台风暴雨的影响，积水很深，小车根本过不去，我只好掉头往回走，心里想今天晚餐就将就一下，吃一顿没有蔬菜的晚餐吧！按常规，我们家的餐桌上必定是有带叶子的蔬菜，几十年都是这样。下雨天路滑，车辆缓慢地行驶在城乡结合部的路段，忽然看见路旁有几个上了年纪的农村老人在卖菜。我赶紧将车停靠在路边，朝卖菜的摊位走过去，也没有什么蔬菜，他们卖的都是红薯叶。一位白发苍苍的老太太大声吆喝着，"卖蕃薯叶啰，老板，买蕃薯叶吧！蕃薯叶好好吃。"广东人称红薯为番薯，红薯叶即蕃薯叶。没办法，没有蔬菜卖，就让红薯叶顶上吧。我问白发苍苍的老太太"阿婆，你这蕃薯叶多少钱一斤？"老太太回答说"三蚊（即三元）"。我没有与老太太讨价还价，买了两斤红薯叶回家，买回家之后，太太对此不太理解，说这些在老家是喂猪的东西，怎么能给人做蔬菜吃？我同太太解释了没有去菜市场买菜的原因，只能买到红薯叶顶替蔬菜，太太也理解我这样做，但她从来没有做过红薯叶菜。于是，问我这菜怎么做？我说蒜泥上汤吧！果真，太太做出来的红薯叶菜，十分爽口，得到了家人的一致好评。就这样红薯叶也就成为我们家餐桌上的常客。

吃到红薯叶菜，自然会想起红薯。红薯，可是我们这一代人记忆里挥之不去的东西。我的童年和少年时代是在农村老家度过的，对红薯的印象特别深刻。在我们那个物质匮乏的上世纪六、七十年代，红薯曾经作为我们那一代人充过饥的主粮之一。记得在大集体也即生产队时，遇到天旱或者水稻病虫害严重的年份，粮食不够吃，红薯就成了家家早晚补充主粮不足的必备食物。但天天吃，容易引起腹胀、消化不良，胃里经常反酸水。后来我母亲就变更了一种吃法，不是直接吃红薯，而是将红薯切成丝，晒干以后与米饭一起蒸煮，这样一来，我们怎么吃胃里再也不反酸水了。

暮春时节，是栽种红薯的季节，也是春天多梦的季节，其时正是春意渐浓时，阳光炽热地对大家微笑，鸟儿欢乐地在歌唱飞翔，那翻飞的彩色蝶舞，徘徊在五彩纷呈的花际，神秘醉人的烟雨，释放在疏朗的青青田地。田野酥软着活性，草木的叶生长得十分娇嫩，不远处有一片蒲公英，带状一点一点的淡黄。杨柳已不是初春了，鹅黄绿起了烟雾，如绿梦一般，走近了看时，芽叶沾满枝梢随风摇曳着，画出道道不规则线条轨迹。红的花，白的花，紫的花，在蔚蓝的阳光下，畅快自由的春风豪放。滋润万物的雨水来的更多了，一个绿肥红瘦的生命旺季，渐渐走近了天下的苍生，使人心神儿有几分荡漾了。乡亲们在四月的细风碎雨中，插种红薯，梦想着未来的收获。生长在旷野上的各种各样的树，叶儿虽然很嫩很小，但到处都呈现出滴翠的绿，把春天装点得非常新生。而这时的春阳是含羞的，身上有一种淡淡地、轻轻的柔和的光线普照，给人一种微软的感觉。人们留在地上的影子也是微淡的，不远处山上的野桃花也是淡淡的开着，轻佻的粉色在风雨里摇摆，忽隐忽现，春的乡季，简约而秀美。

五月红薯花开，总给我一种紫色情怀。红薯花每年立夏刚至，就开始绽放,直到秋末。红薯花由五瓣内紫外白渐渐向外颜色转淡的花边组成。花心呈玫瑰紫,有喇叭花的神似,又有其厚重圆润的个性特点。有的悄悄盛开在绿叶丛中直到花败也不曾被人发现,有的越过藤萝绿叶张开灿烂的笑脸,在翠绿的枝头迎风招展。红薯花蕊是黄色的,静静的深藏于筒状的紫红色花茎里,蜜蜂和蝴蝶轮番飞来飞去,向它献着妩媚。微风吹来,朵朵红薯花开始手舞足蹈起来,那扭来扭去左顾右盼的姿态,婉约光艳佳丽随风摆着酷派。而那些还没有开花的苞蕾,则信心十足地傲立于枝头,摇摇晃晃恰是自由自在,像是在积攒劲头,等待花开绽放那一刻无与伦比的美丽。这时我想到了民国年间福建南安人吴增的《番薯杂咏》:"一样花开小锦葵,侬家藤本较人肥。剪藤邻女未曾到,但见花间蝴蝶飞。"诗人把红薯花开的美景描写得如此真实感人和诗情画意。红薯花惹人情思无限,风情旖旎间,尽是馨香诗情。如同乡村遍地绿草里其他野生花儿一样,不用修枝,不用施肥,也不用浇水,它依仗自己顽强的生命力,在大片田野里怒放生命,开成花的海洋。如果你熟悉雨露演唱的《红薯花儿开》,你的心里一定会有另一番心景,别有一番红薯心情在心头。

红薯记忆是一幅夏天成长的盛景。大地到处绿色满目,炽热的阳光全力进行着光合作用,万物在一片生长拔节中呈现出生命的旺季。红薯苗努力成长着,一天一个景象。从四叶长成六叶,从六叶长成八叶……不几天,红薯地里的黄土,已被新绿的叶儿覆盖。种红薯是件复杂的事情,挖红薯和洗红薯更是一项复杂而又繁重的体力劳动。我们家的自留地较多,有四亩多,但大部分在一个小山坡上,种的红薯大概有两亩地,可到收获的时候是一件很辛苦的事情。到了收获的季节,父母亲便挑起箩筐,背起锄头等工具去地里,先是将藤收割,之后,一锄头一锄头小心地挖,生怕把红薯挖破了。每次湿漉漉的土层里挖翻出来一块红薯,父母亲象挖到了一块金子,小心翼翼地剥去外面的土,露出新鲜红润的外皮。大人们收挖完了红薯，孩子们仍不闲着，挎个小篮，拿着小抓耙，专门找地边沟沿，寻找粗心的人忽略的红薯。有时候，刨了很大一片地，仍一无所获。有时候，会连着发现几个小红薯。尽管鞋子里填满了土，但我们似乎不在乎，衣角随风飘扬，收获的喜悦胀红了沾满泥巴的小脸蛋。父母亲将红薯藤和红薯带回家里以后，便会分开处理。将红薯藤和红薯叶切碎，煮烂成猪食。按照农村的习俗，村民们只是将红薯刨出弄到家里食用，对于红薯藤、红薯叶，人们都是将它磨成饲料去喂一些家养牲畜。以前人们不知道红薯叶的丰富营养和保健功能，极少有人把红薯叶当饭菜。

没有忍受过饥饿，不懂得饭菜的香甜；没有体会过劳动的艰辛，不懂得粮食的珍贵。苦难和辛劳，不仅能锻炼人的创造能力，而且能培育人的道德品行。拥有红薯的年代，是心里酸甜苦辣相伴的心情。它赋予了我温饱的甜腻，也给了我心酸的涩羞。这种红薯的心情随着时日的来长，回潮的记忆如同红薯拉秧，爬满思绪的脉络。万物的根源，也正因其那份不变的情怀，牵挂成永远的思念。有红薯的岁月虽然交织着贫瘠，心情有太多无法释怀的感慨，偶尔心头飘忽着一丝惆怅。但属于红薯的心，却年年岁岁，青翠依旧。红薯默默地教会了我们许多做人的道理，做人应该实在平和，朴实无华，淡定无奢，对人们只有付出而不求回报。我们追求健康，回归自然，作为红薯的滋生物——红薯叶，也应该受人重视和尊敬。

自从那年的一次台风过后，红薯叶走进了我家的餐桌上，从此我和家人都喜欢吃红薯叶了。儿子为此收集了有关红薯叶的资料，资料上介绍，说科学家研究发现，红薯叶有提高免疫力、止血、降糖、解毒、防治夜盲症促进新陈代谢、通便利尿、升血小板、预防动脉硬化、阻止细胞癌变、催乳解毒等保健功能。红薯叶可使肌肤变光滑，经常食用有预防便秘、保护视力的作用，还能保持皮肤细腻、延缓衰老。在欧美、日本、中国香港等地掀起一股"红薯叶热"。红薯是长寿保健食品，而红薯叶却被废弃或作为饲料。经研究发现红薯叶的蛋白质、维生素、矿物质元素含量极高。我太太还学会了做红薯叶饼，她先将红薯叶洗净，过开水备用。再将焯好的红薯叶放入凉水中过一下。然后挤干水分切末，取一大碗，加入白面粉和玉米面、鸡蛋、小苏打、盐。加入少许水搅拌成糊状备用。饼铛预热后刷上香油，将面糊用勺子淋入饼铛上煎至两面金黄即可。太太做出来的红薯叶饼鲜美可口，味道诱人，成为我家老小心目中的一道美食。

　　红薯叶，昔日难以登大雅之堂，被农民当成喂猪的饲料，今日却成为人们餐桌上一道健康菜，生活中的变迁，真可谓是太大了。追求健康，回归自然似乎成为现代人的生活时尚。红薯叶的味道，从涩羞的牲畜饲料味，不被人们所接受，变成餐桌上充满健康清香味道的抢手菜，甚至有人称红薯叶为"蔬菜皇后"。随着人们健康意识的提高，红薯叶也会被越来越多的人们所接受。

又 见 喜 鹊

　　周末的一个早上,风和日丽。按照常规,我六点多钟准时起床,下楼打扫院子里的卫生,院子里种有许多树木,每天都会有少量的树叶掉下来,要及时清扫,所以早上起床的第一件事就是清洁院子里的卫生。我打开大门准备去拿扫帚时,只见院子里有十几只喜鹊"叽叽喳喳"地叫过不停。顿时,我心中大喜,很长时间大概有十多年没有见到过喜鹊了,上次见到喜鹊是十多年前在老家的乡下,这些"小精灵"今日竟然会出现在自家的院子里,莫非家中会有什么大喜。喜鹊在中国是吉祥的象征,喜鹊又称报喜鸟,是人见人爱的鸟。常言道:"喜鹊叫,好运到。"看来家中一定会有好运。

　　正当我想入非非的时候,儿子下楼准备上班,他也发现了喜鹊,尖叫一声"喜鹊、喜鹊",只见他快速地拿出手机,嚓嚓地照过不停。有点可惜的是,没有近距离地拍到喜鹊们的英姿,那几只刚刚落地不久的喜鹊飞起来了,轻轻巧巧地在院子里的上空盘旋了几圈,突然间就下了决心落到了院子里的一棵龙眼树的小枝上,其中的一只脚爪虽稳稳地抓住了树枝,但身体还是向前狠狠倾去,而后在长长的尾巴的平衡作用下终于站稳了,几乎同时就开始喳喳喳地叫起来,呼喊着附近的伙伴。还有两只落在另一树枝上,正追打着嬉闹着,前后也就一尺左右的距离吧,后面的那只愣是没追上,估计是有点聪明心思的雄鸟挑逗女伴高兴呢,内心里并没有非要追上的意思,只是哄着她开心。大约过去了半个小时,这些喜鹊估计是熟悉了这里的环境,开始了自由自在地嬉闹。有的在树荫间穿梭,有的在高空中掠翔，还有的在草地上找早餐吃，因为食物充足，就挑挑拣拣地，并不忙着填饱肚子。

我仔细地观察了这些喜鹊，还真有些像凤凰的雏形，若是世间本没有凤凰，那凤凰就一定是人们根据喜鹊的体型和孔雀的羽衣组合加工想象出来的神性十足的鸟。和麻雀相比，喜鹊可谓硕大，其体态却一点也没有臃肿笨拙之感。当它腾空而起挥动羽翼之时，翅膀上隐藏于羽毛内侧的洁白，才特别分明地显露出来，随着双翅的扇动一闪一闪的。它落地的姿态十分优雅，两翼平行展开，向下倾斜滑翔，同时也显得非常飘逸。不过，喜鹊虽然体型并不过于庞大，却要比一般的小鸟大上一圈。羽毛呢，是黑白年的心田里像是刻下了深深的印记。我从小就喜欢鸟儿，在未谙世事之时，与伙伴去河边用夹子捉鸟，每次伙伴们总是凯旋归来，硕果累累，而我却好是一无所获，白白潇洒一回。后来索性让伙伴给我埋好夹子，等待鸟儿上钩，可是鸟儿连她的足迹都吝啬的不肯留下一点。有一次，我在同伴们的帮助下，终于捉到了两只鸟，其中有一只脚受了伤。我把捉来的这两只鸟放在鸟笼里拎回家，爷爷见到此情形，先是大吃一惊，后来他又语重心长地对我说，这是两只喜鹊，是报喜鸟。凡是鸟儿都是有灵性的，她从不与善良的人结怨，你的夹子有你的善良气息，只要你摸过的夹子他都不会轻易上当的。你这次在同伴们的帮助下，虽然抓住了两只喜鹊，你如果放了她们，她们以后一定会感谢你的。我不知道爷爷说的是不是真的，后来等那只脚部受伤的喜鹊伤势全愈后，我真的把她们放飞了。爷爷还告诉我，就连鸟儿筑巢的地方都是精心策划的，他选巢穴的地方都是善良人家的居所，鸟不入恶宅。小鸟是可怜的，从那以后我更喜欢鸟儿。鸟儿们春去秋来南北迁徙，候鸟飞翔，忙忙碌碌，小燕做窝衔春泥。

真正认识喜鹊，还是上小学三年级时。那次上语文课，老师给我们讲了一课，题目是"立志农村把根扎"，我还记得课文的内容是："花喜鹊，叫喳喳，队长挑担行李来我家，后面跟着个大姐姐，胸前挂朵大红花，爷爷喜得胡子碴，奶奶乐得笑哈哈，爸爸连忙搬板凳，妈妈快去倒热茶。小妹妹，大眼眨，争大嘴巴说了话，队长，这是谁呀？城里姐姐抢着把话答，下乡住在你们家，立志农村把根扎。"老师通过这篇课文讲解了知识青年上山下乡的重要意义，还耐心细致的告诉我们，喜鹊是益鸟，是一种吉祥鸟，要求我们要好好的保护她们。从此，喜鹊在我的脑海里打下了深深的烙印。

　　国人喜欢喜鹊，还衍生了喜鹊吉祥文化。喜鹊，是喜庆、吉祥、幸福、好运的象征。而且历史渊源悠久，先秦时，人们以为天、地、人是统一整体，"天人合一"，万物有灵。人们认为常见的鹊鸟能传达未知的消息，把鹊附会成报喜鸟，称之为喜鹊。周代师旷所著的《禽经》中说："灵鹊兆喜"。清代陈世熙在《开元天宝遗事》也提到："时人之家，闻鹊声，皆为喜兆，故谓灵鹊报喜。"灵鹊报喜，兆示着吉祥，预示着心想事成后的欢喜。在这种俗信的影响下，民间百姓还形成了祝鹊的风俗活动。喜鹊报信之说，在晋代葛洪编写的《西京杂记》卷三中提到樊哙问陆贾天子受命是否有瑞应，陆贾回答："有之，夫目瞤得酒食，灯火华得钱财，乾鹊噪而行人至，蜘蛛集而百事喜。小既有徵，大亦宜然。故目瞤则祝之，火华则拜之。乾鹊噪则喂之，蜘蛛集则放之。"从这里可以看出，"乾鹊噪"能报喜是当时的一条俗谚。其实由于地域的原因，人们对喜鹊是否报喜的看法也不同，宋代彭乘《墨客挥犀》卷二中说："北人喜鸦声而恶鹊声，南人喜鹊声而恶鸦声。鸦声吉凶不常，鹊声吉多凶少。故俗呼喜鹊，古所谓乾鹊是也。"虽有喜鸦声厌鹊声的，但大多数人通常还是认为喜鹊报喜，乌鸦叫总是与孤独、悲凉的处境相联。

　　民间将喜鹊作为"吉祥"的象征。关于它有很多好听的神话传说。传说喜鹊能报喜，有这样一个故事：贞观末期有个叫黎景逸的人，家门前的树上有个鹊巢，他常喂食巢里的鹊儿，长期以来，人鸟有了感情。一次黎景逸被冤枉入狱，令他倍感痛苦。突然一天他喂食的那只鸟停在狱窗前欢叫不停。他暗自想大约有好消息要来了。果然，三天后他被无罪释放。是因为喜鹊变成人，假传圣旨。有这些故事印证，画鹊兆喜的风俗大为流行，品种也有多样：如两只鹊儿面对面叫"喜相逢"；双鹊中加一枚古钱叫"喜在眼前"；一只獾和一只鹊在树上树下对望叫"欢天喜地"。流传最广的，则是鹊登梅枝报喜图，又叫"喜上眉梢"。

历史上有许多文人墨客都喜欢喜鹊，赞赏喜鹊。或赋诗作词，或挥毫作画。如，唐·韩愈、李正封《晚秋郾城夜会联句》："室妇叹鸣鹳，家人祝喜鹊。"宋·苏轼《喜鹊》"喜鹊翻初旦，愁鸢蹲落景。终日望君君不至，举头闻鹊喜。牧童弄笛炊烟起，采女谣歌喜鹊鸣。繁星如珠洒玉盘，喜鹊梭织喜相连。清朝乾隆皇帝的《喜鹊》"喜鹊声喈喈，俗云报喜鸣。我属望雨候，厌听为呼晴。"近现代著名的书画家，有齐白石《喜鹊登梅》、徐悲鸿《红眉喜鹊》、朱宣咸中国画《喜鹊闹梅》、（俄）赫尔岑《偷东西的喜鹊》等。社会发展到今天，各地民间的风俗习惯、绘画、对联、剪纸、小说、散文、诗词以及歌曲、影视、戏曲等方面都有喜鹊文化的一席之地。看民间的绘画、对联、剪纸、小说、散文、诗词及歌曲、影视、戏曲等方面，哪个能少了喜鹊的参与？

时隔十多年没有见到过的喜鹊，这次在自家的院子里见到了，也许是我家院子里的树木多，生态环境好的缘故，吸引着喜鹊的光顾，乐得我连续几天睡不好觉，太太说我是兴奋过度了，也许是吧。喜鹊是益鸟，从不害人的，也从不好吃懒做。喜鹊展开它的黑白相间的翅膀，其色彩是令人愉快的。我喜欢喜鹊，我觉得喜鹊喳喳喳地叫并不令人讨厌,反觉那是一种朴实、吉祥,那是一种沉静。喜鹊的叫是天籁之者,而决非噪音。喜鹊和其它鸟类一样,都是我们人类的朋友,它们有情感,也有喜怒哀愁。我们都需要有一个安静和谐的生存环境,让人类与鸟类和谐共存吧!

"福"至春到

丙申年的倒数第二天，也即腊月二十九，太太打电话给我，说春节的对联、年桔及花卉她已经买好了，要我下班以后去花市的专卖对联灯笼店，买几个"福"字贴在家里的几个门上面。由于我是上班族，放假要等到除夕，没有时间逛市场，干购买布置春节氛围本应属于男人份内工作的事情，只好麻烦已经退休的太太了。太太交代的任务，购买"福"字一事在我心目中是十分神圣的大事，不敢怠慢，因为我也同大多数中国人一样，在农历新的一年即将到来之际，祈求"五福临门"，出入平安，人丁兴旺！

下班了，我急匆匆地赶往花市的专卖对联灯笼店，买了几个"福"字，快速地将"福"字贴在家中的几个大门上。之间还有一个小插曲，按惯例，必须有一个门要将"福"字倒贴，"福"字倒贴哪个门，家人意见不统一，太太说要贴围墙进来院子里的大门，因为车辆、家人出入家中第一时间都是经过这个大门。儿子说要贴在房子的大门上，理由是家人在家里的时间大部分是在屋里。我说"福"到，春天也到，贴在哪个门上都可以。争执了半天，谁都有道理，谁也说服不了谁，最后来一个折中，"福"字倒贴哪个门，轮流贴，今年贴这个门，明年贴那个门。

在家里门上贴"福"字是中国人的一个过年的习俗。每逢春节，国人最喜欢把"福"字贴在大门扇板上。大门是家庭的出入口，一个家庭的门面，是一个庄重恭敬的地方，贴上"福"字，有"迎福"，有"接福"、"祝福"之意。两手捧酒坛把酒浇在祭台上的会意字。"福"即幸福、福气。古往今来，关于"福"的内涵众说不一。

"金寿富贵之谓福"（《韩非子》）。"福"字富有传统意义，甲骨文的"福"字两手捧酒坛把酒浇在祭台上的会意字，表现形式就多达120多种。是国人逢年过节最常用的字。"福"字还包含四个含意：左"衣"旁意为有衣穿，"一"为有房住，"口"为有得吃，"田"有田地，有了"福"就可以安居乐业。《礼记》有曰："福者，百顺之名也。"也就是说，"福"有顺利、诸事如意的含义。因为，在我们的祖先看来，有衣服穿，有一口田，能吃饱饭那就是福气了。所以，也就有了今天"福"字的写法。《尚书·洪范》曰："五福：一曰寿，二曰富，三曰康宁，四曰攸好德，五曰考终命。""五福"是多层面的福观念，以贯穿一生的幸福为目标，讲求长寿、富裕、安康、有德行，老年无疾而终，认为这样的人生才是完美的。韩非子曰："全寿富贵之谓福。"这是长寿加富贵的福观念。宋朝著名的文学家和政治家欧阳修在《纪德陈情上致政太傅杜相公》一诗中表达了他对福德看法："事国一心勤以瘁，还家五福寿而康。"可见，他认为五福的核心是长寿、健康。盛行于明清时期的"五福捧寿"，图案为五只蝙蝠环绕寿字飞舞，彰显以长寿为中心的五福观念。现代民俗学者冯骥才说，"福"字是最深切的春节符号。

　　"福"字的解释是"幸福"，而在过去则指"福气"、"福运"。春节贴"福"字，无论是还是过去，都寄托了人们对幸福生活的向往，也是对美好未来的祝愿。民间为了更充分地体现这种向往和祝愿，干脆将"福"字倒过来贴，表示"幸福已倒""福气已到"。据东汉刘熙《释名》中说，将"福"字与过年联系在一起，并非现代人之发明。这与姜子牙封神有关。相传有一年除夕，姜太公走了背运，其妻离家而去。后来姜太公手握了"封神榜"，妻闻之而归，叫姜子牙给她封神。姜太公说："娶了你，让我家穷了一辈子，不能封你神。"妻大吵大闹不止，姜太公只好封她为"穷"神，并规定不许她到贴"福"字的人家去。从此，怕穷的老百姓，为了防备穷神、恶鬼进门，过年时都在自家大门上贴上"福"字。民间还有将"福"字精描细做成各种图案的，图案有寿星、寿桃、鲤鱼跳龙门、五谷丰登、龙凤呈祥等。过去民间有"腊月二十四，家家写大字"的说法，"福"字以前多为手写，现市场、商店中均有出售。

大抵是祈福驱祸的心理作祟吧，有些人过年时，却把"福"字倒着贴。"福"字倒贴，也不是现代人的创举。它始于清代。相传有年春节，恭亲王府的大管家派家丁把"福"字贴在大门上，那管家目不识丁，给贴倒了。恭亲王怒甚，欲鞭惩罚。那管家能言善辩，忙跪地说："恭亲王寿高厚福，如今福已到（倒）了，此乃吉兆。"恭亲王闻之，化怒为喜，还赏了管家和家丁各五十两银子。于是，从此时起，凡过年，王府必倒贴"福"字。人们也纷纷仿效，以图吉利。

封建社会中，不同阶层、地位的人对"福"的理解也不尽相同：对于农民来说，有自己的土地，春种秋收，风调雨顺，丰衣足食就是福；而平民百姓常年遭遇苛政、战争或灾荒的境地，能合家平安，生存下来就是福；商人却往往算盘黄金万两、财源茂盛达三江才是福；文人学士的"福"又有不同，十年寒窗苦，一朝人上人，"金榜题名"是最大的"福"；老年人把健康、长寿、有子孙膝下承欢看作是最大的"福"。随着社会文明进程的发展，随着民俗文化的丰厚，福的内容也愈加丰富。福寄托着民间百姓所有的美好憧憬，作为吉祥文化的主要内容，多角度、多层次地反映了人们的理想与愿望，祈福的观念潜移默化地融入各种民俗活动与神灵崇拜之中。春节贴"福"字，无论是现在还是过去，都寄托了人们对幸福生活的向往，也是对美好未来的祝愿。民间为了更充分地体现这种向往和祝愿，干脆将"福"字倒过来贴，表示"幸福已倒""福气已到"。

祈福驱祸，祥和美好，是人们的期盼和愿望。倘要给春节选个最合适的字，当属"福"字了。如今的社会，人们不仅把"福"字贴在大门扇板上，还贴在厨房、衣柜、电冰箱等最显眼的正面。随着社会的进步和谐，人们的审美和文化品位也与时俱进了。年货市场的"福"字，五彩缤纷，图案各异，让你眼花缭乱，目不暇接，为人民群众过年增添了不少欢乐气氛。

　　俗话说：有福要能知，知福才享福。"福"囊括了一切吉祥，既是富贵兴旺，又是和谐健康，更是国泰民安，天下太平。"福字"凝聚了国人对幸福生活的渴望与梦想，它是广大民间最富有祝愿意趣的汉字。福，寄托着人们太多的情感和愿望，成为人一生绕不过的重要话题。春回大地，福满人间。春天是绿色的，填满阳光的金色露珠，滴落在春天的薄雾中，溅起阳光的味道，这个季节是春天，如你微笑般的春天。春天是希望的开始，给人以昂扬向上，朝气蓬勃的前进动力。春天是耕耘的季节，预示着硕果累累，满园飘香的脚步已不远。世界上好多美好的东西在这里面得到了发现，在这里得到了思索，在这里得到了诠释。春天是和一切生命都有关联的季节。春天，在人们的意念里往往总是美好的。一年之计在于春，一切都是新的开始，人们焕然一新，开始面对新的未来，新的机会就会重新来到你的面前。

　　人性的美丽，那是善良，是淳朴，是包容，是仁慈……归结其一，是爱的体现。正因人与人之间有了这种虽然抽象，但发源于心底的古老的东西，人类的心灵才是宇宙中最美丽的。保持人性的春天，才能时时拥有人生的春天。要积"福"不忘本。蓄德便是积福。《资治通鉴卷一》云"才者，德之资也；德者，才之帅也"，《七修类稿》云"贫莫贫于未闻道，富莫富于蓄道德"。行善便是积福。《慈善格言》云"福莫大于心善"、"一点慈不但是积德的种子，亦是积福的根苗"，《曾国藩语录》云"为善者常受福，为利者常受恶"，星云大师云"心地做善，福归自己；若要恶习，祸非人替"，《汉书·东方朔传》亦云"人为善，福虽未至，祸已远离；人为恶，祸虽未至，福已远离"。布施便是积福。吕坤云"富以能施为德，贫以无求为德，贵以下人为德",《淮南子·主术训》云"为惠者，尚布施也"，《佛说大乘金钢经论》云"求福莫过于斋戒布施，求寿莫过于不杀放生，求慧莫过于广学多闻。"

有人说"福"是一本厚重的书，我们要认真地读好这本"书"。对福的认识既是现实的也是辩证的。老子曰："祸兮福之所倚，福兮祸之所伏。"这就是说，一种因素中往往潜伏着对立的另一因素，祸、福双方是可以转化的。老子在《太上感应篇》中进一步阐述道："祸福无门，惟人所召。"认为祸、福虽难以预测，但可以靠人的努力去转化、维护，从而争取福的美好结局。

其实，生活的春天不仅仅局限于春节，譬如你平时与人友善，满脸笑容，越是笑意灿烂，越是事事顺利。做人节欲知足，持"福"不贪心。"少欲最安乐，知足大富贵"。幸福就在你身边。所以，一个懂得珍惜生活的人，一定会是拥有健全的人格，而且会有一个圆满的人生。

岁月与记忆

临近年关，有朋友在微信里发文感慨：生活似漂浮的船，在岁月的风中日夜兼程，岁月流逝，记忆难忘。悠悠岁月，淡淡记忆。岁月如流水般，轻轻的滑过我们的面前，也带着泥沙慢慢前行；岁月如流星般，在我们不经见滑过，留下一暮暮；岁月如雪般，美丽的景象萦绕大地，最后也还是消失。岁月是风，记忆是沙。风可以把沙吹到世界的每一个角落，但收藏在我心中的那一粒尘埃，它却无法触及。

岁月在流失，心情也随着时间的流逝而起起落落。一些往事，一些记忆开始斑驳起来。记忆慢慢的侵蚀着心房。所有的一切记录了过去的日子，然后在历史的进程中隐退，沉淀成那些叫记忆的东西。人生会有许许多多的记忆，这些回忆就像一杯甘醇的香茶，在午后的日光中，静静的品尝，让暖暖的阳光，甘甜的滋味沁入心脾，无论是悲伤的、感动的、开心的，都融入了这杯香茶之中，柔柔的渗进了心里。记忆，是我回忆时舍泪的微笑，在烦闷之时，它是一曲快人的旋律；记忆，是水墨淋漓的画作，身临其中，每走一步都会流连忘返。记忆是个谜，零零碎碎剪接而成的面目，见证了一段一段生命的过程，虽然期间多少刹那缠绕纠葛。

无需任何的理由却偏偏记住这个人和这句话，明明还有更重要的事情值得记下，却如何都抹不掉那段岁月的痕迹，只因她是我的记忆。在记忆里，微笑、眼泪、沉默、长啸。即使是时光迁移，都不会淡化。微笑之于今天，是无谓与欢乐；眼泪之于今天，是成熟与大方；沉默之于今天，是稳重与执著；长啸之于今天，是自信与坦荡。

人的一生都要经历许多事情，随着时间的流逝，大部分谈忘了，不留痕迹；而有些事，却在记忆的筛子下保存下来。这些久久存留在脑海中的往事，有的是冲击过自己，影响或改变了自己思想和生活的大事，有的却是芥末小事，是一朵浪花，一个牵动自己情怀给心灵深刻映象的小小画面。浅浅地回忆，静静地思索。温润着随时飘忽的思绪。特别是那些酸楚的往事，让人泪流满面，令你不堪回首；也总有一些甜蜜的回忆，让人沉醉不醒，痴迷而又流连忘返。而一些生死离别的无奈，相聚重逢的喜悦，放弃与执着，忧愁和快乐，心痛过的，感动中的，都宛如一首跌宕起伏的人生交响乐。既有千回百转的悱恻惆怅，又有情深意意的悠悠旋律，不时的在你心中回荡，徘徊，萦绕。在那往昔的经历中，纵有秀山丽水，旖旎梦境，纵是花前月下，呢喃细语的缠绵回忆，终抵不过此时百感交集的一声轻叹，一脸无奈，一缕清怨。

儿时的我，曾有一段较长的时间寄居在外公家。那时，外公家是在一个大院落里面，这个大院落的围墙很奇特，不是青砖红瓦结构，而是由一些竹子和古树合围而成，据说，这些竹子和古树，是在清朝中期种植的，有两百年的历史。外公家屋前是一块青草地，草长得很茂密，颇有动画片中"青青草原"的味道。在草地的前方，是一口大鱼塘，鱼塘边上有两棵大梨树。每年的春天，一阵春风吹过，便呈现出"千树万树梨花开"的景象。夏天，天气总是持续闷热，即使呆在阴凉处，还是能感受身边躁动的热气。外公一手拿着蒲扇给我驱热，另一只手把我抱在身上，时不时用他的胡须扎我的脸，逗我咯咯笑。外公他阅历十分丰富，经历过晚清、民国以及新中国等几个时期。他早年走南闯北，懂易经，会看风水，并且曾给一些达官贵人做过厨师，见识很广，在世人的眼里，外公身上有很多"迷"，上世纪八十年代，他带着一些神秘的色彩离开了我们，不知道为什么？我有时见到一些看风水的人或者是民间大厨师,就很自然地从记忆深处找到外公的影子。

每个时段每个角落都有故事发生,每天面对沉重的压力总在感叹如果时光能倒流,我多么希望永远把自己镌刻在年青时那段无忧无虑的岁月里。想想这些年一路走来遇见的人碰到的事,其实人和人的感情有时候像织毛衣,织的时候一针一线,拆的时候只要轻轻一拉,也许只是不经意的一句话或者一件事,所有的情感再也不见。于是学会不对任何事任何人有所期待,不是心冷,而是想对自己再多一些期待,想给自己再多一些惊喜。该来的始终会来的。

《舌尖里的中国》说道极致的美食只留给最勤劳的人们。在家族中,我尝过的美味都出自于勤劳的双手,从我外公、奶奶至我母亲,尤其是我母亲。上世纪六、七十年代,中国农村是大集体的计划经济时代,我们家里由于人口多,劳动力少,再加上个人搞副业受到限制,经济环境比较差,公家分配的粮食不够吃。为了不给家里人饿肚子,于是,母亲想了很多办法解决这个问题,如在米饭里加红薯丝,将嫩苎麻叶捣碎与米粉搅在一块,做成苎麻糍粑;还有每年的春天,上山采摘蕨类植物,加工成蕨粉等等,母亲做出来的这些食物,味道十分可口,虽然有点粗糙,但深受家人的喜爱。这些困难时期的美食,随着母亲年事的增高,渐渐地与我们远去,慢慢地只能在记忆里寻找了。

在启蒙老师那里,我第一次认识了太阳,天真的我把太阳组词为"太阳花"。或许从那一刻起,我就有了这个意识:太阳花的凋谢会迎来明天的太阳。初中最后一次班会课,随着六十多岁的老园丁一句"放假了",我的眼泪也随着落下,我知道我即将告别初中那无拘无束的生活、告别校园为我而鼓的掌声、告别校园里的一草一木了。

岁月赋予的并不都是诗意,不都是灿烂;会让你在叹息中遗憾，会让你于彷徨中感伤。岁月如同最公正的法官，它的天平对每一个人都不偏不向，它赋予人人的礼物也都一样！在岁月面前，无法在成功的喜悦中久久徜徉，也别对失败耿耿难忘。在岁月面前，没有闲暇再为玫瑰梦的失落而忧郁，也无需再去为久已尘封的梦幻而悲伤。流水走过的地方有生命，白云飘过的地方有梦境，我，在生命的旅程中追逐缱绻的梦，是岁月的风将梦编织，又是岁月的风将梦吹醒。

岁月的风，卷起天边那一抹云，让笑颜在晨曦中绽放，在时间的流逝中把热情挥洒，渐渐地，在天的另一端，一日的精彩被晚霞收藏！当暮色渐浓，岁月的风，又将浮躁与繁华吹尽，让宁静住进疲惫的心，让回忆充释每一个梦；岁月的风，采来丝丝的云，汇成涓涓水韵，在厌倦了昨日的热情和昨夜的宁静之后，把雨滴播撒！看，那流浪的尘埃已寻到了迷失的归宿，在湿润的缝隙中安了身，听，那窗外的风铃在声声吟唱，将温润的柔情云绕与空宇。

记忆，像古老的放映机，播放着以往的点点滴滴，影像虽已模糊不清，但感觉依旧如新。第一次因爱恸容、第一次因失败而哭泣、第一次和朋友吵架，第一次经历离别……这些记忆就像一本泛旧书籍，就像夕阳下还残留着的一抹夕阳，淡淡的如水，浓浓的如酒。记忆中的那些歌声，记忆中的那些声音，时而回荡在耳畔。那些感动中的记忆，你我是否已经随时光静静收藏？那些精彩的瞬间，那些温馨的画卷，无论流泪还是歌唱，无论微笑还是痛哭，无论憎恨还是惦念，永远让人心不舍远航。

清泉潺潺地流过沙石，汀汀成韵。正如昨天的记忆，有声有色。声，不一定是玉宇琼音；色，也不一定是五彩斑斓。记忆里的声色，微妙就好，至真至善就行。无数的片段，无数的细节，那些简单得苍白的岁月，那些沉默而暗流涌动的情怀，像风沙，流落到各自的天涯。

生活一半是回忆一半是继续，时间在变人也在变，生命是一场无法回放的绝版电影，有些事不管你如何努力，回不去就是回不去了，就算真的回去了，你会发现有可能已经面目全非，唯一能回去的只有存在心底的记忆。今天的夕阳西下到明天的旭日东升，是记忆的垒叠和新记忆的开始。在这样的行程中，我不断地夕拾着朝花，把它收藏串起，让它散尽余芳。时光在笑声中流逝，曾经纯真、稚气未脱的一张张面孔如今已淹没在茫茫人海中，任生活的风霜一日日爬上脸庞。

　　无法倒流的时光，带不走的是岁月的芬芳，回不去的是年华的沧桑，留不住的是时间的流淌。年少的时候，总会在铺满荆棘的道路上历经艰苦，正值花样年华的时候，那些看似美好的事物却趋之若鹜，随心所欲，可当青春都被挥霍一空的时候，才会懂得珍惜，不免怀念过去。连那些在记忆中熟悉的面孔也在消失与重建。一切都已过去，未来在未来里。一路走去，在行程中不断填充自己，用记忆温暖自己。一粒沙里见世界，一朵花里见天国，手掌里藏着无限，一刹那便是永劫。在时光的留声机里，琐事不仅仅是回忆，更重要的是给自己的人生留下一道亮丽的风景线。

鸡 年 话 鸡

　　农历 2017 年是丁酉年鸡年，鸡是人类饲养最普遍的家禽。家鸡源出于野生的原鸡，其驯化历史至少约 4000 年，与狗、牛、猪等动物一样，都是中国古代农耕文化的一个见证。鸡也是 12 生肖中的一属。鸡对人们的生活有重要影响，所以能够在十二生肖中占据一席特殊的位置。它是唯一的禽类，而且与"六畜"中的排位相仿，稳稳地坐在了犬和豕之前。

　　记得上世纪七十年代初，我刚上小学二年级时，老师教我们学唱的歌中，有一首歌就是说鸡的，具体是什么歌名我不记得了。几十年过去了，但我现在还会唱，"奶奶喂了两只鸡，什么鸡？什么鸡？大母鸡和大公鸡。大母鸡、大公鸡，一只白天忙下蛋，哎嘿哟！哎嘿哟！一只夜夜来叫啼，来叫啼……"那时候，农村里的孩子，从小就要帮助家里干家务甚至是农活，如，喂鸡、牧鸭看鹅、扯猪草等。我也不例外，喂鸡食、牧鸭鹅等这些家务活，几乎成了我除了上学时间之外，业余生活的一部分。按规定，家里只能饲养十来只鸡，每当一批鸡长大以后，除了留一只公鸡和已经下蛋的母鸡之外，其余的都要被母亲拿到农贸市场上卖掉，以换取家里的油盐钱和我们几姊妹的学费。

　　"平生不敢轻言语，一叫千门万户开。"在那个年代的农村，鸡鸣计时成来已久。公鸡除了传种外，还要肩负打鸣之责，所以古来就有："风雨如晦，鸡鸣不已。"儿时，公鸡在起鸣后不久多被阉或被卖、被杀，因为除了留种的外，一怕被别人家母鸡裹挟而走，俗称野脚；二忌鸡多乱鸣，抢食粮食而没有母鸡下蛋的增殖。那时，挣钱的渠道少些，鸡猪是主道。每到开学之时，也是鸡鸣狗叫之时，更多地鸡猪被卖。有时看着心疼，陪伴着人的鸡，为了让人变得聪明，走向文明和自由，必须出卖。特别是穷苦人家，虽然知道"家有万贯，血财不算。"的古训，但为了替孩子凑学费，平时不敢卖，卖了用了的道理，大家深谙此道。有时粮食费了不少，上苍不济之时，还鸡死一地，泪落一身。

　　饲养鸡也蛮有趣的，刚喂养时的小鸡长得真可爱。全身毛茸茸的，像个毛球。你别看它毛虽然多，但好像被人用梳子梳过一样，整整齐齐。抚摸上去软绵绵的；两颗透明发亮的大眼睛，像又黑又亮的花椒籽一样，嵌在毛绒中。尖尖的小黄嘴上，还有两个微小的孔。整个身体协调自然。橘黄色的小细脚，脚爪活像"个"字。它们不仅长得可爱，吃起东西更加好玩。每当放学回到家中，小鸡们见到我，都"叽叽"叫个不停，仿佛在说："我饿了，能给我一些吃的吗？"我连忙跑回家，舀了一勺米，奔到楼下，把米均匀地撒在地上。小鸡们见了米，连忙奔来，把米都啄光了。我怕它们饿，又捉了一条大虫放在地上。一只小鸡把大虫啄成两半，分给其它的朋友，你一半，我一半的吃起来。吃完了，它们又"叽叽"叫起来，仿佛在说："谢谢你！"

　　家中的那只大公鸡，它的着装也像一个大将军，它那火红的鸡冠，就像将军的军帽，它那美丽的羽毛，就像彩色的胸章和笔挺的将军服。清晨，大公鸡就已经出去了，它似乎在寻找高的地方，它好像看中一个树桩，一秒钟的时间，它就已经飞到了树桩上，只听见"喔喔喔——"的叫声，它已经开始引吭大叫。几分钟后，它停止了"晨唱"，此时，人们纷纷起床，有的在做早餐、有的在自家的菜园里抓紧时间干活，因为八点钟生产队就要开工了。学生们七点钟左右，就背着书包向学校走去。那时候的我，不知道"闻鸡起舞"的典故，也不知道唐代诗人、书法家颜真卿的《劝学》"三更灯火五更鸡，正是男儿读书时。黑发不知勤学早，白首方悔读书迟。"但我的父母亲，始终向我们灌输"文化知识改变命运"的理念,他们说"无论任何时候,一个人有知识、有文化,对自己做人做事都是有好处的。"父母亲朴实的言语,让我受益终身。

我国的文化遗产浩如烟海,有关鸡的文化在其中占有一席之地。在中国的传统文化中,龙和凤都是神化的动物,鸡却是一种身世不凡的灵禽,例如凤的形象来源于鸡。鸡的神圣意义在中国创日神话中,鸡有幸充当创日第一日所造之物。"《太平御览》:"黄帝之时,以凤为鸡。"《太平御览》卷三十引《谈薮》注云:一说,天地初开,以一日作鸡,七日做人。"传说鸡为日中鸟,鸡鸣日出,带来光明,能够驱逐妖魔鬼怪。为何鸡会成为创日神话第一日所造之物呢?这必与鸡的神圣意义有关。叶舒宪先生在其《原型数字"七"之谜》中有过一段描写鸡的话,给了我们很好的答案。"人日创日神话中第一日所造之鸡,表面看是一种动物,在神话思维中却是某一特定的空间方位——东方的象征。神话学家们认为,创日神话表达的从混沌到有序,从黑暗到光明的主题,是以初民日常经验中的东方日出,白昼取代黑夜的自然现象为蓝本。

据考,晋董勋《答问礼俗》中说:正月初一为鸡日,正旦画鸡于门。魏晋时期,鸡成了门画中辟邪镇妖之物。南朝宗檩撰《荆楚岁时记》也载有"正月一日……贴画鸡户上,悬苇索于其上,插桃符其傍,百鬼畏之"。此习俗流传下来,使在门楣上贴鸡成为四川成都一带春节的习俗。过去在桃花坞年画中也有"鸡王镇宅"的年画,图案上是一只大公鸡口衔毒虫。斗鸡在我国历史上久盛不衰,曾被人们作为消遣和夸豪斗胜的手段,这从考古出土的汉代石刻和画像砖上可见形象逼真的斗鸡图。《战国策·齐策》最早记载我国先秦时期的斗鸡娱乐:"临淄之中七万户……其民无不吹竽鼓瑟,弹琴击筑,斗鸡走狗,六博蹹鞠者。"斗鸡的风气在唐代很盛行,尤其是特权阶层的人物———宠信宦官、王孙公子。斗鸡以后又推广到军中，用以激励战士的勇气，提高兵卒的斗志，《诗经·风雨》云"风雨如晦，鸡鸣不已"，后来"风雨如晦，鸡鸣不已"被引申为形容在风雨飘摇、动乱黑暗的年代，有正义感的君子还是坚持操守，勇敢地为理想而斗争。

在中国古代，没有报时的钟表，人们日出而作，日入而息。以天亮作为一天工作的开始，而何时天亮却是由公鸡报晓来决定，人们信赖公鸡，是因为公鸡有信德，而雄鸡报时从不会报错，古人说这是"守夜不失时"，是信德的表现。古代，公鸡可以安享黑暗静谧的夜晚。有时遇到满月，月光偶尔也会刺激太过敏感的公鸡"起夜"。而到了战乱时候，被声音和火光惊扰的公鸡夜啼的概率大大增加，于是古人以"雄鸡夜鸣"为战争的凶兆。早晨的鸡鸣一声，向人们报告新一天气开始，它不仅是庄户人家的时钟，也是公共生活的时钟。战国时代，著名的函谷关，开关时间就以鸡鸣为准。落魄而逃的孟尝君，面对大门紧闭的关口，担心后面追兵到，食客中有会口技者，学鸡鸣，一啼而群鸡尽鸣，骗开关门。这个故事被司马迁写入《史记》，传为熟典。

俗话说"三更灯火五更鸡"，按今人的话说，就是鸡有勤奋、准确、守纪律、不误时、认真负责的好品德。闻鸡起舞典出《晋书·祖逖传》。说祖逖和刘琨少年而有壮怀，半夜听见鸡叫，便起身操演武艺，以备报效国家。后世即以此比喻有志之士及时奋发。晋代祖逖"闻鸡起舞"的故事，鼓舞着人们的斗志，竟被誉为"人之楷模"。现代人们赞美鸡，主要是赞美鸡的武勇之德和守时报晓之信德。

有关鸡的成语和诗句，也是十分丰富的。成语有"闻鸡起舞"、"鹤立鸡群"、"偷鸡摸狗"、"杀鸡取卵"、"牝鸡司晨"、"鸡飞蛋打"、"鸡犬不宁"、"鸡毛蒜皮"、"鸡鸣狗盗"、"鸡犬之声相闻，老死不相往来"、"嫁鸡随鸡，嫁狗随狗"、"呆若木鸡"、"一人得道，鸡犬升天"等等。关于鸡的诗句有

"丰年留客足鸡豚"、"晨鸡喔喔茅屋傍，行人起扫车上霜"、"我有迷魂招不得，雄鸡一声天下白"、"鸡唱星悬柳，鸦啼露滴桐"、"紫陌旌幡暗相触，家家鸡犬惊上屋"、"鸡鸣刷燕晡秣越，神行电迈蹑慌惚"等等。由此可见，鸡这种家禽是我国古代文化的重要组成部分。

在风雨交晦，动荡不安的年代，很多有识之人自喻为鸡，为众人而鸣，惊醒世人清醒。想必如果是一个鸡鸣少之的年代，众人昏睡无时，无所事事，我是那群鸡之一吗？鸡是一种小而攻击力弱的动物。它每次都不善于攻击，而是善于逃跑。它也十分热爱自由，每次快被捉住的时候，便会奋力挣扎，啄那个人的手。鸡是人类的好朋友。除了给人们提供鸡蛋和鸡肉等美食之外，还会引吭高歌一声晨号，向人们报告，新的一天已经来临。

腊月的韵味

光阴似箭，日月如梭。丙申年的十二月来的真快，阳历的新年也即元旦节那天，已经是农历十二月的初四日。过了腊月初八，离农历的新年越来越近了。早几天，太太看到左邻右舍忙着晒腊肉、腊鱼什么的，她心里似乎有点急，于是问我，说我们家是否也做一点腊肉？我回答说，"好吧！做一点，只要你不怕辛苦和麻烦。"

说做就做。于是，太太就去农贸市场买来一大堆鱼肉，先是将买来的鱼、肉，切割成一小块，再用料酒、食盐、生姜、花椒、酱油等配料，放入已经切割好了的鱼肉拌匀，淹制几个小时后，用小铁丝或细绳，将肉、鱼穿起来，找个向阳的地方晒了几天，这样，一块块略带黄色，流油泛香的腊鱼、腊肉就呈现在家人的面前。太太她心灵手巧，做出来的腊肉让人见着就会流口水，不但色、香、味俱全，而且还分湘式和粤式两种。看来，今年这个腊月还得加大运动量，否则，长在脸上的这张嘴，因抵挡不住腊肉、腊鱼的"诱惑"，身上又要多出几斤肥肥的肉团来。

小时候，我总是搞不清楚，为何农历十二月又叫"腊月"，问了一些大人，他们也说得不准确。后来妈妈要我去问外公，说外公能说清楚，因为外公懂风水和易经。尽管外公在我心目中带有一点神秘感，平时有点敬畏，但为了弄清楚这个问题，我还是壮了壮胆去问外公。外公见我小小年纪，居然向他提出这样的问题，先是感到惊讶，后来还是认真耐心地回答我，他说："农历十二月之所以叫"腊月"，是因为"腊"是古代祭祀祖先和百神的"祭"名，有"冬至后三戌祭百神"之说，即每逢冬至后的第三个纪日干支中含有地支"戌"的日子,南北朝时期固定在十二月初八日,传统民间都要猎杀禽兽举行大祭活动,拜神敬祖,以祈福求寿,避灾迎祥。"那时,由于我年龄太小,才十来岁,对外公这个有点深奥的回答,我只能是似懂非懂地点了点头。

腊月是一年之岁尾,正值寒冬。民谚云:正是言之其冷。这时冬季田事告竣,故有"冬闲"之说。古代农闲的人们无事可干,便出去打猎。一是多弄些食物,以弥补粮食的不足,二是用打来的野兽祭祖敬神,祈福求寿,避灾迎祥。农事上是"闲"了,但人们生活的节律并未因此而放慢,人们怀着愉悦而急切的心情加快了向春节迈进的步伐。春节,是中国人传统的三大节中最为隆重的一节;而腊月,正是迎接春节的前奏曲,在这个前奏曲里有着丰富的内容。首先从喝腊八粥开始,然后人们要扫房、请香、祭灶、封印、写春联、办年货,直到除夕夜。广义地说过年,应该从腊月二十三"过小年",甚至可以说从喝腊八粥就开始了,一直要过到正月十五元宵节才算结束。而过去一些官宦人家,甚至还有拖至二月二"龙抬头"那天过年才算结束,从古典名著《红楼梦》中就可看到。

每年的腊月,不管时事风云如何变幻,不论是城市还是乡村的上空,都会弥漫出一股越来越浓的香味,那是家家户户点燃年的韵味,升腾来年的守望与寄托。男人们,女人们,都激动着,忙碌着,把一年的收获搬出来,把一年的劳累搬出来,开始享受了。大人、小孩都团聚在一起,燃起了一家人的喜悦、热情和富足,也燃起一家人的兴旺。特别是乡村,腊月的香味,把整个乡村都熏醉了,那袅袅的炊烟越来越迤逦。沿着这股香气,就能看到到处是一片忙碌的身影。杀猪宰羊,这是乡村最为热闹的一件事,村头巷尾,村民们吆喝声、猪的嚎叫声此起彼伏,使乡村一下子热闹非凡。沉浸在清早美梦中的孩子们被吵醒,知道要杀猪宰羊了,急忙起床凑热闹,奔走相告,品尝着年的美味与快乐。

记忆里的童年时的腊月，家里人要把庭院前后、屋里屋外彻底打扫。腊月农村没有多少农活，门前堆放的锄头、粪桶、镰刀等农具也派不上用场，父亲会小心翼翼地拿到柴房角落放好，等来年再用。平日砍的木柴乱七八糟地堆在院子里，算算时日差不多也干燥了，全部送到柴房摆放整齐。家里的屋顶墙壁地面也要反复打扫，让灰尘蛛丝了无痕迹，让墙壁像雪花一样白净，让陈旧凌乱的家变得井井有条。窗子家具擦了一遍又一遍，瞬间焕然一新，泛起亮堂堂的光泽，立刻有了窗明几净的感觉。想着过年时我们几个兄弟姐妹在宽阔干净的庭院里高兴地奔跑放鞭炮，父母似乎忘记了辛苦和劳累。只要出太阳，母亲会把家里的蚊帐窗帘、床单被套拆下来，脏衣物鞋子找出来，全部拿到河边清洗。自己做的米粉和荡皮，挂满了屋门口的几根竹竿。几个陶瓷大盆里盛满了油炸的米制的兰华根、油糍粑、米皮、油煎豆腐、炸鱼等等，浓烈的香氛氤氲着老屋，令人嘴馋。置办年货，也是腊月里必不可少的一件大事。尽管那时候物质比较短缺，但腊月的集市还是熙熙攘攘，母亲在熙熙攘攘的集市里挑挑选选，遇到满意的就讨价还价，她总能以最便宜的价钱买到最好最适用的物品。在腊月忙碌的日子里，父母亲用勤劳和朴实酿成了过年浓酽的香甜和喜悦！

　　腊月之后是过年。过年，对于中国人来说是极富有魅力的。为了过好年，中国人要拿出近一个月的时间做诸多准备。人们要忙着对保佑、赐福于他们的神祇、祖先有个交待；要对一年的往来账目有个结算；要对亲戚、邻友、同僚给以节日的慰问，以使今后能更好地相处。这一个月的准备时间通常都在腊月。

　　腊月的风韵，在乡风里熬煮得热血沸腾，在车站码头匆匆忙忙人声鼎沸，抒写删繁就简的表情，令春运的气息在你来我返里心事重重、跌宕起伏。外出打工、上学的男男女女们，都陆陆续续回家，大包小包满载着一年艰辛的收获，踏上日夜思念的故土。

腊月的最后几天里，许多城市里的人也会往乡下赶，于是，弥显出更浓更亲的年味。"回家过年"，这是远离故土最真诚的愿望，出门在外的人们，即使远隔千山万水，也在腊月里回家，祈福着对亲人思念和牵挂，不停地召唤着回家匆匆的脚步。

　　农历腊月的最后一天，而且也是我们大家所说的大年三十"除夕"，据《吕氏春秋季冬记》中记载说：古人在新年的前一天，击鼓驱逐邪鬼。也就是说，除夕是一年之中除旧布新、祈福禳灾的日子，所以过除夕就显得非常的重要了。过除夕有很多习俗，也因地域的不同而有所区别，但基本上都是大同小异。过除夕，其中最重要的是祭祖、吃年夜饭（也称团圆饭）和守岁。"爆竹声中一岁除"，当除夕夜那震耳欲聋的爆竹声穿入云霄响彻乡村时，年终于迈着轻盈的步子款款而来，随之一片欢呼声："过年喽！"全家老少在新年的钟声里许下新春的祈愿。现实城里人是不能放鞭炮的，但有花市和花灯供人们欣赏。还有观看那众口难调的，一年一度的中央电视台的春节联欢晚会，也逐渐成为腊月除夕夜的习俗。

　　乡村的年味最浓。彰显乡村年味的乡村腊月，是民间文化的延续和发展，古往今来源远流长的传承，如百年陈酒，窖香浓郁，醉人肺腑，品不完民俗文化的神韵，尝不够中华文化的大餐；乡村腊月，来得风火火，走得急匆匆，留给人们幸福温馨的回忆，激发对明天美好的憧憬；乡村腊月，充满了温馨、洋溢着祥和、散发出喜庆、满载着吉祥，也孕育着来年的希望。正是有了腊月的祝愿，乡村人才有了过年过得有滋有味，魅力无穷。

　　腊月来了，从遥远的风俗中走来，从刺骨的寒风中走来，从忙碌的身影中走来，走进了城市，走进了乡村，走成了火红的月份，走进了甜蜜温馨的日子，走进了人们万家团圆的祝福里，快乐分享幸福生活的甘甜！腊月，是一曲古老的歌谣，吟唱着忙碌、红火和喜悦，给新春的狂欢点起熊熊的炉火，把年味烹的香浓，将幸福酿造,让踏歌而来的新春佳节充满了特殊的温暖情调。

　　站在腊月的风味路口,道别旧年走过的阳光风雨,笑迎温暖的春风,令人满怀激情,在诗意芬芳的枝头,点燃一阕万紫千红的意境,席卷山川、葳蕤大地。腊月的风韵,让人回忆,让人满怀信心充满期待,又让人难以割舍,更让人难以忘怀。

门　　槛

上世纪九十年代中期，经过十五年的奋斗，自己终于有经济能力建房子了，买地、设计、报建等手续完成以后，获准施工。在房子的设计过程中，除了房屋的结构、朝向等重要因素之外，门槛也是一个不能忽略的重要内容，因为门槛在风水学中有很重要的意义。为此，我还花了不少的精力，去研究和设计门槛，比喻说门槛的高度怎样才算适中，门槛的用料是选用木料还是石材等等。

在中国传统建筑中大门入口都会设有门槛，它在风水学中的作用是阻挡外部不利因素进入家中，并防止才气外漏。门槛原指门下的横木，中国传统住宅的大门入口处必有门槛，人们进出大门均要跨过门槛，起到缓冲步伐，阻挡外力的作用。古时的门槛高与膝齐，如今的门槛已没有这么高，大约只有一寸左右，除了用木材制作外，也有用窄长形石条的，固定在铁闸与大门之间的地上。门槛还明确的将住宅与外界分隔开来，同时，门槛既可挡风防尘，又可把各类爬虫拒之门外，因而实用价值很大，对阻挡外部不利因素及防止财气外泄均有一定作用，对住宅风水颇具重要性。另外，门槛的颜色要与大门的颜色配合并且因谨防断裂。

门槛，有两种含义，其一是门框下端的横木条、石条或金属条。其二是诀窍，也指精打细算或占便宜的本领。门槛精道。门槛，本意是挡雨水的，后来引伸了，既挡财气又挡命，所以在说一个人不顺利时就说"遇着槛了"。

童年记忆中，我们这些小孩与家中的门槛，关系是比较密切的。家中的老屋是土木结构，门槛有一米多长，二十厘米宽，十多厘米厚的木板,有时候,它就成了我幼时一种安全的依赖。记得我刚蒙蒙懂事,由于父母亲总是起早贪黑在大集体忙碌,根本无暇顾及他们的孩子,父母先天晚上会同我们说:"大人不在家,小孩子不能乱跑。"常常在清晨天还没亮,我们还赖在被窝里熟睡,他们就悄然起床,悄悄生火做饭,吃完早餐就匆忙下田了。等我们醒来,家中没有大人,只有我和弟妹们。我与弟妹们自己穿衣下床,吃饭,然后不敢跨出门槛半步。我们或打开栏框门,倚大门而坐,望天空云朵,看小鸟回巢,盼父母归来。哪怕地上一只小小的蚂蚁,总会引起我们的好奇。或将栏框门关上,坐在屋里的凳子上。

在家乡有这样的风俗,无论大人或者孩子都不可以踩门槛,据说踩了门槛对主人不好。每当有小孩踩到门槛时,大人们会很紧张地告诫说:"乖乖,门槛不作兴踩的,踩了不吉利。"在中国民间有门槛是主人的脖子或脊背的说法,所以都忌讳这样做。如果有人这么做了会被视作失了礼数,所以大人们会在孩子年幼的时候就灌输不可以踩踏门槛的做法,免得孩子被人说少家教。家中的主人通常是家里的主心骨,家里经济来源的创造着,因此他们的健康关系着一家老小的生活跟命运。尽管小小的门槛并不会因为踩几下而影响他们的健康,但是所有的人都会很小心地不去触碰,心愿使然吧。

这种习俗不知道是否与家乡人信佛有关。佛教里对于门槛有两种说法,大乘佛教说门槛是菩萨的枕头,而小乘佛教说门槛是菩萨的肩膀。无论是菩萨的枕头或者是肩膀都是不可以踩踏的,那是大不敬,因此寺院的门槛也是佛,不可以不恭敬的。人们去寺庙烧香拜佛,过门槛一定男客要先迈左脚,女客要先迈右脚,不要迈错了,男客迈左脚是入西方净土,迈右脚是入十八层地狱,女客正相反,马虎不得。还有就是不要踩门槛,这会使人在阴阳两界飘浮不定,既成不了神也投不了胎。

在家乡还有一个木佛和门槛的传说。在很久很久以前，某处山角的庙里有一座佛像，附近的百姓时常来拜佛，每次都带着份外的虔诚，供上最好的供果，并深深行礼。百姓们来到佛面前需要走过一段门槛，门槛是由一条横木做成的。门槛看到有那么多的百姓对佛这样崇敬，心里很不是滋味，它有一日对佛像说："佛像啊，为什么我们同是木头做的，而你却能受到那么好的待遇，我却每天被那么多人踩来踩去？这未免有点太不公平了！"佛像看了看它，意味深长地说："虽然我们当初同是木头，但是你只被削了两刀，而我经受了多少雕琢啊。"

门槛不能踩踏，这是大人和小孩共同遵守的习俗。但是，家乡的门槛，小孩可以坐，对这个问题我是百思不得其解。我曾经问过好多人，没有一个人可以回答这个问题。有一次，我去一个亲戚家串门，看见他家的小孩坐在门槛上，我赶紧对那小孩说："不要坐在门槛上，坐在门槛上会不吉利的。"亲戚走过来，拍着我的肩膀说"小小年纪，懂得还不少呀！坐在门槛上与踩到门槛上是不一样的，坐可以，踩踏就绝对不行。"

后来，我读一些文学作品，发现有些文学作品里，也有坐在门槛上的描述，如，清·郑燮《潍县寄舍弟墨第三书》："又有五言绝句四首，小儿顺口好读，令吾儿且读且唱，月下坐门槛上，唱与二太太、两母亲、叔叔、婶娘听。"冰心《往事·六一姊》："又过两天，我偶然走过菩提家的厨房，看见一个八九岁的姑娘，坐在门槛上。"等等。这似乎印证了我亲戚所说的话，门槛是可以坐的，但我还是找不到理由。

因为槛跟坎同音，又引伸为多种含义。如心坎儿、年龄槛、求学的门槛等等。民间比较关注的是"年龄槛"，每逢一个人的本命年，十二年为一轮，即是"槛儿"。本命年里，据说人多灾多难，日子过得要分外小心。扎根红腰带，穿红色的内裤和红色的袜子，以辟邪，是为了迈过这"槛儿"。也有将73岁84岁说成是老年人的"槛儿",所谓"七十三、八十四,阎王不叫自己去";还讲"孔子七十三,孟子八十四",意思说,这"槛儿"在孔孟两圣人身上也是应验过的。人们说,闯过七十三这道"槛儿",一准活到八十四;一旦过了八十四,还会更长寿。

　　事实上,无论是怎样的槛,迈过了都会顺顺利利,心情舒畅。因此大家都别踩着那道坎儿才好。门槛门槛,过去了就是门,没过去就成了槛。把事情变复杂很简单,把事情变简单很复杂。人生注定要跨越无数次的门槛。从幼童刚入学,到中学、大学、随即成年后迈进社会等等。这一抬脚一着落,一前进一转弯,跨过去就能随时随地改变一个人的身份和命运。而每一次变换门槛时的心里感受,追求目标、对未来的憧憬,也随着年龄的不同而不同。时间是治疗心灵创伤的大师,但绝不是解决问题的高手。不管你的理想有多遥远,不管你的志向有多宏大,对于任何一个人来说,生存都是第一道门槛。在人生的旅途中,遭遇挫折也是一个门槛,跨过了就是成功的门,跨不过就是失败的槛。抬脚与落地,放下与收回,都会与我们的命运相交,影响我们的人生之路。

　　人的一生是由一道道的门槛组成的,小的时候是成长的门槛,长大之后是奋斗的门槛。人生的奋斗就是在于各种门槛作斗争,当战胜一道道的荆棘门槛时,就是获得小小的胜利,而最后的坎坷才是胜利的终点。站在时光的门槛回望,人生要学会遗忘,遗忘掉那些泪水,你就会融化冰霜;遗忘掉那些自我,你就会敬仰高尚。让快乐都写在舒展的眉间,愉悦地度过我们生命中的分分秒秒。

澡堂里的歌声

很久没有唱歌了,特别是在澡堂里唱歌。日前的一个晚上,不知道是什么原因?跑完步回来,冲凉洗漱,竟然在自己家里建的浴室里,放声歌唱,一首首怀旧歌曲,通过我这个没有经过任何音乐知识培训的男中音,传播到家中大院和左邻右舍。我洗澡完毕之后,下楼来到客厅,准备看当天出版的几份报纸,太太带着神奇和怀疑的口气问:"你今天是不是升官发财了,或者是检了一个"大漏"什么的,让我多年都没有听到你的澡堂里的歌声,再次飘到我的耳朵里来了。"我"嘿嘿"地笑了笑说:"老婆大人,我今天既没有升官发财,也没有检到大漏,但是今天我心里十分舒畅,用一句很流行的年轻人的话来说,想唱就唱吧!"太太望了望我一眼笑了笑,正准备说什么,这时她的手机铃声响了,她忙着去接电话了。

太太的一句话,让我想起了上世纪八十年代初期,上学期间和刚参加工作时的"澡堂文化",也即从澡堂里飞出的歌声。

上世纪七十年代末期,国家拨乱反正,恢复了高考制度,使成千上万的年轻人有了读大学的机会,我也是恢复高考的受益者。在上学期间,我们争分夺秒刻苦学习,学校的图书馆、阶梯教室,甚至在操场上,小公园里,都会看到同学们只争朝夕的读书身影。但那时候的同学们也绝对不是读"死书"的人,由于文革十年的高校,除了招收了少量的工农兵学员之外,基本上没有招生,积压了大批的考生,许多二、三十多岁的年龄较大的"老三届"与我们这些十几岁的应届毕业生,同场竞戏,他们的社会经验丰富,组织能力很强。在学校里,"老三届"们会经常组织一些文体活动,比如各种比赛和周末舞会。那时候没有手机、电脑，也没有卡拉ok，只有少数几部电视机供同学们观看，所收看的频道也很少，每到周末，学校也还会时常放几场电影。课外时间的文化生活远没有现在丰富，许多同学利用洗澡的机会，一展歌喉，经常会在澡堂里唱歌，特别是男生澡堂里有不少"歌星"，每当去澡堂总听到有不少的同学喜欢在澡堂里高声唱歌。为此，学校的"澡堂文化"也就应运而生。

学校的澡堂是那种有较大空间感的集体澡堂，一排排喷头，每个同学都是一名歌手，有唱高音的，也有唱中音的，但是很少有人唱低音，可以各就各位。当水声响起，当温度合适，当肌肉松弛，痛苦和快乐一齐随着水蒸汽升腾，这是一种缓缓悠远的感触，这是一点点抒发的情感，于是心中的悠扬的旋律再也不能自已，再也不能盘旋。把它唱出来，热气腾腾的歌声。最壮观的是当一个旋律引起了无数人共鸣的时候，澡堂大合唱便开始了，那是令人感动得可以掉泪的场景，因为每个人都如此真情投入，每个人都如此发自内心，有人使劲地搓着背，有人愉快的打着香皂，赤条条的歌唱着。声音即使错落，也是别有情致的。

唱歌，以抑扬有节奏的音调发出美妙的声音，给人以享受。歌唱是一门艺术，而且与诗歌是紧密相联的。南朝梁简文帝《当垆曲》："迎来挟琴易，送别唱歌难。"司马迁在《史记》曾说："诗三百，孔子皆弦歌之。"可见，《诗经》里的诗都是可以配乐的，因此也就可以说那时的诗是歌。《诗经》相当于今天的音乐书，只是它没有曲调，只有歌词。诗和歌的关系为——诗包含在歌里，歌包含着诗（歌词），诗就是歌，只是有曲调分隔着作为区别的屏界。唐李远《黄陵庙词》："轻舟小楫唱歌去，水远山长愁杀人。"元周砥《新郭》诗："主人张筵挥羽觞，吴姬唱歌声抑扬。"巴金《灭亡》第七章："袁先生总爱拿人家开心，我哪里配说唱歌？"

我也喜欢唱歌，虽然没有经过什么音乐培训，只是上初中时，听了音乐老师教给我的简单的音乐知识，但自我感觉也还唱得比较可以，平时也会哼唱几首歌，于是我也加入了澡堂里的唱歌一族，经常会在洗澡时唱上几首。我最喜欢唱的几首歌有《祝酒歌》、《年轻的朋友来相会》、《敖包相会》、《浪花里飞出欢乐的歌》等。当时，个人感觉这种做法倒没什么不好的。觉得这也许就是澡堂中的一种文化吧。不仅让唱歌的本人在高声唱的时候放松心情，或者释放烦恼，无疑是在洗澡的功效上算是锦上添花哦。另外，那些唱歌的人一般都唱的不错（自然那些不很会唱歌的就不怎么愿意唱了），还能把歌声带给他人，歌声盖过了枯燥的哗啦啦的水声，感觉蛮好的，澡堂也热闹了，心里边也很支持那些在澡堂唱歌的人。甚至希望举办一个澡堂拉歌赛，如果有男女生对拉，这样才更有激情。

　　参加工作以后，单位分配给我们单身汉住的是没有卫生间和冲凉房的单间，洗手间和澡堂离宿舍较远，大约有一百多米。每次洗澡都是先到单位饭堂，打上一桶热水，在澡堂用另外一个水桶掺入半桶自来水，慢悠悠地边洗边唱。单位的澡堂虽然没有学校的大，但也算是比较大的，一次能容纳十多人洗澡。在单位的澡堂里唱歌，与在学校的澡堂里唱歌大不相同，学校里澡堂里唱歌的人很多，不是你一个人唱，大家都唱，但互不干预，你唱你的，我唱我的，听众也很多，有男生，也有女生，唱得好不好，有人评价。而在单位澡堂里唱歌，很孤独，几乎就只有我一个人唱，听众更是少得可怜，有时有一、两个听众，有时一个听众也没有，唱得好坏也没有什么人评价。不过，也好，有时候一个人可以尽情地歌唱，甚至是嘶哑地发泄。当时我最喜欢唱的歌是：《我的中国心》、《乌苏里船歌》、《外婆的澎湖湾》、《金梭和银梭》、《青春啊！青春》等等。有人说，快感时要喊出来，那应该是一种激烈的感觉，但洗澡的快感是轻柔的，喊出来就破坏了美感，只有歌唱才会使一切完美。

　　后来自己建了房子，有了独立的浴室也即澡堂，虽然也在澡堂里唱歌，并且在浴室里唱歌声音会特别好听，有一次我在浴室里唱了几首歌，有《小白杨》、《牡丹之歌》、《弯弯的月亮》、《东方之珠》、《小芳》等。唱完之后，第二天一大早，遇见隔壁的一位当老师的邻居，她夸我说"昨天晚上，你的歌唱得真好，特别是那首《小白杨》的歌，唱得跟唱片里的没有什么区别。"她的夸奖让我感到意外，在澡堂里唱歌没有什么现代乐器辅助，纯靠实力，换句话说就是原生态。在澡堂子里人们能想到的慢歌都是些老歌，从桃花盛开的地方到一剪梅，都是那种感情深沉，一唱三叹的经典。慢歌才最合适，蒸汽悠悠的慢板打着拍子，流水哗哗的背景作为映衬，在这里，深吸一口水蒸气，然后随着歌声吐出，是一件无比畅快的事情，而在歌声上一统澡堂更是一件无比雄壮的事，当一个声音雄霸澡堂之后，其他的都只能算是靡靡之音，从旁附和了。

　　有人说，浴室里唱歌声音会特别好听。他们认为，声波发出以后遇到物体会反射回来，道理就跟掷出去的皮球碰到墙壁会反弹回来是一样的，只不过反射回来的声波由于部分被物体吸收能量有所损耗，会有所减弱。质地不同的物体对声音的吸收也是不同的。质地坚硬的物体吸收声音的能力差，发射回来的声音就多，而质地柔软的物体吸收声音的能力较强，发射回来的声音要少得多。浴室的环境跟其他房间是不同的，密闭狭小的空间和浴室内的物品都可以使声音反射效果达到极佳状态。

　　我没有深入地去研究这些东西，这些是物理学家所研究的范畴。但是我明白了这样一个道理，即物体都有它们倾向的振动频率，当不同物体的这种振动频率相吻合时，它们就会出现共振现象，继而引发共鸣。在不同情况下物体产生共鸣的频率是有差别的。浴室的各个表面更容易使声音产生共鸣，如果在这个共鸣频率下的声音恰巧十分动听，那么你听到的歌声自然特别好听。

　　进入九十年代，城乡大街小巷都十分流行卡拉 OK，我也赶时髦，要唱歌就去歌舞厅或者卡拉 ok 房，很少在澡堂里唱歌了。特别是在城里买了房子之后，不要说在澡堂里唱歌，在房子里基本上也都不唱歌了，因为隔墙就是左邻右舍，你唱歌就自然而然地会影响到别人。

　　我们大多数人都不会成为专业歌手，但科学证明，唱歌的确能给人带来很多好处。现代医学研究表明：唱歌不仅能让我们心情愉快，而且对身体健康同样是有好处。唱歌能增强我们身体的免疫能力，是我们保持身心健康的一剂"天然良药"。唱歌对人的心理健康有益，这是人们用直觉就能感受到的，它能释放悲伤，让人情绪变好，能让老年人减少吃药和看病的次数。唱歌中使用的横膈膜呼吸法，还能起到缓解压力的作用。那么，唱歌对人体有哪些益处呢。其一、释放荷尔蒙：美国加州大学的罗伯特·贝克教授对唱歌的作用进行了长期研究，结果显示："压力会影响人体的免疫系统。而如果你对自己做的事情感觉很好，免疫系统就会得到增强。"这种荷尔蒙还能使人们之间增进感情。其二、唱歌有利于扩大肺活量，唱歌与练声均能扩大肺活量，提高呼吸功能，减肥收肚。据统计，一般成年人的肺活量是 3500 毫升左右，而歌唱家的肺活量常在 4000 毫升左右。所以唱歌是一种提高呼吸功能的好办法。减肥收肚，燃烧中性脂肪，歌唱可以促进新陈谢，结实腹部肌肉；同时当体内脂肪开始燃烧时，最先燃烧的便是中性脂肪，而唱歌正好可以助其燃烧，帮助你变成纤瘦美人，再加上载歌载舞的效果，唱完一首歌，所减掉的脂肪相当可观。其三、歌唱可以提高我们的文化艺术素质和修养，使人感情丰富，心绪平和。感受歌曲，理解歌曲，学唱国内外优秀的歌曲对于思想道德的修养，性格情操的熏陶，都有积极作用。

　　澡堂里的歌声，伴随了我走过了那风华正茂，激情燃烧的青年时代。虽然我现在很少在洗澡的时候唱歌，但我始终认为唱歌，能唱出快乐和友谊，唱出健康长寿。音乐，是人们互相沟通的桥梁。美妙的音乐，美好的歌曲，可以和谐、净化人的心灵，启迪人的心智。音乐和歌唱使我们的生活更加丰富多彩。

湘南的冬

湘南的冬有时候比较寒冷,有时候又比较温和。

湘南,故名思意,是指湖南省(简称湘)南部地带。湘南是典型的梯级过渡地带,毗邻广东、广西、江西3省。地处亚热带,位于东亚季风区,属亚热带季风湿润气候,具有气候温和,四季分明,雨水集中,光热资源丰富的特点。

入秋以后,特别是寒露节过后,湘南的天气是一天一天的凉起来了,泥泞的小路上铺满了厚厚的落叶,踩在上面咯吱咯吱的作响。昂起脸来,又是一阵寒风,几片叶子重重的跌落砸在脸上很疼很疼,让人心中有时不禁生出无限的恼意。湘南的初冬,其实并不那么凛冽,微风和雨,裹在暖暖的衣衾里,人们面对严寒的淡定和从容。夜冬在不知不觉中,就来到了。冷空气像爬着的虫儿钻进肺里忍不住憋一会儿气。空气里清清爽爽的,时间久了,也能嗅出泥土的芬芳,一种长久的历史的积淀。冬季更像是一个孕妇,各样的生命在子宫里孕育着,只不过隔了肚皮,无法看到生命在里面的孕育过程。杨柳的枝头,花芽叶芽像涂了厚厚的一层蜡质,更加抗寒抗冻了。芒种过后,气温一旦超过了二十八度,就叫人感到恐惧了。燥热的空气里,什么也不想想,什么也不想做,只是无精打采的任由热气熏蒸。刺眼的强光白花花的翻动着,生命仿佛停止了运动。同样的道理,一旦进入小寒,至明年的雨水,气温都是那么的低,给生活工作带来了诸多的不便。彼此过的严严实实的,无形之中人与人之间更加的冷漠与无动于衷了。青蛙在地垄的土层里打了洞,钻入了地下那么深,不吃不喝的冬眠了。睡眠的确是件好事,疲倦了睡觉,痛苦了睡觉,孤单了睡觉,忧伤了睡觉,唯独高兴了不睡觉,意气风发,春风得意马蹄疾,似乎精力也出奇的充沛。夜里如果心情疏阔则很少做梦,即使做梦,也是好梦,美好的梦境啊,即使醒来了,也会久久的回味着。

在湘南,冬天里的原野,虽然有点冷峻,但也还是有点生机。不像北方的冬天干涸、孤寒、凋萎,湘南是山地、丘陵居多,也有一些小盆地,即使有少量的树木落叶,一些小草枯萎,但整体来看,满山遍野仍是一片翠绿。除了那些起伏连绵的山峦,乡间的田野时常会豁然出现一大片一大片的开阔地,一望无际。田野里有翠绿色的青菜,有嫩绿色的麦苗,还有酱绿色的油菜。田埂上长着一小片一小片小青草。青草短短的,高度都差不多,一簇一簇的,给人一种柔软、毛茸茸的感觉。远望田埂,就像一条棕黑色的长丝带上绣着几朵可爱的小青花,非常漂亮。不同深浅的绿接在一起,美丽极了。

天气晴朗的早晨,地上铺上了一层薄薄的白霜,雾很大,把整个田野封得严严实实的,远远望去树木、庄稼都只有一个模糊的轮廓。地里的蔬菜被霜打得耷拉着脑袋,仿佛一点生气都没有了。一会儿,太阳出来了。阳光像利剑一样穿破浓雾,照耀在田野上、树木上、庄稼上。树木抖抖身上的枯枝败叶,尽情的享受着阳光,把能量聚集在含苞待放的枝芽上。蔬菜也享着阳光,赶走了身上的霜花,又变得那么生机勃勃了。远远望去,洁白的霜给田野笼上了一层层美丽的面纱。田垄边,雾气笼罩,给乡村的田野增添了一份朦胧的诗意。

在潺潺浅吟的小河水里,一条条小鱼还在欢快的游来游去,一片生机勃勃。一只蛤蟆趴在水底,正在闭目养神,一旦大地回春,它就会爬上岸来。小沟旁边,野草的根子正在吸允大地母亲的乳汁,准备着春天的茁壮成长。那些野草的种子,在大地母亲的怀抱里,也吸足了水分,一旦春天到来,就会发芽生长。在冰冻的土层下面,一条条的蚯蚓卷缩在那里,等待春天的到来。原来，冰冻的土层下面，也是一片生机。冬天是残酷的，是可爱的，也是美丽的，冬天，给一些物种带来了灭顶之灾，冬天也孕育着万物的生长，给万物带来了勃勃生机。

　　有的年份，湘南的冬天会下大雪的。大雪纷飞，使湘南的人们好象来到了一个幽雅恬静的境界，来到了一个晶莹透剔的童话般的世界。松的那清香，白雪的那冰香，给人一种凉莹莹的抚慰。一切都在过滤，一切都在升华，连人们的心灵也在净化，变得纯洁而又美好。早晨起来，冬雾弥漫。雾散之后，立即出现一幅奇景，那青松的针叶上，凝着厚厚的白霜，像是一树树洁白的秋菊；那落叶乔木的枝条上裹着雪，宛如一株株白玉雕的树；垂柳银丝飘荡，灌木丛都成了洁白的珊瑚丛，千姿百态，令人扑塑迷离，仿佛置身于童话世界中。大雪纷纷扬扬，下得很大。起初，下的是雪粒，就像半空中有人抓着雪白的砂糖，一把一把地往下撒。不一会儿，雪就越下越大，雪粒变成了雪片，像鹅毛似的，轻飘飘慢悠悠地往下落，纷纷扬扬，飘飘洒洒，像天女撒下的玉叶、银花。那样晶莹，那样美丽。路边那些又细又高的树枝，不时地晃动着身躯，把身上的雪晃落到底墒，可是它刚刚抖掉一些，马上又落下许多，渐渐地，大雪给它穿上了一件洁白无暇的外衣。夜里，万籁俱寂，只听得见雪花簌簌地不断往下落。霎时间，山川、田野、村庄全都笼罩在白茫茫的大雪之中。这场大雪可真及时，它们把土壤里的越冬的害虫全部冻死；雪水渗进土层深出，又能提供庄稼生长需要。明年就能大丰收了！孩子们都破例早早起床，在雪地里追逐玩耍，有的堆雪人，有的打雪仗……

　　冬天，是一年的结束，用来清扫和回顾，掸去落在墙角个窗格子上的灰尘，把方桌擦干净。磨亮切菜的刀，码好柴火、木炭、煤球。不过，近年来有很多村民用上了天然气。堆好红薯、土豆、冬笋，杀一头猪，备好自家酿的米酒和自家做的"荡皮"（即米粉皮），冬天就在酒香中拉开帷幕了。一年的农活做完了，田里，山上都空出来。种子还在仓里，树苗还在坡上，牛拴在栏里，往日里叽叽喳喳的麻雀，叫的也不那么欢快了，狗在村边闲散地溜达。湘南紧靠广东，前些年，许多乡村的中青年人都外出务工和做生意，留下来的大都是老人、妇女和儿童。近年来，随着当地经济的快速发展和城市化建设水平的提高，去广东务工的村民有许多回乡务工和创业，相当一部分的年轻人在城镇买房子落户，成为城里人，好多村子成为了空心村。尽管如此，乡村的墟日和集市，却永远是热闹非凡，高潮迭起，一浪高过一浪。每当约定成俗的赶集日，在通往大小集市的条条路上，搭客的面包车、公交车挤满了人，村民们或开摩托车、电动单车、自行车等乡村交通工具的，自己去集市，有的蹬车带娃，有的挂鸡笼子搭货，有的干脆步行拎袋携匡……还有一些城里人却开着小车往乡下赶墟，采购所需要的农产品，男女老少，人人精神抖擞，个个笑逐颜开。特别是到了农历的腊月，湘南农村便迎来了讨亲嫁娶的高潮，时不时地从西乡传来"嘀嘀哒哒"的充满喜气的唢呐迎亲欢叫声，又从东村传来"噼哩叭喇"的鞭炮声。欢呼声，鞭炮声，一扫冬日里的寒气，生活以她美好的色彩，火热的激情拥抱着，湘南这片有着光荣革命传统的红色土地。

　　湘南的城镇，冬天也是热热闹闹的。以往街面上全是密密麻麻、吵吵嚷嚷的人，大小流动商贩充斥着城镇的大街小巷，特别是那些烧烤摊贩，搞得一些街道乌烟瘴气。汽车的喇叭声，人们的吆喝声交织在一起，显得有点杂乱无章。近年来，随着各地创建全国文明城市活动的开展，这一现象有了显著的改善，城镇街头很难见到那些不文明的现象。冬天，湘南的人喜欢吃火锅，或亲朋好友，或邀上三五个知已去酒店吃火锅，虽然外面寒冷，但内心却是热气腾腾。在天气好的晚上，大小的文化广场、公园，会出现那些喜欢跳广场舞的大妈大嫂们，她们那不知疲倦地，向往健康苗条的身影……

湘南的纬度比湘北要低几度，湘南的平均海拔也只是几百米高，但是湘南会比湘北冷。究其原因，是由于湘南处于南岭山脉北端，南下的寒流和北上的水汽正好在这相撞，每年都有冰冻天气，加上没有暖气，南方最冷的地方应该都在湘南地区。其一是：湘北特别是长沙一带处于一块类似于一个大盆地的中心，周围海拔相对较高会对中间地区起到一个保温作用，而湘南处于边缘地带。其二是：冬天从蒙古、西伯利亚吹来的冷空气积聚于湘南的南岭山脉无法逾越，这就是郴州地区易出现冰灾的原因。在湘南生活的北方人，深感南方的湿冷。它虽没有北方干冷来的那么猛烈，却是来得那么深沉，北方干冷就像是瓢盆的大雨，往往一瓢而过，扒开泥土表层里面还是干巴巴的，不像南方的湿冷，像是绵绵的细雨，没个停歇，你若扒开泥土，你会发现里三层外三层都是湿漉漉的。

　　也许冬天的田野没有春的生机盎然，没有夏的繁茂欢畅，更没有秋的成熟妩媚，但是，冬天的田野有的不仅仅只是表面的荒芜。它还孕育着无限生机，只有走近它亲近它才知晓。冬天能带来新年气息，冬能带来你我梦想的终点。冬，它是一年里最后一个节气，而冬更是我们倚望梦的最后完美。结束了冬就代表幸福伊始，结束了冬就开始期盼下一个梦想。

　　走进湘南的冬天，品着秋菊的芬芳，采着枫叶的神韵。当人们把沉甸甸的秋天折叠起来的时候，冬天，就走进了人们的视野。走进冬天，就走进了沉稳、严肃、庄重、顽强和无畏，给人以坚实、刚毅之感。冬天是美丽的。冬天的美，美在那一份透彻、真切；四野显得特别空旷、辽阔，大地上覆盖着白霜，干燥而坚硬。下雪天，好象刷了白漆，真是银装素裹，分外妖娆，万里江山变成了粉妆玉砌的世界。湘南的冬天是多情的。多情在那一份真诚热烈，去拥抱冬天，拥抱"她"朴素的生命。湘南的冬天，让人心动不已，虽说洁净得没有一丝杂色，但勾画着无垠的想象，传递着心中的默契，伸开双臂去拥抱冬天的景色。每逢冬天的晴朗之日，我走在湘南那纵横交错的田间小路上，看着天空中火红的太阳，心情也会跟着开朗起来。我的内心深处，也会大声疾呼：冬天到了。春天还会遥远吗？

其实，不管是哪里的冬天，都是所有热爱喜欢冬天的人们的抒情诗。冬天是丰富的，冬天的丰富，丰富在那一份浩瀚、含蓄；虽然那样寒冷，却是春天的摇篮，又是孕育春天的温床，她孕育着春意，孕育着希望。冬天，有无限的生机，冬天属于辛勤耕耘、收获、储藏的人们。冬天，给人们展示另一幅生动的图画。冬天是迷人的。雪，是冬天的天使，下雪是冬天里最迷人的时刻，那是千树万树梨花开的季节，雪中充满了诗情画意，白雪给大地添娇，雪花象晶莹透明的精灵，宛如童话，蕴含着神奇。冬天又是博大深邃的。没有太多的包装和掩饰，一切都真真实实，直白与自然。一年四季没有比冬天更深沉，更厚实，更有意境了，有谁能比冬天这样的使人冷静，使人清醒，使人激奋！

嫩绿色的紫云英

丙申年的冬至节前后,在我家院子里的几瓶盆景,不知什么时候"潜伏"下来的野生紫云英,竟然争相开放了。她们还是我小时候见到过的那种油绿,清新纯净;仍是那抹紫红,素雅幽香。在老家湘南,紫云英是在春天里开放,而我现在的居住地是珠三角,即使是冬天紫云英也绽放出素雅幽香的花朵。

小时候,我生活在老家农村。在那农村大集体的年代里,每年的晚稻收割完毕,都会见到生产队的社员们,把收获完了的田地翻耕一新,整成一畦一畦,然后随手撒下红花草籽。此后,它们便随遇而安,落地生根。无论被撒向何方又落归何处,很随意地就在那里默然生长,月余便冒出茵茵的绿。用柔弱的躯体支起一片片鲜绿,给萧条的冬平添了无限生气。一旦春风轻拂,便蓬蓬勃勃铺天盖地而来,结果便是纤纤一茎擎起紫云一朵,怡然自得,悠悠绽放清秀的容颜。那年月,村里的人们都称紫云英为红花草紫,为此紫云英在我心目中的印象也只有红花草紫的俗称。却怎么也想不到它还有紫云英这么一个雅致而富有诗意的芳名。花红叶绿似乎又只属于春了。可是,在由冬往春去的时节,有那么些红花绿叶放浪形骸天地间,我行我素,特立独行。紫云英与油菜花一同,成为冬天乡村田野里带给人们一幅墨绿色的田园风景画。

那个年代,为了弥补家庭收入的不足,父母也会想方设法地去搞点副业,家庭饲养一些少量的,诸如鸡、鸭、鹅之类的家禽,牧鸭看鹅这些轻微的体力活,就自然而然地成为我们这些幼小儿童的课外劳动之一。我常常拿着竹竿,赶着七、八只鹅去冬闲的田野里吃草。有时候，趁那几只鹅在专心吃草时，我还会饶有兴趣徜徉在紫云英那无边的花海绿浪中，心似一叶轻舟荡漾在淏水碧天，渐渐豁然开去。久久地凝视着形色韵致紫云英，凝望中的紫云英清晰了然。卵形的叶一片一片沿着纤细的茎对称排列成羽状，好比层层叠叠的绿翅膀，在和煦的春风里，摇曳生姿。而那伞状轻飏的花骨朵，宛若一只只轻盈的蝴蝶，翩翩起舞，姿态万千。投身紫云间，环顾远眺，那场面简直就是一场轰轰烈烈的蝴蝶盛会。静卧紫云丛中，枕着紫云迷离的花香，仰望蓝天白云，梳理流年过往。突地感叹，人呐，哪及这小小的紫云，虽然经受苦寒，春来仍旧笑靥绽放。那布满紫云英的田野上，满目如星的花儿，弥撒着清香，那是禾的暖床。年复一年，紫云英甘愿化作肥料，把一切贡献给了稻田，生长出金灿灿的稻粒。

　　紫云英是豆科，黄耆属二年生草本植物，匍匐多分枝，高可达 30 厘米，奇数羽状复叶，叶柄较叶轴短；托叶离生，小叶倒卵形或椭圆形，先端钝圆或微凹，基部宽楔形，上面近无毛，下面散生白色柔毛，总状花序，有花呈伞形；总花梗腋生，苞片三角状卵形，花梗短；花萼钟状，萼齿披针形，花冠紫红色或橙黄色，旗瓣倒卵形，瓣片长圆形，荚果线状长圆形，种子肾形，栗褐色。分布于中国长江流域各省区。生于海拔 400-3000 米间的山坡、溪边及潮湿处。我国各地多栽培，为重要的绿肥作物为重要的绿肥作物和牲畜饲料，嫩梢亦供蔬食。紫云英固氮能力强，氮素利用效率也高，株体腐解时对土壤氮素的激发量很大，在等氮量条件下对后作的增产效果比苕子、蚕豆等绿肥作物强，在我国南方农田生态系统中维持农田氮循环有着重要的意义。紫云英除作为绿肥作物之外，也可作为饲草料青饲或调制干草，适口性好，各类家畜均喜食，而且营养价值高，可作为家畜的优质青绿饲料和蛋白质补充饲料，喂猪效果更好。

嫩梢亦供蔬食。该种根、全草和种子可入药，有祛风明目，健脾益气，解毒止痛之效。是中国主要蜜源植物之一。

古往今来，世人都在倾情歌咏春花秋月，对紫云英却是惜墨如金，即便在浩瀚的文学苑囿里似乎也很难觅其踪影。就如眼下，开阔的田野里，除了吾辈等少数一些所谓的闲散之文学爱好者在这自作多情外，没有见到过那些出了名的文人墨客触及。尽管如此，我还是会聆听它们默默无声的手语，呼吸它们至真至纯的清芬，并且从它们感恩的花蕊里发现一个人生的春天。

紫云英，她盛开紫色的花朵，热情不外露，深沉而不阴暗。她细声细语地告诉人们：幸福，幸福是不必然的，只要你懂的珍惜，幸福唾手可得。紫云英名字很美，正如它的花一样美，花瓣紫中藏娇嫩，超凡脱俗齐争辉。我喜欢紫云英，正如我还记得它的样子。它很平凡，在冬春，随处可见，田埂小径，林荫过道都有它们的存在。人们走过路过，不会看上一眼，有时干脆从上面踩过，把紫云英踩成绿泥，根不断，便还长。

淡然新绿傲秋冬，风霜雨雪终不悔。紫云英贱生贱长，别无所求，却亮丽了冬装点了春，末了化作油油绿肥滋养土地泽被一方，把生命和灵魂一并交与足下的土地。紫云英年年岁岁把根深深扎在田野，种子在这里发芽，无需言语，等待春风的吹拂，静静的花开，收获着一年又一年的希望。也似乎提醒那些远离故乡的游子，不要忘记那缕乡愁。

然而眼下秋收以后的乡村田野，大多数没有了孩提时代的紫云英。现在的村民似乎确实没有了种植紫云英这种劳神的欲望和动力了，因为大多数农户家都不再养猪了，田地里都是施化肥，昔日的有机肥好像成了稀有品种。农民种田种地都只是副业了，谁还指望靠种田过生活啊。所以，冬天里，田地里除了油菜，怕是再也没有紫云英的领地了。或许，紫云英已经只是个梦了。成片成片的嫩绿色的紫云英,很难再出现在乡间田野了,那些远离故乡的游子,似乎又少了点乡愁。

书　　信

　　很多年没有收到过谁的书信了，也没有给谁写过信。好像这个时代，书信已经不能与时共进。现在的人们，大都通过聊QQ，空间互动，电子邮件，微信、电话、短信等等交流方式，方便快捷，于是渐渐的将书信这种古老而真挚的表达形式所代替，书信仿佛成为了古董和文物。

　　不过，近日我收到了一位老同学，也是好朋友柏君从远方邮寄来的一封信，牛皮纸的信封，右上角六个整齐的红色方框，里面安放着六个阿拉伯数字，信封的正中央是四条红线，分别写着我的地址，姓名，还有对方的邮政编码。信封上的字是用小毛笔写的行书体，字体均匀，笔法流畅，想不到这位多年未见面的老同学，毛笔书法大有长进，有点书法家的风格，信封的右上角是一张盖有邮戳的邮票。此时，我虽然未见信的内容，却已感觉到这封信的素雅，清新，内心里蓦然升腾起一种久违的书信之情和欢喜。我没有去撕开信封，而是拿把剪刀小心翼翼地将信封的一侧剪开，这样做能够尽量减少对信封的破损程度，保持信封的"原生态"，因我喜欢收藏，这样的实寄封现在越来越少了，弥足珍贵。保存这样的信封和书信，不仅于收藏有益，更重要的是保留了一段历史和记忆。

　　收到了老同学的这封信之后，提高了我对书信的关注度。利用双休日的闲暇时间，来到书房，寻找昔日的书信。左查右翻，一沓沓尘封已久的书信呈现在我的眼前——各种精美的信封，上面贴着面值8分钱或者是两毛钱的邮票，圆形的黑色的邮戳清晰可见。抽出里面的信笺，写满了密密麻麻的钢笔字。有的是学生时代的书信,厚厚的一叠,散落一地,内容也是学校琐事云云,只是青春的痕迹力透纸背。有的是同太太暂别时的"情书",有的是父母兄弟姐妹们写的家书,还有一些老领导、老同事的书信。有单线信纸、双线信纸,还有花样信纸,淡蓝色的字迹微微泛黄。尽管由于工作调动,搬了几次家,丢失了不少书信,但也还保留了一部分。一读,往日的温馨和情谊瞬间跃然在字里行间,让我感觉既熟悉又陌生,一股久违的甜蜜和温暖洋溢心头,将我带回到曾经写信读信的幸福时光。

"信"在古文中有音讯、消息之义,如"阳气极於上,阴信萌乎下。"(扬雄:《太玄经·应》);另外,"信"也有托人所传之言可信的意思,不论是托人捎的口信,还是通过邮差邮递的书信用语言文字向特定对象传递信息和进行思想感情交流的信,一是有运用文字述说事情原委和表达自己思想感情的能力;二是具备相应的书写工具;三是有人进行传递。书信是相隔较远,暂时见不到面的人们相互交流情感与思想的工具。书信拥有悠久的历史且世界各国的人们都有使用。书信在人类的交流与沟通的历史上占有重要地位。但由于信息时代的来临,书信的格式变得多种多样,不在拘泥于原有经典格式,有些甚至没有对象,即没有受体的说教议论性书信。古今中外,不知多少人都使用过书信,世界各国都曾作为重要的交流思想情感的工具。在古代书信作为主要的通信来源,它不仅仅传达着国与国的文化交流,同时也传递着人们对家乡父老、对爱人、对朋友等人的思想情怀,还起到了报平安的深层含义。《晋书·陆机传》:"我家绝无书信,汝能赍书取消息不?"《南齐书·鱼复侯子响传》:"臣累遣书信唤法亮渡,乞白服相见。"唐王驾《古意》诗:"一行书信千行泪,寒到君边衣到无?"。宋代卢祖皋《乌夜啼》"征鸿排尽相思字,音信落谁家"。从唐代诗圣杜甫的一句"烽火连三月,家书抵万金"看来,书信在我国的历史已很久远,在那时就已很盛行,并且显得多么重要,后又经历一千多年历史变幻,书信一直沿用下来,且曾经盛行过一个时期,在人类的交流与沟通的历史上占有重要地位,在人们心目中也占有很重要的位置。只是到了电话、手机、电脑等信息工具遍布全球的今天,书信交流才慢慢淡化了,即使现在,还仍有一部分人在使用书信沟通交流,书信交流的传统形式还延续着。

书信是一种最温柔的艺术,其细腻亲切不亚于日记,许多文人墨客对书信情有独钟。民国时期散文家梁实秋,有收藏书信的嗜好。但他不是来者不拒,而是有选择地收藏。"多年老友误入仕途,使用书记代笔者,不收;讨论人生观一类大题目者,不收;正文自第二页开始者,不收;用钢笔写在宣纸上,有如在吸墨纸上写字者,不收;横写或从左边写起者,不收;有加新式标点之必要者,不收;没有加新式标点之可能者,亦不收;恭楷者,不收;潦草者,亦不收;作者未归道山,即可公开发表者,不收;如果作者已归道山,而仍不可公开发表者,亦不收。"现代著名的漫画家华君武人如其画,睿智幽默,在书信中也表现得淋漓尽致。一次,他在给广东老画家黄笃维写信时,故意在信封上将"黄笃维"写成"黄骂谁"。结果邮递员在广东画院楼下大喊"黄骂谁,有信!"这个小小的玩笑非常传神,因为黄笃维平时爱打抱不平,这个叫法和他的性格很符合。

有诗说:"白云深处有人家","藤萝深处有人家",这样的家或许飘逸、清悠,但未必就是幸福的。一个幸福快乐的家,一定是安在内心深处的。在那没有网络、手机的年代里,有时候,夜深人静,坐在诗意的灯光下,一遍又一遍地重温着亲朋好友的信札,特别是太太那漂亮的信封,特殊的折信方式,散发馨香的纸笺,多情的文字,常常令我欢悦不已。每每此时我都觉得两颗心紧贴在了一起,她的呼吸、脉搏我似乎也听得清清楚楚。

悠悠岁月,如梦如幻,现代信息技术飞速发展,网络使人没有了距离，甚至陌生人之间都可以说很私密的话。在这个充斥着手机、QQ、E-mail等新玩意层出不穷的今天，已经很少有人再去写信了，还有谁愿意等上好几天甚至几个月去期盼一封信件呢？曾经那么亲切的手写书信，已消失得近乎无影无踪了，写信与读信的幸福时光也永远被定格在心灵的深处。

曾几何时，写一手漂亮的字是无数人的追求。书写在人生成长的道路上伴随着你我的苦与乐，承载着人生路上的点点滴滴。痛苦的时候，执笔让文字把苦与痛一泻千里；快乐的时候，用笔让文字把快乐流泻在纸间永恒的记录。让时光去检验和印证，让记忆去温习和梳理，用笔尖的真情，留给岁月一篇唯美的见证。

虽然当今社会，键盘代替了钢笔，文档代替了信纸，电话短信代替了交流与沟通，一切，都是近距离的。然而，书信是一种向特定对象传递信息、交流思想感情的应用文书。亲笔给亲戚朋友写信，不仅可以传达自己的思想感情，而且能给受信人以"见字如面"的亲切感。书信的好处和特点电脑和手机还是替代不了的。当今这样高速度前进的时代，人们有一种"快餐文化"理念，心情比较浮躁，干什么事都要"短、平、快"。我想，常给亲朋好友写一写书信，我们的心灵，也许会得到一种宁静。在闲暇的时刻，如果能够安静的品味一纸手写的文字，想必也是人生当中的一种温馨与惬意吧！

在长沙逛火宫殿

　　几位朋友同我说了好几次，要我这个老家在湖南的湖南人带他们去长沙火宫殿看看，由于大家时间难以统一定夺，谋划了好几次都没有成行，最后大伙下定决心，成行时间由我拍板，大伙授权给我，我只能遵从。根据我的时间安排，我选择了那年的春节期间。

　　火宫殿对我来说，并不陌生，早年在长沙上学期间也经常去，只是近二十多年来由于工作调动，离开了湖南，很少去了。二十多年前的火宫殿，由于当时对传统文化没有现在这样重视，火宫殿的配套设施不完善，知名度也远没有现在大。其实，火宫殿有着深远的历史渊薮。火宫殿过去是一座祭祀火神的庙宇，又名"乾元宫"，始建于清乾隆12年（公元1747年），距今已有250余年。晚清时期，发展成为祭祀、看戏、听书、观艺、小吃的庙市。民国时期，摊担罗列、支棚撑伞，成为小吃闹市。人们把它同北京的天桥、上海的城隍庙、南京的夫子庙相媲美，是长沙乃至湖南的集民俗文化、宗教文化、饮食文化于一体的具有代表性的大众场所，特别是火宫殿的风味小吃享誉三湘。两个半世纪的品牌，一代伟人毛泽东的光临，更使火宫殿名扬四海。火宫殿是最民俗的地方，火宫殿春节庙会代表了一种文化，一种地域文化，湖湘文化，饮食文化，是留得住的乡愁的地方。

　　那天到长沙时，已经是下午四点多钟了，为了方面逛火宫殿，我们选择了位于火宫殿附近的一家酒店住宿，朋友们说这次来长沙，什么地方都不去，就只逛火宫殿。长沙美景这么多，岳麓山、桔子洲头、天心阁等等，都不去看，这让旁人难以理解，但我十分理解，几位朋友当中，有两位是民俗文化专家，有一位是研究美食文化的学者，还有两位是地方戏曲爱好者。这样的人员构成，意味着我们此行一定要有所收获。我本来想打电话给在长沙工作的十几位同学，告诉他们我来长沙了，邀长久未见面的老同学聚一聚，但想了想，这样一来会打乱朋友们此行的计划，于是，我只能将这个想法计划留给下次的长沙之行了。到酒店安顿好了，稍微休息了一会儿，便到了用晚餐的时候，那位研究美食文化的学者，便迫不及待地说要去火宫殿品尝美食。

火宫殿人山人海，食客特别的多，加上是春节的庙会期间，更是热闹非凡，有许多食客在排位等食，好在我之前已经预约了餐位，否则的话还真不知道要等到什么时候。我们一行几人在服务员的引导下，到一个窗口边的餐桌坐下来，很好，我们的位置刚好可以看到对面的大戏台。这时一位点菜小姐走过来，问我们点什么菜？研究美食文化的学者朋友说："有什么好介绍？"，点菜小姐一听朋友的粤式普通话口音，便知道我们这些人来自广东，便滔滔不绝向我们介绍起来。她说："火宫殿是长沙乃至湖南的集民俗文化、火庙文化、饮食文化于一体的具有代表性的大众场所，特别是火宫殿的风味小吃享誉三湘。秉承了火宫殿一惯的特色"一宫二庙（阁）三通四景八小吃十二名肴"。（一宫：火宫殿。二庙：火神庙、财神庙。二阁：普慈阁、弥陀阁。三通：南通坡子街、西通三王街、东通司门口。四景：古坊夕照、庙廊生烟、一曲熏风、廊亭幽境。八小吃：臭豆腐、龙脂猪血、煮馓子、八宝果饭、姊妹团子、荷兰粉、红烧蹄花、三角豆腐。十二名肴：发丝百页、蜜汁火腿、潇湘龟羊、酱汁肘子、腊味合蒸、组庵鱼翅、宫殿豆腐、东安子鸡、红烧水鱼裙爪、红煨牛蹄筋、毛家红烧肉、红烧狗肉。）展现火宫殿"火庙文化"的厚重，凸显火宫殿风味小吃的独特。正如人们广泛赞誉的那样："美食名芳功在尔，民兴市旺仰于斯"，成为长沙古城一处多彩亮丽的风景线。被誉为湘风小吃的源头、湘菜的主要代表。"听她这一番口若悬河的讲解，学者朋友十分兴奋，他确认好像自己找到了"知音"，点菜小姐的知识了得？他问点菜小姐是哪间大学毕业的？点菜小姐摇了摇头说："她不是大学生，她是一间职业技术学校毕业的中专生。"学者朋友对点菜小姐的介绍赞叹不已，不知是点菜小姐的口才感动了那位学者朋友，还是火宫殿的美食吸引力，学者朋友一口气点了十二名肴：发丝百页、蜜汁火腿、潇湘龟羊、酱汁肘子、腊味合蒸、组庵鱼翅、宫殿豆腐、东安子鸡、红烧水鱼裙爪、红煨牛蹄筋、毛家红烧肉、红烧狗肉。并且说今晚的开销他全包，不准其他人买单。我们说点这么多的菜吃不完，有点浪费，学者朋友反问道"你们知道我是研究什么的，该开销的还是要开销，否则就枉此行。如果是点其中几样，就无法了解十二名肴。"

我们边品尝美食边欣赏对面戏台上的节目，当晚表演的是花鼓戏《张先生讨学钱》，花鼓戏虽然是湖南的地方剧种，可那两位喜欢地方戏曲的广东朋友，却看得如痴如醉。

第二天一大早，我们便起床了，朋友们洗漱完毕便要去喝早茶。长沙的茶馆我去过不少，火宫殿的茶馆我也曾经来过，但是，早茶我没有喝过，不知情况怎么样？我们来到了火宫殿茶馆，这间茶馆装饰得古色古香，冷暖空调把室内气温调节得四季如春，三百余个座位都几乎爆满。服务员引我们入座，我环顾了四周，只见茶客们有的叙叙家常，有的谈些奇闻趣事，有的商洽业务；卖报纸的、卖槟榔香烟的、卖清凉油、十滴水的穿梭在茶客之间，不时吆喝几声。整个茶馆呈现出一派老长沙茶馆的韵味。然而，茶客仅用几元钱就能充分享受半天的休闲，何乐而不为。我记得火宫殿的包子在长沙也是很出名的。买包子的顾客哪怕是坐的士，或搭上七八公里的公共汽车，也要赶到火宫殿买包子，以至于买包子的队伍排得老长老长。其实，火宫殿茶馆在整个火宫殿的经营中无利润可言。之所以一直保留这个茶馆，不言而喻，保留的是一道长沙餐饮民俗风景线,送去的是对老茶客一份浓浓的情意。火宫殿茶馆源远流长,早在上世纪二十年代就有火宫殿茶馆。那时的茶馆茶客边喝茶边听评书、弹词艺人说唱,说者说得出神入化,听者听得津津有味。现在的茶馆虽然有了一些传统的因素,但还是缺乏那种韵味。

喝完了早茶,我们来到了火宫殿的庙会广场,此时的广场上,男男女女,老老少少,人实在太多了,密密麻麻地挤着,或挤在人缝里,或坐在父亲、爷爷的肩膀上,观看着花鼓戏《张先生讨学钱》、京剧《闹天空》……成为火宫殿庙会的一道风景。从坪大人稀到坪小人挤,一个戏曲江湖浑然天成。这一切,都源于时间的守候与文化的自觉。元旦、春节、端午节、中秋节,都有专场庙会,我们这次巧遇的是春节庙会。每年的古历6月23日是火神的生日。火宫殿要举行盛大的祈福法会,祭祀礼仪隆重,诵经祈祷百姓平安健康幸福。每一次节日庙会的上演,火宫殿就成为最热闹、最有湖南民俗味道的城市中心。据了解,这些年来,从半年一场到传统年节庙会,再到一月一场,从一月一场到周末庙会,从周末庙会到每天一场花鼓戏,从邵阳隆回花瑶民俗文化表演到来自怀化的靖州文化庙会,从湘西的鼓到古老的编钟、大铙、常德的丝弦奏出的音乐,从长沙皮影戏到京剧专场,从滩头年画到女书展示,到古老的傩戏专场,火宫殿一曲熏风古戏台已经成为全省精品文化艺术展示的中心。逢年过节度周末,火宫殿带给你的不仅是湘风小吃湘菜的口福,而且还带来一场接一场的湘俗民风民间文化艺术大餐。这是一场源自远古的与火神对话的延续,日复一日,独白着湘俗的文明,而且还在用湖南民俗元素与世界对话。

火宫殿以"火庙文化"为底蕴,辅以名品素食,以其独特的风格使历代名人仰慕纷纷慕名而来。由清朝大书法家何绍基撰写在戏台两侧的楹联:"象以虚成,具几多世态人情,好向虚中求实;

味于苦出,看千古忠臣孝子,都从苦里回甘。"被奉为经典:火宫殿古牌坊中门上面的"乾元宫"三字系清代书法家黄自元书写,现仍保存;抗战时期,徐特立在这里发表抗日救国十大纲领的演讲,田汉经常在这里与友人聚餐;党和国家领导人毛泽东、彭德怀、叶剑英、王首道、王震、胡耀邦都曾光临过火宫殿;1973年5月,数学家华罗庚在这里进行为期一个月的"优选法"试验;1975年著名音乐大师谭盾,曾为《毛主席视察火宫殿》配乐诗朗诵作曲;这里接待过美、日、法、瑞士、前苏联、澳大利亚等国的政界要员、外交官员;美国《食品》杂志社、日本银座亚寿多大酒楼、法国旅游杂志社和中国香港出版的《中国导游图》,都曾先后在突出位置刊登文章介绍火宫殿的风味小吃。由于有了这些元素,使得"火宫殿"三字更加扬名四海。

火神,给予了人们温暖、光明、饮食文明;火神庙,蕴藏着人们对火神祈福的原始尊崇敬畏的情绪;火宫殿,珍藏着人们对风味小吃湘菜的原始依恋情结。到火宫殿一游,可尝风味小吃,可吃正宗湘菜,可品名茶细点,可听弹词湘剧,可观火庙雄风。一曲熏风古戏台,一个与神对话的舞台,收藏着人们对湖南花鼓戏、湘剧的原始乡音记忆。

如今的火宫殿庙会庙戏庙食演绎的繁华,已经成为湖南的文化地标之一。火宫殿,粗粗品味,觉得简单,深入下去,楚风湘韵里的风情万种,真的便那么的迷人。由于工作时间关系,在火宫殿只逛了三天,便赶回了中山,几天的火宫殿之行,朋友们似乎游意未尽,都说值,并期待着下次要我与他们再来,我也期望下次能与他们同行。

水　井

　　几天前，老家来了一个亲戚走访我，他告诉我一个不好的消息，说老家那口古老的水井报废了，里面的水变得十分混浊，不能饮用。现在村民们的用水要么是用自来水，要么是用自家的压水井里的水。听到此消息，我感到十分遗憾和惋惜，经历过几百年风雨沧桑的水井，不知是什么原故，水就变得混浊不能饮用，的确让人叹息。

　　我的老家是一个古村落，至今已经有八百多年历史，在村子里的周边有两条河，一条较大的河就在我家门前的五十多米处，一条小河离家比较远，有好几百米。小河的旁边有一口有着几百年历史的古老的水井。这口水井可不简单，井的四周全部是抛光过的大青石板，大青石板上面刻满了小楷文字，井底下有两块大青石板上面刻有两条龙，井内的青石板上还刻有许多条鱼，井内青石板有的地方长满了青苔。水井的水冬天极其暖和，寒冬腊月，常常可以见到水井上面升起袅袅婷婷的水雾，可到了酷热的盛夏，立马凉得浸人骨头。据水井青石板上的文字记载，这口水井建于明朝末期，至今也有四百多年的时间，几百年来，养育了我老家这个古村落，使村民们生生不息，一代接一代地繁衍传承。

　　鄙人的少儿时代是在老家乡间度过的。每每想到水井，脑海里便浮现这样的镜头：两只水桶在乡亲的肩头不停地、有节奏地起伏，水满满的，经不起震颤、颠簸，溢出来了，路上洒出两道湿湿的印痕，从挑水的井边一直延伸到挑水者的家门口……回望曾经十多年的乡间朝夕生活，在我的理解中，水井，是故乡的一个背景，也是故乡的一种象征。

一汪的水井，里面的水多是裸露着的，清清亮亮，能照见人影，汲水根本无需吊桶之类的工具，触手即可及。井水那种冬暖夏凉的感觉，摸起来真舒服。起风的时候，潋滟着我童年清澈的双眼，如天上的星星，眨呀眨。我上小学三年级的时候，为了减轻父母亲的负担，经常帮助父母做一些力所能及的家务活。其中有一项就是去挑水。水井离我家有七、八百米的距离，挑水是比较重的体力劳动，起初父母不同意，说我年龄太小，不满十岁，不能从事这种大人做的体力劳动，后来因我的执著，父母只得同意，为此，父亲专门替我打做了两个小水桶。从此，我就开始去水井边挑水。就学着村民的样子，拿着挑水的扁担，用扁担上的钩子勾住水桶。扁担上了肩，就感觉到沉沉的压力。水桶是木头做的，下到井水里，桶是浮在上面，初次挑水，去到水井边，心里十分紧张，根本就不知道怎么才能让井水跑到水桶里来，这时，一个年长的村民过来挑水，看见我这么小就来挑水，问我怕不怕掉落井里去，我摇摇头说"不怕"，我嘴里虽然是这样说，但心里边还是有点儿害怕。他见我老半天也不能将水装满，便主动放下自己的水桶，帮我将两个水桶打满水，放在水井的青石板上。我注意了他的动作，看见他把水桶放到接近水面时，用手轻轻一按，水桶就乖乖的往水中扎了下去。然后再向上提起，里面已经是满满的一桶水。我将扁担上左右两个挂在绳子上的铁钩，钩住那两个装满了水的水桶，可是蹲下去却发现超过了自己的能力。脸都胀红了，才勉勉强强站了起来。要迈步走又怕扭了腰。只好老老实实地把水倒出一些。挑水本身也有技巧。扁担要扶稳，步伐更要走得稳，不然，水就从桶里泚出来。

就这样起步，挑水从半桶到满满一担，从脚步踉踉跄跄到步履轻松，从一桶水晃晃荡荡到水波不起。日出的时候，我挑着水桶出现在井边，乡亲们也挑着水桶出现在井边。红彤彤的太阳给山峦镀上了一层红色，给青砖绿瓦镀上了一层红色，也给草尖上的露珠镀上了红色，但露珠是贪心了一些，还把远方的太阳紧紧裹在心里，闪映着冰凉的光芒，但很美丽。那时乡亲们争相从水井里盛起太阳，装在桶里，挑着两盏红彤彤的太阳回家。我人小，力气也小，虽然最初只能挑两半桶水，但也挑着两个红彤彤的太阳回家。每天，当鸟儿吱吱喳喳呼朋唤友结伴回家的时候，老牛伴着短笛踩着夕阳归家的时候，天上一片片红红黄黄的云霞，井里也出现一片片红红黄黄的云霞。在这个时候，井边很繁忙，也很热闹，乡亲们都排队争相挑云霞回家，我也一样，挑着两半桶云霞回家。此时的路上，挑水的络绎不绝，排成了长龙，桶里都装着红红黄黄的云霞，乍一看，以为村道装上了不灭的彩色街灯，又以为多彩的银河落九天。

常言道："三个女人一台戏"，由于水井紧挨着小河边，水井边的女人常常都是一长串了，没有不唱戏的可能。洗衣服、洗菜、淘米的都有，甚至胆大一点的，在临近傍晚时分，敢到河边来抹澡。生旦净末丑的角色，在她们中间随便挑一个，皆可弄个完美的唱腔出来。她们的口边，家长里短的话题不可少，海北天南的内容不可缺，大到荣华富贵的面相，小到孩子的拉屎拉尿，五花八门，应有尽有。其中，单数对自家男人的抱怨为最多。听她们的言辞，似乎自家那不争气的男人就是那遗留在山中快要腐烂的南瓜，初看，瓜皮金黄，似乎拥有让人甘甜的滋味，迫不及待地伸手采摘，拥抱入怀，这才惊呼上当，那家伙，摆在家里，其实就是个狗不嗅猪不食的勾当。女人搞笑，男人在她们的话题中遭殃，这在女人眼中，似乎是件平常的事情，就像她们能生孩子男人不能生一样天经地义。谈笑的过程充满欢愉，时时从水井中洋溢出她们的欢声笑语，夹杂着棒槌声，谱就水井一曲动人的歌谣。水井，她就那么默默地分享着人们的喜怒哀乐；她用特有的甘甜，哺育着一代又一代的村们。

走进历史的深处，古老的中华文化《易经》，就将先民生存的重要因素"风水"聚集于"井","水风井"是八八六十四卦之一,具有珠藏深渊之象、井井有条之义。"井"与人们的生活联系还是多方面的。我国古代有一本非常有名的数学专著,叫做《九章算术》。该书内容十分丰富,其中就有不少关于井深绳长的问题。诸如一口古井,不知其深,一绳三折量之而余两尺,四折量之则绳缺一尺,问井深绳长各几许;又有井径五尺,不知其深,立五尺木于井上,从木末望水岸,入径四寸,问井深几何。当然,还有五家共用一井、井绳长短不一的更为复杂的算术难题。这从另一个侧面说明了,"井"与人们日常生活的联系是何等的密切。

饮水思源,历史犹如一条奔腾不息的河流。"凿井而饮,耕田而食",曾经是中华大地上淳朴先民的生活方式。据《帝王世纪》记载:帝尧之世,天下大和,百姓无事。有八九十老人,击壤而歌。歌曰:"日出而作,日入而息,凿井而饮,耕田而食,帝力于我何有哉!"这是迄今为止我们所能看到的最古老的民谣《击壤歌》。诗中把"凿井"和"耕田"并举,反映了在远古农耕文明时期,水井便成了人们十分重要的生活依据。"凡有井水饮处,皆能歌柳词。"我国历史发展到宋代,经济社会有了很大的提升,市井文化得以繁荣。婉约派代表词人,柳永柳耆卿,擅长音律,精于写词,自谓才子词人,白衣卿相,写出了"执手相看泪眼,竟无语凝噎""忍把浮名,换了浅斟低唱""三秋桂子,十里荷花"等感人至深的词句,影响甚广,以至于大凡有人居住的地方,都能唱柳永的词。这里的"井水饮处"就是有人居住的地方,水井对于人们生活的重要,可见一斑。《朱子家训》名言更是发人深省,"宜未雨而绸缪,毋临渴而掘井",意思是应该在没有下雨之前,及早修缮;不要到了口渴的时候,才想起来挖井。它告诉人们做事情要事先筹划,不能临时抱佛脚。

随着时代的发展,这些曾经为人们生产和生活作出贡献的水井,渐渐为人们所遗忘,有的被边缘化,有的被彻底遗弃了。老家那口在坐落在村子里小河边的水井，它孜孜不倦的见证着人们兴衰起落，也是日出而作，日落而栖人们的必经之路。自我懂事以来至今，尽管大人们忙着农活，小孩子们就在井边的石凳上扎堆着玩，每每被大人发现就会受到惩罚，怕孩子掉在井里。但这口水井，她是善良的，这么多年来，从未有过小孩掉在井里，虽然她连井盖从来都没有用过。

　　近些年有一种现象，就是城里人喜欢喝桶装水，诸如矿泉水、纯净水、蒸馏水等等，五花八门。城市周边的山泉水和水井也特别吃香，我经常看到不少市民用塑料桶或者瓶子，到郊外的水井或者是山野去取水，问其故，乃对自来水质量不满意，还是井水让人放心些，同时也可以顺便锻炼一下身体。当然，社会在进步，返回肩挑喝水的日子是没人愿意，但如何通过水管网络承接前人的掌心温度，承接前人如水的无疵纯朴，倒是值得推敲，商榷。现在，我已经远离水井，在使用自来水的三十多年时间里，我失去的，应该是水井诗意般的温馨。如果能够喝一口井水，回味一下少儿时代井水的味道，那感觉真好！

春天的请柬

每年的大寒过后，我们都会收到春天的请柬。南方的人们收到春天的请柬比较早，立春刚过，一些树木就开花了，如我家的芒果树就已经开花。春天的请柬很特别，柔柔的一抹蔚蓝，悠悠的一朵云彩，娇嫩嫩的一片树叶，风儿正轻轻地吹动摇篮，看着时间缓缓地流淌，顿时会觉得有种那沁人心脾的气息停留在心田。春，凝聚了夏的热情，秋的诗意，冬的圣洁，谱写出一首生命的赞歌。

春天的请柬有着厚重的底色。风云际会，沧海桑田，日月轮回，层层渲染。春天，她饱含着温情，悄悄地来到了人间。轻快地奔跑着，送来了温暖的阳光，逗笑了冰冻的小河，唤醒了冬眠的小动物，吹绿了大地，渲染了五彩斑斓的花朵……桃李争春，百花争艳，春色撩人，香满人间，乱花渐欲迷人眼。和蔼可亲的春，用柔嫩光滑的手掌轻轻抚摸草儿、花儿、苗儿，无声无息滋润万物，莞尔轻盈地迈动了脚步，挥一挥手，不带走一片云彩；"草色青青柳色黄，桃花历乱李花香。"神采飞扬的春，用和煦温暖的春风唤醒了大地，绿草如茵，柳树刚刚长出嫩黄的细叶。

春天的请柬有着绚丽的页面。遍地芳菲，姹紫嫣红，争俏斗艳。有时春雨绵绵，"天街小雨润如酥，草色遥看近却无。"初来乍到的春，用温润柔滑的雨珠唤醒了一冬的沉寂，春草芽儿细细地冒出，朦朦胧胧中，那抹极淡极淡的新绿若隐若现；"随风潜入夜，润物细无声。"淅淅沥沥的春雨，如烟似雾、如梦似幻，悄悄地落下来，飘飘洒洒，淅淅沥沥。带着它独有的清凉与明丽，从容、舒缓于无垠的天空，纷纷扬扬，飘飘洒洒。柔软的雨丝舞动着优美的风姿，在天与地之间划着道道美丽的弧线，撒下大地，留下如烟、如雾、如纱、如丝的倩影，飞溅的雨花仿佛是琴弦上跳动的音符，奏出优美的旋律。透过纷纷的细雨，我们仿佛看到春雨就是时令的使者，恰到好处的降临，滋润着万物的生长和繁荣，也孕育了金秋硕果累累的丰收的喜悦和憧憬！

　　有时雨过天晴，太阳送走七色彩虹写意，万丈霞光留下了春的回味。顿时，大地呈现出一派勃勃生机。小草细细的嫩叶湿漉漉的绿了，树木都显得青翠欲滴；鸟儿在枝头欢快地歌唱，蜜蜂在花丛中采蜜，那些在阳光下最快乐的孩子们，他们追逐跳跃，有时唱歌跳舞，所有这一切都构成一幅欣欣向荣的美丽风景。

　　春天的请柬洋溢着诗意的浪漫。水天一色，朝霞斜阳，拂晓燃起云朵的红颜，美丽绚烂在春天绽放。此时此刻，春光烂漫，带着梦想，我们驾驶生命之舟，扬帆起航。年复一年，头顶天脚立地，昂首挺胸，阔步向前，用生命的燃烧之火照亮茫茫前途，用滚烫血液印证无悔人生！人生之路，需要一步一个脚印的踩踏，才能从黑暗到黎明，从黄昏到朝阳，从谷底到山峰。春色满园关不住，春江水暖鸭先知。从贺知章"不知细叶谁裁出，二月春风似剪刀"的娇姿天成；释志南"沾衣欲湿杏花雨，吹面不寒杨柳风"的和风细雨；韩愈"天街小雨润如酥，草色遥看近却无"的柔滑朦胧；到白居易"日出江花红胜火，春来江水绿如蓝"的红花绿波；孟浩然"春眠不觉晓，处处闻啼鸟"的莺啭花香；吴融"满树和娇烂漫红，万枝丹彩灼春融"的灿烂缤纷……古代文人墨客挥毫赞美春天的千古名篇佳句，都充实了我们的精神世界，为我们今天的春的诗篇掀开了最美的画卷。于是，我们每天都在领悟着春天的温馨，春天的诗情画意，感触春的博大胸襟。

　　春天的请柬是春天的邀约。春天，万物苏醒的精灵，她以独有的风姿，天地为纸张，挥毫成风泼墨为雨。春趣无限，暖一树花开，绽百态笑靥。昨日还是寒山瘦水，一夜间，万物不再凋零满目；翠绿的青山原野融合着人们那暖融融的情怀；融合着花蕊那欲语还羞的蓓蕾，在如醉如梦的春风里；在如缕如丝的春雨中，春划出轻轻的舞步，为我们扬起希望的帆，呼唤着我们的心灵奔向希望、走向蔚蓝的天。踏着春的舞步，听鸟语看花香，举起盛满春的美酒，一起为春畅想，为生命歌唱。

春天的请柬是春天的宣言。"天人合一，创意自然，人与自然和谐共生。"春天，大自然几乎成了花的世界，红的艳，白的娇，黄的嫩，构成了一幅五彩缤纷的画，散发出沁人心脾的芳香。春姑娘把每一个角落都散发着春天的气息，它把小草吹绿了，让娇嫩的小芽从土里钻出来。树木时而摆动几下树枝，换上绿色的春装；时而挥舞几下树梢，跟春姑娘打招呼，这时，树木的每根树枝、每片树叶，都渗透着青春的活力。春风那慈母般的手抚摸着大地，小动物们被春风吹得暖洋洋的，林间的小鸟已经开始鸣唱，那声音清脆、悦耳，唱的是春季初的喜悦。这声音唤醒了一个又一个生命。沙沙沙，春雨开始忙碌。迈着轻快的步伐，带着温润的雨丝。她飘在空中，雨一滴一滴地洒在泥土里，润着大地；一滴一滴地落在溪流中，跟着它们旅行着。风跑进了林子里，哗啦啦，风儿邀请所有的花草树木来一场演奏会。呵呵！耳朵里钻进了一阵爽朗的笑声。那是一群小天使在毛毛茸茸的地毯上嬉闹着。翻跟斗，捉迷藏……一只只蝴蝶飞来飞去，随身携带的花粉不禁意间遗失了，让过往的路人闻到了。这味道是那样的沁人心脾。微风路过鼻前，不知风裹着什么，一股清新与舒适的感觉涌了上来。农夫们在春风里撒下的种子，为了美好的生活而辛勤地劳动。

春天是一个充满阳光、水分和思想的季节，她让人们疲惫的身体和灵魂得以洗涤重唤生机。她潜入每一棵树木，每一簇花卉，用青翠的绿叶和鲜艳夺目的花朵，展示着生命非凡动人的魅力。面对春天猝然的跃动，什么也阻挡不住。

在春天的请柬里写着：每一种生命，不论伟大或渺小，不论高贵或卑贱，都拥有起航的港湾和播种的土地，都会得到春天的丰润滋养和馈赠。"一份耕耘一份收获"，春天的酬劳将在秋天的果树上散发芳香。

　　春天的请柬还告诉我们：春天，是希望的再生之地；希望，是人生的亮丽音符。我们要拥有希望，首先必须拥有春天。当我们把最美的希冀寄托于春天的遐想，春天就会把绿的心意编织成最美好的梦幻，馈赠给大地。于是，我们就有了春天的故事，也有春天的梦想，对人生充满了希望，充满了信念，更充满了力量。

竹 子 青 青

　　自从外公离世后,我有二十多年没有去过母亲的娘家了。丁酉年的春节期间,因母亲年事已高,加之有病在身,不方便去她娘家给亲戚拜年,要我们兄弟几个去其娘家给亲戚拜年。母亲的吩咐,我们几个兄弟自然不敢怠慢,尽管春节在老家的时间较短,但也要完成母亲交办的任务。

　　母亲的娘家是一个叫黄家美古老的小自然村,说是自然村,其实就只有我的小舅舅的两个儿子两户人家,之前还有几户人家,也是我的亲戚,后来因为在城市里安家落户搬走了。早几年小舅舅仙鹤了,小舅母就跟随其小儿子生活,这次去母亲娘家拜年,其实就是去给同样是年事已高的小舅母拜年,顺便去看望一下两个表兄弟。母亲的娘家也即外公家很独特,整个自然村,三面被竹子围绕,形成一个天然的围墙。这些竹子,可不简单,有着两百多年的历史。一些竹子枯萎了,另一些竹子又长出来,生生息息,连绵不断,经过两百多年的生息,几乎变成了竹林。这些大小不一的竹子,玉节相叠,节节高升,直入繁枝茂叶,撑起一个青绿时空。稀落的光阴,抖落于青绿之下,铺洒在松厚的褐黄背影中,凸显出这清净之地的创世久远来。

　　我小时候是经常来这里的,并十分喜欢这些竹子,那时的竹子可没有现在这么多。如今,我在这里,置身这青绿时空,全身已渲染上这绿意之趣。双眼饱受着这绿意清新的缠绕,包裹起那经受五光十色刺激后的迟钝视觉,有一种施以净化,回归自然的感觉。竹欲静,而风不止。轻柔绵长的清风中偶有劲风挤入,使得竹枝上端不时轻盈的摇逸,并着青叶的妖柔舞动,演奏出悠扬顿挫的沙沙韵律。沉静于这风起竹舞的沙沙之乐，让凡尘撩乱的心境融入这舒缓悠扬的梵音之中，得以宁和，好似空灵。轻风中调和着竹叶的淡淡清香，清新扑鼻，深吸一口，让肺腑的每个角落沁入这神清气爽的清新，附以清浊，得以静洁。在这里，忘却了凡事尘嚣，摈弃了缤纷色彩，只留下青绿幽幽。

　　望着这些青翠欲滴的竹子，使我想起了四十多年前，与村里的小伙伴们去离家几十里地的深山里采摘竹笋的一件往事。那是上世纪七十年代初期的一个春天，我与村里的几个小伙伴相约去山里采摘竹笋。那天，一大清早我们就出发了，此时正值春种时节，布谷鸟在树林子里发出了催种的鸣叫，在布谷鸟的叫声与春风的轻拂里，竹梢儿轻曳。我们大约走了十几里的路程，此时，天空中飘下来沥沥淅淅的春雨，怎么办？是继续前进还是打道回府？同伴们问我，我想了想，已经走了这么远的路程，竹笋没有采摘到，半途而废不划算，于是，我对同伴们说"这点小雨不可怕，继续前行。"同伴们也赞同了我的说法，我们继续往目的地前进。

　　我们继续往前走，约莫走了一个小时，终于到达了目的地。满山遍野的竹林呈现在我们的眼前，春雨将山里厚重的郁闷浸化成沁人心脾的清新。久盼滋润的翠竹张开怀抱，尽情地接受暖暖春雨的温柔沐浴。雨点儿很细很小很轻，飘散在空中，看不见单个的雨点，眼前只有一片淡淡的雨雾，人走在竹林中，感觉不出雨的力度，但头发上、衣服上却早已是湿漉漉的，浸透了雨水。看来这里的竹林子已经是好些天没有雨水的滋润了，这时节正是久旱逢甘露，竹枝竹叶都张开了嘴，饱饮着甘甜如饴的春雨。在朦朦春雨中，翠竹洗尽了蒙在身上的尘埃，饱尝了雨露，刚才的疲倦一扫而光，焕发出勃勃生机，呈现出万千娇态。

　　不一会儿，传来了一位小伙伴的尖叫声，"哎哟！这里好多竹笋。"大伙儿快速地向他走过去，真的有很多竹笋，我们高兴得几乎要跳起来，我们一边哼着刚从老师那里学会的电影《闪闪的红星》的"红星照我去战斗"的歌曲，一边采摘竹笋，似乎忘记了天空中还在下着沥沥渐渐的春雨。此时，雨雾在翠绿的竹叶上聚凝成珠，清亮晶莹，如翠如玉，积得重了，缓缓地向下滑落，悬在叶尖，光亮如电。微风轻吹，水珠儿轻轻晃动，倏地向下坠去，在翠绿的竹林子里划出了一小道亮丽的细线，直没入土。这水珠刚坠落，叶子上又聚起了新的水珠儿，给本就清翠的竹叶抹上了一道更加清新的亮色。在这清亮水珠的映衬下，竹叶如仙子出浴，娇润圆柔，令人心生爱怜。又如贵妃醉酒，娇态毕现，惹人无限遐思。这时节，在细雨中步入竹林，轻抚竹枝，将那一棵棵水珠接入手中，映着翠绿的竹影，捧着的，就是如幻如梦的翠玉了。响午时分，雨停了，我们采摘竹笋的任务也已经完成。

雨中翠竹惹人怜爱，雨后的翠竹更是仪态万千了。春雨过后，漫山遍野透着清新诱人的泥土气息，竹林子里更是散发出一股淡淡的幽香，如丝如线，沁人心脾。这时候的竹叶上大都聚积着一颗晶莹剔透的水珠，竹叶表面还被雨水浸润着，发出亮绿的光。竹枝儿斜斜地伸展着，托起由绿叶聚成的、可遮天蔽日的华盖。一些聚在竹枝上部的水珠就因了重心的作用，慢慢从上往下滑落，遇上了枝节儿，就阻住了，形成一颗亮白的水珠，垂挂在那里。每根竹枝上总有三五个枝节儿，每颗竹枝上就悬了数个亮晶晶的水珠。于是，整个竹林子里就如悬挂了许许多多晶亮晶亮的明珠一般，在雨后翠绿的海洋中映射出亮白的光芒。我们在竹林中穿行，带着一捆一捆的竹笋，踏上返回的路程。在下山的途中，突然一个小伙伴，脚底一滑从山坡上摔了下来，大伙急了，以为要出大事，还好！那位从山坡上摔下来的小伙伴，无大伤，只是脚跟处划破了皮，我们对他擦伤的地方把血擦干净，然后用一根本应是捆竹笋的布条将伤口绑扎好，由一人扶着受伤的小伙伴，其他人轮流帮着他们两人提竹笋，继续前行。经过两、三个小时的缓慢行走，终于在傍晚时分回到了家中。

竹子亭亭玉立，婆娑有致，不畏霜雪，四季常青，且"未出土时先有节，及凌云处尚虚心"。竹是君子的化身，竹，古人把其与梅、兰、菊并称为"四君子"，足可见其地位之高洁。是"四君子"中的君子。竹、梅花和松是"岁寒三友"，松象征常青不老、竹象征君子之道、梅象征冰清玉洁。竹有十德：竹身形挺直，宁折不弯，曰正直；竹虽有竹节，却不止步，曰奋进；竹外直中通，襟怀若谷，曰虚怀；竹有花深埋，素面朝天，曰质朴；竹一生一花，死亦无悔，曰奉献；竹玉竹临风，顶天立地，曰卓尔；竹虽曰卓尔，却不似松，曰善群；竹质地犹石，方可成器，曰性坚；竹化作符节，苏武秉持，曰操守；竹载文传世，任劳任怨，曰担当。

中国人最早的竹情节可以追溯到魏晋时期，之后，竹从一种文化意义演变到了一种民俗的意象。"人生贵有胸中竹"，已成了古往今来众多文人雅士的偏好。许多文人墨客、达官贵人常常借梅、兰、竹、菊来表现自己清高拔俗的情趣，或作为自己品德的鉴戒，南朝刘孝先的《咏竹》，是最早以竹为题的诗："竹生空野外，梢云耸百寻。无人赏高节，徒自抱贞心。耻染湘妃泪，羞人上宫琴。谁人制长笛，当为吐龙吟。"那也许是诗人以竹自比，感叹怀才不遇，最后那两句很有想象力。唐诗宋词中，写到竹子的诗不计其数。李贺写过一组咏竹诗，流传虽不广，其中有佳句："风吹千亩迎风啸，乌重一枝入酒樽。"苏东坡的爱竹，也许前无古人，竹子和他终身相伴，不管到哪里，他的眼帘里不能没有竹荫，"宁可食无肉，不可居无竹"是他的名言。郑板桥的"咬定青山不放松，立根原在破岩中。千磨万击还坚劲，任尔东西南北风"，恰是竹之清、雅、孤、傲。

竹之神韵，既无冬梅之赤艳傲雪，又无兰花般芊姿娇芳，也无秋菊之临霜金艳。此君只有那清风明月间的高风亮节，碧玉温润般的清新儒雅。王维的《竹里馆》："独坐幽篁里，弹琴复长啸。深林人不知，明月来相照。"李商隐的《湘竹词》，有些共鸣："万古湘江竹，无穷奈怨何年年长春笋，只是泪痕多。"唐·段成式《酉阳杂俎续集·支植下》："北部惟童子寺有竹一窠，才长数尺，相传其寺纲维，每日报竹平安"。当代诗人周天侯的《颂竹》：苦节凭自珍，雨过更无尘。岁寒论君子，碧绿织新春。"

　　与竹子有关联的故事也有许多。如竹林七贤，《魏氏春秋》：魏晋年间，"嵇康与陈留阮籍、河内山涛、河南向秀、籍兄子咸琅邪王戎、沛人刘伶相与友善，游于竹林，号称七贤。宋末政治家、文学家、爱国诗人、抗元名臣、民族英雄文天祥，其小时候曾受过父亲的教育。文天祥的父亲文仪，他非常热爱竹子，在院落里种了许许多多的翠竹。有一天，他指着翠竹问儿子，"翠竹有哪些用途呢？你们说一说。"弟弟说："竹子可以做筷子，做篮子。"文天祥接着说"还可以做笔，做竹简。""不错！"文仪点点头，"那你们知道竹子的高尚品格是什么吗？"文天祥想了想说"竹子不管风怎么吹，雨怎么打，它都保持正直。"文仪欣慰地笑了，感叹地说"我平生最爱竹子。竹子身可焚而不可毁其节，干可断而不可改其直。做人也要像它这样才行啊。"文天祥听了，点点头，把父亲的话牢牢地记在心里。在一次抵抗元军的战斗中，不幸战败被俘，在狱中写下了著名的《过零丁洋》一诗，这首诗的尾句说："人生自古谁无死，留取丹心照汗青。"公元 1283 年冬天，一位衣衫褴褛的中年人，面对刽子手，从容殉国，他像竹子一样坚强不屈，文天祥成为历史上顶天立地的民族英雄。

　　英国学者李约瑟说：东亚文明乃是"竹子文明"。竹子是自然界存在的一种典型的、具有良好力学性能的生物体。飓风能轻易将齐腰大树吹断，但不会令竹子折断。司马光曾感慨竹子顽强的生命力，作《种竹斋》诗云："雪霜徒自白，柯叶不改绿。"竹，有着不一般的中国传统文化含义，古人爱竹，文人墨客为之挥毫吟咏，绘画抒怀，也形成了独有的竹文化。司马迁说：竹外有节礼，中直虚空。白居易："水能性淡是吾友，竹解心虚即吾师"。亦有："竹死不改节，花落有余香。"竹子四季常青象征着顽强的生命、青春永驻；竹子空心代表虚怀若谷的品格；其枝弯而不折，是柔中有刚的做人原则；生而有节、竹节必露则是高风亮节的象征。竹的挺拔洒脱、正直清高、清秀俊逸也是中国文人的人格追求。中国文人墨客把竹子空心、挺直、四季青等生长特征赋予人格化的高雅、纯洁、虚心、有节、刚直等精神文化象征，明朝画家程敏政的《寒岁三友图赋》将松、竹、梅称之为"岁寒三友"，松竹越冬而不凋，梅耐寒而开花。而后画竹则成为中国花鸟画的一个重要画种，清代著名的画家郑板桥，便是以画竹而闻名天下。

在日常生活中，竹子还具有无私奉献的精神，雨后春笋，美味佳肴不可或缺的食材；也可修筑成竹楼，做成竹床、竹椅、乐器；加工可成凉席、竹筷，织菜篮等；新鲜的竹叶可做竹叶粽子，而枯落的竹叶，晒干了可用来做柴火；竹根可做成美观雅致的竹雕、龙头拐杖或者精美的笔筒。竹子可以让人做成乐器；又可以让人做成家居用品，当我们在自己的温馨港湾里，尽情享受生活所带来的乐趣，倾听着曼妙竹音，任凭吹竹弹丝的音韵调节心境，让心境由激越变为平缓时，又有谁不能为竹子的品格称好呢。

竹子虽然没有茉莉的清香恬雅，也不及牡丹的华丽富贵，也不如秋菊的那么娇挺；虽然没有杨柳那婆娑的姿态，也没有那屈曲盘旋的虬枝；但它却有松柏的颜色，菊花的性格，腊梅的风姿；虽没有玉兰的清丽淡雅，去洋溢着浓郁的战斗气氛。空竹无心，能纳百川。风霜雨雪的磨难，改变不了它对绿色的执着，竹子青青，青青竹子，它每成长一步，都留下印记。在生命的旅程中，一步一个脚印地前进。困难不能使它害怕；挫折不能使它畏缩，竹节足以作证，它将竹的前进过程作了生动详细的记载，也给了我们一些启示。竹，那份摇韧的芊华，那份悠扬的神韵，那份对绿色的执着，让我宁静飘逸，心生向往。

最是一曲解乡愁

很久很久没有看过花鼓戏了，上次回老家，那位当教师退休住在县城的表叔说，县城戏院正在上演大型花鼓戏《乡里大亨》，邀我一同去看看，这可是个好"差事"，花鼓戏是我童年时代的一道文化大餐，几十年没有"品尝"过了，这次一定不能放过。于是，兴冲冲地搭乘公交车赶赴县城，与表叔会合共享这道文化大餐。大型花鼓戏《乡里大亨》以当地金银冶炼加工业的发展壮大为背景，讲述了一个民间金银冶炼加工企业由手工作坊的家族式经营向现代企业转变过程中的思想冲突。由永兴县花鼓剧戏团投排，此剧曾代表湖南省赴河南禹州参加第八届中国"映山红"民间戏剧节，荣获"映山红"奖。我与表叔看完之后，几乎是异口同声地说"好！"特别是表叔，总觉得不过瘾，还想看第二次。对此，我也十分理解，表叔不仅是个戏迷，年轻时还经常在乡村的舞台上表演过花鼓戏呢！

湖南花鼓戏是湖南民间小戏的总称，在清代中叶兴起并迅速发展，由简单的"对子花鼓"发展到一丑一生一旦的"三小戏"，至今已成为多行当、多声腔、艺术成熟、表现力丰富的中国著名地方戏曲剧种，以其载歌载舞、通俗明快、幽默诙谐的艺术风格受到人民群众的热烈欢迎。花鼓戏是湖南最具影响力的地方戏，它的曲调优美动听，形式生动活泼，语言通俗易懂，表演艺术朴实、明快，并能很好地反映现实生活，二十世纪前期在湖南广为传播，也深受湖南人民的喜爱。上世纪六、七十年代，湖南花鼓戏名篇《打铜锣》、《补锅》、《送货路上》等曾经被拍成电影风靡全国。传统的湖南花鼓戏有《刘海砍樵》、《打鸟》、《双送粮》、

《姑嫂忙》、《三里湾》等。特别是唱遍大江南北，风靡海内外的湖南花鼓戏名剧《刘海砍樵》其脍炙人口的"比古调"唱段，深受全国各地的人民群众所喜爱。由于流行地区不同而有长沙花鼓戏、岳阳花鼓戏、衡阳花鼓戏、邵阳花鼓戏、常德花鼓戏、零陵花鼓戏等六个流派之分，其都各具不同的艺术风格。其班社经历了草台班、半台班和专业班社三个历史发展阶段。各地花鼓戏的传统剧目约有四百多个，音乐曲调三百余支。花鼓戏也是国家非物质文化遗产之一。小时候的我，对这些花鼓戏几乎是百看不厌，林十娘、蔡九、李小聪等剧中的人物形象至今还会出现在我的脑海里，"手拉风箱，呼呼的响，火炉烧得红旺旺……"等花鼓小调我现在还会哼上几句。

小时候，一年中最期待的有两件事，一是过年，二是看电影看戏，而且对唱戏的记忆似乎比过年还要更深、更多一些。唱戏的时间除了重大的节假日之外，一般都是在农历的正月。此时的湘南大地，气候逐渐转暖，明媚的春光里透过几分慵懒与清新。白云朵朵静静依偎在蓝天的怀抱，悠远而从容。此时的春风轻轻的、柔柔的，如一个羞答答的小丫头。她步履轻盈，走走停停，却还是一不小心惊醒了水边的杨柳。杨柳优雅地伸了伸纤细的腰肢，漫不经心从嘴里吐出一抹淡淡的鹅黄。地里的野草再也按捺不住了，它们探头探脑开始向大地传递春的讯息。麦苗苏醒了，油菜花苏醒了，小河也苏醒了，它们以蓬勃的姿态给大地展露生机。蜜蜂"嗡嗡嗡"地赶来了，麻雀"叽叽喳喳"地赶来了，鸭群也扑棱着翅膀"嘎嘎嘎"地叫着赶来了，它们也不想错过这场隆重的盛会，提前唱响了一曲春天的芭蕾。

这时，刚过完年，村民们农事还不多，人们也有时间看戏。那年月农村是大集体时代，许多公社都有文艺宣传队，甚至人口较多的大队也有文艺宣传队。文艺宣传队的演员一般是以村里学校的教师为主，还有一些戏曲爱好者，在公社或者大队干部的指导下，大家聚到一起，自编、自导、自演，除了排演八个样板戏以及其他小品、三句半等政治题材的节目之外，也排演深受群众喜欢的一些小戏曲、快板书、相声和传统的花鼓戏。小一点的村，各级文艺宣传队一般是不会去的，有些只能唱个"攒班戏"，就是没名气、规模小的那种，只有村子大、人口多的村庄，文艺宣传队才会去。我们这个村子大、人口多，又是大队部所在地，常常会有各级文艺宣传队来唱戏，甚至会有一些专业的、县级以上的剧团唱，这种才算得上是唱大戏。那年月，文化生活贫乏，尽管有样板戏和一些战争片、政治题材的故事片电影供村民们观看，但最受村民们喜欢的还是那些具有生活气息、富有地方特色的花鼓戏，比如《打铜锣》、《补锅》、《送货路上》等。有的村民为了能够看到自己喜欢的花鼓戏，不惜翻山越岭，走十多二十里路程来我们村子里看戏，行程中，虽然很辛苦，但有了看戏的那股兴奋劲，就不知不觉就走到了。看戏的日子，虽然是大集体的年代，但村民们还是会早早的就收拾了田地里的活计，回家做饭、洗澡，忙完了准备看戏，吩咐自家的小孩拿着凳子去禾坪里占位置，戏台是临时搭建的舞台，简易实用，拆搭都很方便。戏台呈立体长方形扎根在村庄的禾坪的边沿，结构采用粗木柱和厚木板搭建。戏台三面用绿苫布包裹，留一方作为戏台的正面。正面立着的两根木杆高高地越过戏台顶部，木杆下方贴两幅巨大的宣传标语，顶端各绑一蓬绿松叶，一面红旗和一只大喇叭。鲜艳的红旗迎风招展，向着远近的人们不停地挥手致意。大喇叭也吹响了集结号，往不同方向发送出悠扬的乐曲声。一些上了年纪的老戏迷，时常会在戏场找个地方座下，点一锅旱烟，嘴里叭叭地吸上几口，七嘴八舌地讨论戏的内容，等待戏的开演。

　　遇到在外村上演的我没有看过的戏或电影，我也会同其他村民一道，吃过晚饭，洗过澡，各人拿着手电在村口聚集人马，浩浩荡荡的出发了。夜里的路走起来总比平常要快些，老人说那是"鬼扯脚"，读过点书的人却能说出个所以然来，道是什么热胀冷缩，夜晚气温偏低点，路程就缩了。我分不出个是非，只知道间在大人中间一路有说有笑，一下工夫毫不费劲的便赶到了戏场。偌大的观众坪里早坐满了本村里的人，熙熙攘攘的，紧密得很。我们这些外村人没得坐，自然只能往后面站着观看。

戏唱完后，人们都会投入到忙碌的农活中去，播种希望，期待着有个好收成。唱戏不光丰富了农民的精神生活，还为人们走亲戚提供了很好的平台。农民人一年中都很忙，平时很少走亲戚，但唱戏时都会到姑姑家、姨妈家、舅舅家转转，既看了戏，又走了亲戚。唱戏前，本村上的人也会尽一尽"东道主"之宜，把各位亲戚朋友叫一下，告诉唱戏的时间，请他们来看戏。

一方水土养育一方人。不仅滋润血脉，更塑养地域性格和人文艺术细胞。潇湘之地，山环水绕，古往今来，人文荟萃。湖南花鼓戏，产生于三湘四水的大地上，具有鲜明特征、相对稳定并有传承关系的湖湘文化之精髓，综合艺术具有"文道合一"的明显特点，表演富有浓郁的生活气息。同时也注重不断吸收传统的表演技巧，音乐主要是以极具地方特色的湖南花鼓大筒、以及唢呐、琵琶、笛子、锣鼓等民族乐器作伴奏。曲调活泼轻快，旋律流畅明快。既有山岭的庄重、巍峨之德性，又像河水流淌的气质、品格和旋律，以良心实话诙谐幽默为脾性。贴近生活而又高于生活，特别是那些充分展现了人们的情感交流和世俗风情、社会伦理的唱词，是湖湘大地上的儿女情美的再造和延伸。

近年来，老家的村民们富裕了，我也常回家看看，家家户户有了彩电、影碟机，想看什么就看什么。老家的许多村子都有草根戏班子，他们活跃在乡间田野，谁家有什么红白喜事，请上这些充满泥土气息的戏班子，或表演一些流行的歌舞小品，或放上一段花鼓调子，来一幕花鼓戏等等。虽然舞台、道具简陋，但台上台下互动,演的开心,看的也很开心,戏到精彩之处,往往是满堂豪笑。

　　一个人从蕴育时就已经开始吸吮着一个地方的营养,那儿的水,那儿的空气,还有那儿的风土人情都在潜移默化地影响着这个人。从呱呱坠地的那一瞬间就已经和那个地方的热土结下了不解之缘,不管你以后会在什么地方成长、生活,这种水土之情,血脉之亲是无法割断的。花鼓戏是我最初接触古典通俗文化的窗口,也是最乡土的艺术之一,即便是今日见识比那时要广些,新鲜物事也看到过,仍然只有这种最为乡土,最为亲切的民间艺术萦怀不忘。乡土乡情是乡愁,乡愁是一首歌,是一首古老的歌谣,醇厚绵绵,萦绕梦牵。

春风吹绿野菜香

老家一亲戚来我家做客，未来之前，打电话给我，问我要带点什么家乡特产？我考虑了几分钟，回答他，要他带点家乡的野菜来就行了，其他什么都不需要带。对此，亲戚感到很纳闷、很迷惑，野菜这些东西是不能登大雅之堂的，往年他们来我家时，都是带上家乡的腊肉腊鱼、糍粑什么的，这次却让他带野菜。后来，我跟他解释，我很久没有吃家乡的野菜了，心里有点"堵"，想尝尝这些东西，解解馋，亲戚此时也明白了我的意思。果然，他来我家时，居然带来了七、八个品种的野菜，两大包，有香椿芽、马齿苋、荠菜、水芹菜、苋菜、葳菜、蕨菜、莼菜等，数量最多的是香椿芽。还带来了家乡的两瓶米酒。

亲戚的厨艺不错，亲自掌厨。当弥漫着田野香味，水灵灵的野菜摆上饭桌时候，我心里十分高兴，食欲大增，似乎和儿时一样的快乐。"野旷天低处，江清月近人"。此时夹一箸野味，呷一口家乡的米酒，你会随缥缈的思绪羽化登仙；那一抹抹凉津津的绿意，俯身凝睇，让你忘尘；千年的沉香，岁月深处的自觉自知一并扑鼻……香椿芽炒鸡蛋、水芹菜煮瘦肉片、蕨菜炒腊肠等，这一盘盘野菜，都有一种浓浓的乡土气息和亲情味，简直就是童年的梦。让我怀念起那群天真质朴、淳厚活泼的伙伴。心，似乎又回到了那生活虽然比较艰苦，但懵懂顽皮且快乐的童年。

野菜，一个绿油油水灵灵的名字，听起来就感觉格外亲切，就有很大诱惑感，"野"字，本身就让人觉得分外生动，一野便旷，一野便野出风流倜傥，野出不同凡响，野出离经叛道，野出质的飞跃。"野"本身就是一种智慧，无需外援，靠自身能量存活贫瘠之地，平凡中自有一身傲骨，清贫中自有一份盛大。野菜，它是大自然每年春天送给人们第一份春的礼物。当小溪欢唱，大地披绿装之时，野菜便从地里探出头伸展腰肢，疯长开来。它们在田埂上点头微笑，在山坡上挥手致意，在水塘边悄悄呢语，在石缝里默默深思，摇曳着恬淡妩媚的风姿，仿佛在欢迎人们的垂青。春风吹绿了野菜，引来了鸟鸣蝶舞，点缀着家乡的田野，增添着生命的亮色，同时还告诉村民们一年之计在于春，挥鞭赶犁的时节来了。

其实，古往今来的人们都是喜欢野菜的。《诗经》中记录了很多的野菜。如《采芑》中有"薄言采芑，于彼新田"的句子。芑即今天所说的苦菜，味虽有点苦，但吃起来却带香，可蘸酱生吃，亦可炒熟吃。《采薇》写到"采薇采薇，薇亦作止……采薇采薇，薇亦柔止……采薇采薇，薇亦刚止……"薇即野豌豆苗，其嫩叶味佳。还有，"采采芣苢，薄言采之，采采芣苢，薄言有之……"芣苢即车前子，就是我们这里的"蛤蟆碗"，野地里比比皆是，嫩叶果实均可食，但是作药则更常见。诗经的首篇《关雎》中就有"参差荇菜，左右流之，窈窕淑女，寤寐求之。"荇，或许就是莼菜，是一种水生的野菜。莼菜的幼叶与嫩茎中含有一种胶状黏液，食用时有一种滑润清凉的香味沁人心脾，可谓风味独特，口感极好。贺知章的《答朝士》认为"莼菜乱如丝"，可惜没有看到这种可爱小草的生长现场。典故"莼鲈之思"说的是，西晋文学家张翰，在距家千里外为官，一日见秋风起，想起家中莼菜，于是辞官归乡，可见所谓"叶落归根"，实际上是"胃"想要找回童年的记忆。《诗经》中记录的野菜，我吃过的还有：荠、芹、蕨、蒿、荇。

我的童年时代是在农村度过的，在上世纪六、七十年代，农村实行的是大集体经济，村民们相对来说都比较贫困，部分村民家里是缺吃少穿。那时候，春天更是农村人最难熬的日子，老家的村民们叫"毫月",即青黄不接的日子。这个时候,有一部分人口多,劳动力少的家庭粮食不够吃,我们家就属于此类型的家庭,红薯和野菜常常当作粮食的补充。所以,大家都非常盼望开春,开春了,村民们可以去地里挖野菜。

我的家乡是一个地势比较平坦的丘陵地区,那个年代,由于化肥用量很少,田野里都是原生态,生长着各种野菜。挖野菜任务一般都是落在妇女和孩子们的身上,我们放学以后,撂下书包,马上就去田野或者是上山去挖野菜。怕遇上什么不测,大家都是左邻右舍结伴去,每个人都带一把小镰刀头,菜刀或者是一把铁掀,挖什么菜就带什么工具。野菜挖久了也会有些经验,到什么时候挖什么菜,什么野菜生长在什么地方都一清二楚,效率也特别高。那时候家里是把野菜当蔬菜或当主食的补充食物来吃的,没有现在那么多吃法和讲究。挖来的野菜择洗干净后,加点豆面或花生沫、盐煮熟吃。野菜好吃,但吃多了、吃久了也难以下咽,身上没劲,只是不至于挨饿。

我们采挖的野菜主要有,香椿芽、马齿苋、水芹菜、野韭、苋菜、荿菜、蕨菜、莼菜等。除上述的这些野菜之外,在春天里,可以当蔬菜吃的还有草籽,也称紫云英。小时候,村子里的许多农田都种植草籽,开门就是大片绿油油的草籽田,村民们大多用来作饲料和肥料,他们把草籽割回家切成寸长投入大缸里掩起来喂猪,田里剩下的翻入土中当肥料。初春时节,满眼嫩绿,郁郁葱葱的草籽,只需用手指一株一株的去掐,齐齐的一把洗净入滚水一烫即可吃味鲜极。在田间伴随马兰头一起食用的还有荠菜。相比于马兰头丛簇生长不同的是,荠菜大多混杂在草籽田间的朵草中。她是野菜中的极品,陆游在《食荠十韵》中记载:"唯荠天所赐,青青被陵冈",对此进行了高度的概括和评价。被称为荠菜的野草有几种,有一种叫香荠,叶子宽,颜色绿,无论长在哪里都很嫩绿诱人,春末开黄色的小花;还有一种叫"花荠"的,叶子很像朵朵刚发芽的青菜很小，开白色小花，结籽成夹手一碰便跳，便又落地生根。但可以食用或者说最好吃的是真荠，叶缘羽状浅裂，叶面平滑稍具绒毛，冬天里叶色较深，但炒熟了反而变成绿色。到春末同样开白色小花，结的籽却像倒三角的小夹。

这些非人工种植的可以食用的植物，靠风力动物等传播种子自然生长，是大自然的宝藏之一。野菜一般有着纯净的品质，是大自然的美妙馈赠，也是人与自然相生相伴的见证。野菜无污染、营养丰富、清新可口、风味独特，是绝佳的食材之一。很多野菜都具有药用价值，"医食同源"是野菜得天独厚的优势。如：香椿芽钙、磷、维生素C的含量在蔬菜中均名列前茅。还含脂肪、粗纤维、铁、胡萝卜素、尼克酸以及香椿素，有特殊的芳香气味，食之鲜美可口，耐人品尝。椿菜还可入药，古医书记载，椿菜性寒，具有涩肠止血、健胃理气、杀虫固精等功效。野韭貌美如仙，而其味更是令人无法抗拒。"夜雨剪春韭，新炊间黄粱"想来杜甫吃的这盘"家韭"，味道定妙不可言。但野韭香味更甚，若配上鸡蛋、豆腐、腊肉来炒，真是人间奇香。小时我吃野韭炒鸡蛋最多，野韭还未下锅，那香味隔三墙便可传至邻家，野韭的植物纤维与维生素含量特别丰富，比起种植的大蒜、香葱高几倍到几十倍。它可通阳化气，散结化淤，治疗痢疾，抑制血脂浓度升高，是防止动脉硬化的秘器之一。水芹菜野芹菜，是多年水生宿根草本。两千多年前的《吕氏春秋》中称，"云梦之芹"是菜中的上品。富含多种维生素和无机盐类，其中以钙、磷、铁等含量较高，具有清洁人的血液，降低人的血压和血脂等功效，既是食用又是药用的高档无公害草本蔬菜。蒲公英具有抗菌、消肿利尿、清热解毒的作用，能激发机体的免疫功能，达到利胆和保肝的作用。蕨菜吃起来鲜嫩滑爽，素有"山菜之王"的美誉。蕨菜的食法很多，炒、烧、煨、焖都可以。海腥草、车前草、地菜、野荠菜、蒲公英、薄荷叶、马齿苋等既是佳蔬，又是良药，且风味独特。

仿佛野菜与家乡总有着不解之缘，那剂味是烙在家乡胸口上的一粒朱砂，让无数的游子过目不忘。不管岁月如何巨变，只要不受自然和人为的破坏与毁灭，野菜绝不会改其脉宗，变其质味，它"永怀尘外踪"，为着一身天然、凛然的野味，独善其身，在冷月无边，无遮无掩的澄澈沧浪中各自壮丽，没有鼓噪与侵扰，胸怀浩瀚与天地共兴亡，忘我无我，无拘无束，默然无闻，奉献一生。在我心目中，这昭然若揭的野菜味才是人间真正的天味，生命的至味。

绿色的野菜伴随着我们度过了那艰苦的岁月，也丰盈了我们这一代人童年的野趣。过去挖野菜是为了度过荒年和生存，现在挖野菜是吃腻大鱼大肉后苦苦寻觅一种元素的补充。吃野菜也是人们的一种心态上的满足。纯天然的野菜已成为众人新宠，吃野菜变成了社会的一种时尚，如今野菜不但登上了高级饭店的餐桌，也成为了人们日常的保健食品，深受人们的青睐。

平凡的野菜绽放着不平凡的灵性和野趣，鞭策我珍惜光阴、爱岗敬业、勤俭节约、奋发图强。

石　　磨

　　很久没有吃到用石磨碾碎的米粉做成的糍粑和荡皮了，这些土特产，在超市或者是商店是根本买不到的，超市、商店所能够买到的是机器设备生产出来的年糕和米粉。用石磨碾碎的米粉做成的糍粑和荡皮，由于其是纯手工操作，费时费力，劳动效率低，人工成本高，不可能进行批量生产，就连部分农民自己要吃这些东西，也懒得自己动手做了，到超市或者是商店买一些类似的东西代替而已。

　　上次回老家探望父母，一亲戚送我一些用石磨碾碎的米粉做成的糍粑和荡皮，让我十分感动。来不及等带回中山的家中吃，就在父母的家里煮着吃了一顿，解了一次嘴馋。父母亲见此状，微笑着摇摇头说我永远是一个长不大的小孩，还是几十年之前的口味，并略带歉意说，现在他们年纪大了，体力不支，再也不可能像以前那样，用石磨碾做糍粑和荡皮给我们吃了。我说"谢谢父母亲的养育之恩，你们年事已高，身体欠佳，这些体力活要做也应该是我们做的了，再也不能劳驾父母亲了。"说完，我问父母亲，家里的那个石磨还在不在？父亲告诉我，说在后院的杂屋里。我赶紧跑到后院的杂屋，打开门一看，儿时的石磨像一具文物，静静地躺在屋角的木架上，我走上前去，像见到了一位久违的老友，无比亲切。我轻轻地抚去石磨上那厚厚的灰尘，感慨万千。

　　石磨是祖先匠人，千锤万锤的敲打而成的，匠人有匠人的规矩和讲究，也有信仰，石磨阴阳分明，上扇石盘为阳，下扇石盘为阴，阴阳相合，阴阳是中国文化的基石，估计最初石磨匠人设计者，依据了阴阳的理念，构成了石磨的两扇，一扇像太阳，一扇像月亮，换言之，一扇像男人，一扇像女人。石磨，现在只有在农村的部分农家能够见到，大多数因时间的过迁都不在保留它了。偶尔在农家的不显眼处你才能发现。磨的结构很简单，就是两个团团圆圆的大石轮，上薄下厚抠在一起，中间有一柱心，上轮为公以柱心为圆，全圈上突约1公分的磨赤，下轮为母全圈凹下约1公分的赤沟，上赤下沟的相互来回压济形成合力助成一起，就构造成了我们说的磨了。石磨安放在架子上。上面的一块石盘正中央有一个圆柱形的孔，是放各类五谷用的，上面的那块石盘上捆上木架，人推着木棍转动，家中养牲畜的人家也是可以用其代替人力来推磨的，上面的磨盘就会不停地转动，下面的那块磨盘是固定不动的，再将一些粮食放到中间的那个柱形孔中，一会儿就从两块圆形磨盘中间出来一些谷物的碎状来。然后再把这些谷物的碎状反复研磨，最终就会生产出面来。而这个生产的过程就被称作"磨面"。后来人们发明了一种木制的"丁"字形工具，叫作磨担钩，借助这种工具，推磨人可以站在原地不动，只需推动磨担钩就可以使石磨动起来，

　　石磨在在过去的农村生活中，是一个很受欢迎的生产工具，但它并不是家家户户都有的。有时可能一两个小村庄才有一架石磨，如果需要磨面，是需要提前和石磨的主人打好招呼的。推磨是在过去农村生活当中必不可少的一件事，磨面、磨豆子不是一个人所能干完的活，有时则需要全家一起来完成，妇女们早早地把粮食或豆子洗淘干净，然后用水浸泡。我的老家常常用石磨碾碎五谷杂粮或豆子，将其磨成粉状，有的是带水磨，如做糍粑、豆腐、烫皮等，有的是晾干磨，如做煎饼等。几千年来，石磨被用来加工粮食，没有它的帮助，人们很难吃到细粮食品。石磨可加工各种粮食，如小麦、玉米等。主要是把原粗粮磨成细粉，供人们享用。三十年前，推磨在农家是最平常而又简单的工作，这种浪费人力的工作在农村延续了不知有多少年，直到八十年代初

期,引进了磨面机,这项工作就自然而然地引退了。石磨在人们的视线中渐渐模糊。

那个时候在家推磨叫干私活,不能占用白天到生产队上工的时间,又不像在企事业单位、工厂还有星期天,生产队可没有星期天这说法,所以每次推磨、摊煎饼也只能选择晚上或夜里进行。推磨是个非常烦人的差事,既枯燥又劳累,每次推磨都要用一两个小时,一圈又一圈的围着磨盘转,一年四季每次如此。"有钱能使鬼推磨",是民间的一句戏言。意即钱能通神,有钱能买到一切。这在封建社会"人字衙门朝南开,有理无钱莫进来"的时期,确能起到"通天"之效。经历了社会朝代的变革,"有钱能使鬼推磨"这极其腐朽的现象已得到很大抑制,但并未绝迹。"有钱能使鬼推磨",这虽然是民间的一句戏言,但也可以从一个侧面说明推磨的艰辛。

我家的这个石磨,它已经有一百多年的历史,是我爷爷的爷爷传下来的。农村长大的我,每逢过年过节,总能够看见父母亲推着石磨运转,用它磨五谷杂粮或豆子,做糍粑、烫皮、豆腐等之类的东西。有时是父母亲两个人一起推,父亲推着石磨,母亲拿着木瓢,把五谷杂粮或豆子倒到磨盘中央孔洞里,推了近一个多小时,把一箩玉米,磨得干干净净,父亲用手抓一把玉米粉籽说,今天我推的粉子好细哟!真来事,妈妈应答说,是石磨石齿磨细的,不是我往磨盘中倒的东西掌握得当,你推得细吗?厚面,父亲一阵哈哈大笑。有时是父亲或者母亲单独操作,不过那样是很辛苦的。

为了减轻父母的劳动强度,我也想学习怎样推磨。有一年的腊月,见到父母在磨豆子,准备做豆腐过年,母亲把事先已经浸泡好的豆子先倒上一小半,父亲准备准备磨杆开始推磨了。磨盘纹理一般是按顺时针凿制的,所以推磨应按逆时针转动。由于第一遍豆子的颗粒相对较大,出面少,推起来较轻松。等到推第二遍，面渐渐地出的就多了，磨也变的沉了，推起来就有些吃力了。我看了觉得自己很有必要学会，这样做能够帮帮父母，便央求说："妈妈，让我也来试试吧？"母亲开始不让，我再三恳求，她缠不过我，征求父亲意见，父亲犹豫了一下，说让我试试。于是，我站在石磨前，学着母亲的样子摆好架势，两手抓住磨钩，用力向前一推，把石磨的"耳朵"推到了正前方，我想拉回来，可怎么使劲也拉不回来，我真着急。父亲笑呵呵地说："你还小，还是让我来吧！"我歪着头，不服气地说："我今天就要学会推磨。妈妈，您教教我吧！"只见母亲把石磨的"耳朵"从正前方拉到左边，我使劲一拉，终于推动了石磨，但很费劲。母亲见此状，就对我说："你记着，推磨时要省力，就把磨担钩使得长点，你离开磨台越远，就越省力。不信，你就推一推试试。"后来我就照母亲指教的方法去做，果然没用多大劲儿就推动了。我一连推了十几圈，完全证实了母亲教的办法是管用的。父亲在一旁看见我一口气能推十几圈，说了一声不错，他还告诉我，仅有力气还是不够的，还要了解磨磨的一些性能，推磨刚开始不能推空磨。推空磨一是容易坏磨，二是磨盘之间没有一定的空隙，要磨的粮食也不会自动下去……将近两个小时的努力，我终于学会了推磨，虽然热乎乎的头上直冒汗，手掌也火辣辣的，全身也有点酸痛，但收获也多多。

《晋书·天文志上》："天旁转如推磨而左行，日月右行，随天左转。"石磨伴随人类走过了几千年，估计石磨是从石器时代沿用时间最长的家用加工器具。随着科技的不断发展，大约在上世纪八十年代，它圆满的完成了几千年的历史使命，退出了旧石器的历史舞台。现在人们已不在推磨了，推磨的烦恼已一去不复返了，过去的石磨已换成了电磨。隆隆的机器声替代了往日吱吱的石磨声，人们再也不用花这么大的功夫去磨面了，再也不用吃粗粮了，想吃面各大超市商店都能购买得到，各种精粉琳琅满目。

石磨也就渐渐地被人放到了一个不起眼的角落，甚至在人们的脑海中渐渐淡忘。似乎那种推磨的场景很难再能够见得到了，更重要的是，人们脸上在推磨碾压粮食时那种幸福的笑声也渐渐消失了。

　　老祖先从高山上推下的两扇石磨养活了人类很多年。石磨和推磨成了我儿时的美好记忆，深刻而难忘。磨盘和磨杠早已消失在历史的烟云之中，那不停转动的磨盘呦，那不停数着的一圈两圈三圈呦，我似乎激越的跳动在那小小的磨坊中，一直没有停下前进的脚步。尽管历史有时也是转圈，我们的世界也不会再是那小小的磨坊，生活中的磨杠也在不停的变换，但在我的心里，石磨总是神圣的，使人敬仰，石磨见证了历史，石磨也给我们的生活带来了阳光。

在那桃花盛开的地方

上世纪八十年代，有一首歌叫《在那桃花盛开的地方》，此歌经著名的男高音歌唱家蒋大为先生，在中央电视台春节联欢晚会上演唱之后，瞬间风靡大江南北，这首歌也是我平时最喜欢唱的歌曲之一。"在那桃花盛开的地方，有我可爱的故乡。桃树倒映在明净的水面，桃林环抱着秀丽的村庄，啊！故乡生我养我的地方……"歌曲意境中那种无比温暖的春天氛围，让人感动，同时，也被认为是中国社会各界解放思想、走向繁荣的其中一个风向标。

蒋大为先生演唱的《在那桃花盛开的地方》指的是中苏边境珍宝岛的桃花林。1969年寒冬，珍宝岛自卫反击战不久，沈阳前进歌舞团的创作员邬大为与魏宝贵到中苏边境珍宝岛前线体验生活。在采访战士时突发灵感，可是当时由于"文革"的文艺专制，无法创作此类抒情歌曲。直至1980年，铁源和邬大为等人到辽宁丹东的一支边防部队采风，正赶河口地区桃花盛开，铁源与边防战士一起巡逻在桃林旁，不禁被这满树桃花给陶醉了，他们很快就写出了歌词，创作了《在那桃花盛开的地方》这首歌词。

其实，在神州大地有许许多多桃花盛开的地方，北方有，南方也有。在广东粤北山区连平县，每年的二月便是"二月桃花开，三月桃花红。"的季节。那年的早春二月，我与几位朋友驱车数百公里，来到了连平县上坪镇中村的桃花山，此处便是粤北著名的桃花盛开的地方。"十里桃花，万亩果园"，"二月赏花，七月品果"，每年二三月，桃花盛开之时，漫山遍野一片绯红。犹如陶渊明笔下"落英缤纷"、"鸡犬相闻"的桃花源。这里的桃花与其他地方有不同之处,别处桃花开是一片粉红,而连平桃花盛开确实满山遍野的绯红,非常明媚鲜艳,如风中火炬,又似东方朝霞。春暖花开,桃花山万亩桃花朵朵开,同行的朋友开玩笑说,身在此处说不定还会碰个桃花运。自古以来,桃花的情事从未间断。桃花太美,总被赋予人性,在描写桃花的诗词里,也总有若隐若现的可人的女子:"桃花窗外春意暖,桃花帘内晨妆懒。窗外桃花帘内人,人与桃花隔不远。桃花帘外开依旧,帘中人比桃花秀。花解怜人弄清柔,隔帘折枝风吹透。"花美若人,人怜娇花,花人相和,精妙如此,引人浮想遐思。曹雪芹把眼泪比桃花,胭脂鲜艳何相类,花之颜色人之泪,若将人泪比桃花,泪自长流花自媚。泪眼欢花泪易干,泪干春尽花憔悴。秦淮名妓李香君那把以她的鲜血画成的"桃花扇"引出的与侯方域哀艳凄美的爱情故事,则让人唏嘘不已。

　　桃花开,是朵朵竞相的开,满树都是,是争先恐后的开,百花齐放。桃树往往成林,桃花开处,一片粉红,这时你才真正感受到什么是风光旖旎,什么是春意盎然。桃花开,引无数彩蝶竞徘徊,蜜蜂成群飞舞,为谁辛苦为谁忙。若置身于桃林中,看着粉嘟嘟的桃花,闻着桃花淡淡的幽香,听着桃花的私语,感受桃花的争奇斗艳,这种赏心悦目,定会如痴如醉,心旌荡漾。手捧桃花,那细腻令人爱不释手;心念桃花,说不出的缱绻缠绵。桃花本无意苦争春,人们却情不自禁地前来观赏,桃李不言,下自成蹊。徜徉于桃林中,任花瓣飘落于怀,任水滴洒落于心,就这样乐此不疲,流连忘返吧。人面不知何处去,桃花依旧笑春风。醉人的桃花在春的微风里,我又看到了梦中的桃花。在这桃花盛开的地方,山不在寂静,水不在凝结底吟,鸟儿在舒展着翅膀,花儿开始斗艳。

　　桃花养人,人面桃花相映红,再丑的人在桃花的映衬下,也会变得俊俏。桃花怡人,再苦恼的人在桃花的感染下,也会烟消云散，笑口常开。人们如此迷恋桃花，千百年来，人们手摇《桃花扇》，吟唱《桃叶歌》，看《桃花朵朵开》，愿《三生三世十里桃花》……一朵桃花，能喜能忧，能爱能恨，一朵桃花，看似简单，却何其复杂。才从书卷抬头，却见桃花已挂心头。

我们在花海里徜徉了大半天，肚子里开始闹饥荒了。此时，一位嗅觉灵敏的朋友心情似乎特别的高兴，他笑嘻嘻地对大伙说"我闻到了一股诱人的菜香味。"大伙儿以为他在说笑，不以为然，谁知道他当真地说，前面不远处应该有一家农家乐餐馆，不信的话可以赌一赌。"他的话音还没有落完，又有一位朋友说他也闻到了茶香味，并且指出这种香味来自何方。大伙边走边聊，发现不远处的一户客家民居，门前摆放十几张桌子，大部分桌子边都坐满了人，看阵势是家农家乐的餐馆不假，于是，我们就直奔那户客家民居。

这户客家民居，古朴的青砖黛瓦，马头墙，高高翘起的屋檐。分两层居住，后堂很有特色：八字形楼厅，三面环廊，雕楼画檐；上有天井采光，天井后有牌楼式照壁，两旁装饰有雕绘；二楼有突出的围廊"美人靠"，据说以前媳妇姑娘们在此做针线活、拉家常。门楼、梁柱、窗户上雕的图案，飞禽走兽、花鸟虫鱼、山水人物丰富多变，寓意美好，显得意趣天成。精心设计，雕刻细腻，立体感极强，精心设计，在缜密的榫合中浑然天成。客家民居在汉民族当中是别具一格的，适应于保持和发展家族宗族制。闽粤赣交界山区山岭重叠，溪流密布，山水之间大小不一的盆地便于一村一族聚居。客家先民南迁时一家一族进行，来到以后形成血缘聚落，共同开发耕作。

我们刚一落座，热情的农家乐老板就帮我们冲茶递水，老板娘也走过来问我们准备吃什么菜？我问老板娘，这里有什么特色菜，老板娘立即回答说"这里全部是有特色的客家菜，连平属客家人聚居地域，这里的客家菜自成一派，美味叫人难忘。在吃的法则里，我们客家人有着自己的生活哲学。从远古时代赖以充饥的自然谷物到如今餐桌上丰盛的美食，连平人怀着对美食的理解，在不断的尝试中寻求着转化的灵感。一系列特色菜肴：东江盐焗鸡、客家"酿三宝"、娘酒醉河虾、咸香鸭、五指毛桃汤、八刀汤……"东江盐焗鸡"已是广东的一款名菜，是用鲜鸡烫盐焗制的方法现焗现食。八刀汤讲求原汁原味，选料讲究本地家养粗种的食物，没有任何污染的本地家禽与菜蔬，这与连平一带保持生态环境良好有着重要的关系。"兼容并蓄、风姿独异"的客家饮食文化，让更多的人能品尝到蕴含客家饮食文化精髓的老火靓汤……"

呵呵！老板娘她说了一大通，我感觉她不像是一个餐厅的老板娘那么简单，更像是一个美食家。经过了解，这位老板娘的确是不简单，不但是一位大学生，而且还曾经在深圳的一家大酒店做过几年的餐厅主管。经老板娘这样详细的介绍，我们的味口真的被她吊起来了，我们一口气点了八个菜和一个汤。有东江盐焗鸡、客家"酿三宝"、娘酒醉河虾、咸香鸭、油炸鱼等，还有老板娘特别推荐的八刀汤。这几个菜和汤色香味俱全，使我们食欲大增，一个小时后，几乎是被我们一扫而光。席间，这家农家乐餐馆还安排了一男一女两位客家歌手，为在这里就餐的食客们献唱了几首客家山歌，"阿哥阿妹来来来，桃花看唔尽，酒菜吃唔没……"客家山歌悠长嘹亮，与酒菜浓香混合成一体，溢满围屋，溢满桃花山。毫不夸张地说，这些或雅致、或俗俚、或温柔、或高亢的菜式，经历了千百年陶冶，本身就如同一阕阕吸风饮露的"如梦令"，他们所打造的风味和对营养的升华熠熠生辉，并且形成一种叫做文化的部分，不断传承。

本来是吃完饭就要启程返回，这里不仅桃花留人，美食也留人，大伙儿都感觉到游兴未尽，十分有必要在此停留一晚。连平县城是当地美食的集散地，于是，在返回的途中，我们决定在连平县城停留过夜，找了一间酒店安顿休息了一会儿。晚餐我们决定吃吃连平县的特色传统小吃，经当地一位朋友介绍，九重皮是连平县的特色传统小吃，他告诉我们，在市区一些大排档式餐馆找得到。并简要介绍了九重皮的制作工艺，把籼米放在水里浸泡，米浸泡后然后磨成浆，往米浆里加入适量的盐、油、香料，然后把锅里的水烧开，摆上蒸笼，铺上垫布，就可以把米浆均匀地倒在垫布上蒸熟。蒸熟一层再加一层浆，再蒸，如此反复多次，直到九层，一共九层，每层的厚度都要很均匀。而最后一层上面还要撒上香菇末、虾米和葱花。蒸好后，切成菱形小块。我们按照当地朋友的推介，来到了老城公园西路的一家档口吃九重皮。果真名不虚传，味道又鲜又香，吃起来很爽口。

在连平那个桃花盛开的地方，我们游览了两天，虽然时间比较短暂，但收获却不少，既看到了宛如从天上飘落下来的一大片红绸缎般的桃花，又品尝到了惹人嘴馋的客家美食，还能欣赏到那客家山歌，闻到那厚重的客家民居的人文气息。哦！桃花从诗经周南里而来，从崔护的诗篇款款而来；从陶渊明的梦想中悠然而来。桃花盛开的地方，是你的故乡，也是我的故乡，桃花盛开在神州大地，神州大地都是我们可爱的故乡。

木棉花开

惊蛰，农历二月节。《夏小正》曰：正月启蛰，言发蛰也。天上的春雷惊醒蛰居的动物，蛰虫惊醒，天气转暖，渐有春雷。丁酉年的惊蛰，可没有听到雷声，并且惊蛰前后天气是两重天。惊蛰前，气温回升，春光明媚。惊蛰后，阴雨绵绵，还有一丝丝寒意。

尽管天气变化莫常，可珠三角的木棉花与往年一样，照常盛开。惊蛰前，那太阳暖洋洋的，它伸出漫暖的大手，摩挲得人浑身舒坦。微暖多情的春风，真切地让人感受到了一股浓浓的春的味道。木棉花也在春姑娘撩人的笑脸面前，开满了枝头，花儿火红火红的，为枝干镶上了大片大片的红云。中山城乡的很多地方都种有木棉树，街头巷尾，鱼塘涌边都能见到她们的倩影，一些交通主干道也将木棉树当绿化树。特别是离我住处不远的地方，生长着一棵古木棉树，据老人们说这树已经有一百多年的历史了，它的树冠特别高大挺拔，密茂的花朵火红火红的，鲜红地那般惊艳那般摄人心魄。盛开的花朵把整丛树冠燃烧得如霞似火，映饰着过往行人的眼帘，象是在呼唤人们，感受她那缤纷的丰姿醉人的情怀。歇脚这古木棉树下，踏着凋落满地的木棉花朵，舒吸阵阵沁人心脾的花香，陶醉飘逸的心境，便有着一种"心静渐知春似海，花深每觉影生香"的感觉。一切红颜尘世的烦忧随风飘散淡忘。

这些日子，不论我是在乡村田野上散步，还是在驾车往返单位的途中，那高大挺拔的木棉树，以及大朵大朵的特别红艳动人的木棉花都会出现在我的眼前。五片拥有强劲曲线的花瓣，包围一束绵密的黄色花蕊，收束于紧实的花托，形成与白合花般大小的星状花朵，一朵朵都有饭碗那么大，迎着阳春自树顶端向下蔓延。木棉树开花与桃花一样，先是花苞呈满枝头，花儿盛开的时候没有绿叶衬托，也没有含苞待放的羞涩。木棉花开放时，豁然炸开的花苞形成三片匀称的花壳。花朵星星簇簇、红红艳艳地缀满整个树冠枝头，乍看整个树冠象是一位身披红袍的古代战将。然而，传说木棉花是古时夜郎国一位忠诚武将的化身，因木棉花它的树冠高大，并长有狼牙短刺，让人难以攀拆，只能观赏其灿烂的英姿，所以木棉花又叫英雄花。

　　木棉花由于有英雄花之称，连它的坠落也分外的豪气，从树上落下的时候，在空中仍保持原状，一路旋转而下，然后"啪"一声落到地上。树下落英纷陈，花不褪色、不萎靡，很英雄地道别尘世。木棉花为什么叫"英雄花"？因为它开得红艳但又不媚俗，它壮硕的躯干壮，顶天立地的姿态，英雄般的壮观，花葩的颜色红得犹如壮士的风骨，色彩就像英雄的鲜血染红了树梢。木棉树的枝干"有如尧时十日出沧海，又似魏宫万炬环高台。复之如铃仰如爵，赤瓣熊熊星有角。""浓须大面好英雄，壮气高冠何落落"，像一位保家卫国的边防将士，气宇昂轩背戟持枪坚毅顽强地挺立着，守卫着它脚下的这片土地，抑或是更辽阔的疆土。总觉得木棉身上有一种阳刚之美，无论是花，还是树。它没有柳树的纤纤玉姿，亦没有紫荆的婀娜曼妙，它是男性的象征，是顽强拼搏、奋发向上、坚毅担当的形象代言。就连花，也显现着一种刚毅之美。生，是那么轰轰烈烈，就连死，亦凋落得豪迈悲壮。木棉花选择在开得最炫烂的时候凋谢。丰腴硕大的花朵，在面临死亡时是那样的坦然！

　　世界上任何花，都始终逃不过凋谢这一关，再美丽也不能永远停留在枝头，木棉花也是如此。木棉花的花期只有十几天或二十多天。每棵木棉树的下面，都会飘落了一地的残花，一地落魄的红。似鲜血般的红，仿佛一吸鼻子便会嗅到满满一鼻腔的血腥味。花儿落光了，结出了一颗颗小果。黑色的倒卵形，有些光滑也有些粗糙，是木质的。成熟后，果实就会自动裂开，露出成堆成堆的棉絮，面对这些绵绵的棉絮，摸一下，软软的，比棉花稀疏，手被纤毛弄得痒痒的。木棉花儿开，木棉花儿谢，一切皆是大自然的规律，由不得树和花来改变，更不能由人来改变。木棉花不但花美丽，可以做药材，而且它的果实作用更大呢！花开时节叶落尽，我就喜欢木棉这个个性，有花落叶，有叶落花。等花凋零，绿叶满枝头。不需要绿叶的衬托，便能开出妖娆夺目的光彩。繁花殒地，返报于人。注视着地上那有如惊鸿一瞥般的浅红，我幽幽地竟想起李白那份"天生我才必有用"的壮丽与华美。自信有如醍醐灌顶般，盈满我的躯体，沁入我心扉，化作万夫不当的神勇。

　　历史上有许多文人墨客为木棉花留下了脍炙人口的诗句。有唐皇甫松的《竹枝》"木棉花尽荔枝垂。"唐李商隐的《李卫公》"木棉花暖鹧鸪飞。"明孙蕡《白云山》"木棉花落鹧鸪啼。"清黄遵宪《羊城感赋六首》"木棉花落絮飞初。"等等。但是我认为写得最好的还是五代词人孙光宪的《菩萨蛮》"木棉花映丛祠小，越禽声里春光晓。铜鼓与蛮歌。南人祈赛多。客帆风正急，茜袖偎樯立。板浦几回头，烟波无限愁。"这首词的意思为：木棉花开，春光大好。铜鼓蛮歌声中，忽见一帆，飘然而来，船上红袖偎樯，顷刻间消失在烟波江上。几番回头，令人不胜怅惘。这首词生动逼真地描绘出南国风光，具有浓厚的生活气息。清初著名诗人彭羡门的《广州竹枝词》"木棉花上鹧鸪啼，木棉花下牵郎衣。欲行未行不忍别，落红没尽郎马啼。"深得此词之意。

　　仰首木棉花树上，蜂戏蝶恋着木棉花的芬芳，灿烂的木棉花不时随风凋落，凋落的花朵不知是风的追求，还是树对花的不挽留，或许是陶醉于花中的鸟儿，在花丛中争枝嬉戏，不小心掠落花朵。凋落的花朵不时落打在人的身上，象是给人一种问候和祝福,令人畅快的心里浮想联翩,飘逸的心绪随着那明媚的春光,和煦的春风,以及那清婉的鸟语,飘荡于木棉树上的花心蕊中。

　　树跟人一样都有自己的性格,人会有不同的表达方式,树也会有不同的表现形式。喜欢木棉,不仅喜欢她美丽而富有个性的外表,更喜欢她会给予我内在的收获。木棉花硕大而红艳并不代表她妖娆,面对她时我感受到的是无限的朝气,年轻的活力。每一朵木棉花的绽放都意为着美丽的开始,也意为着生命即将结束,但每一朵花只要它能坚持着,从一个很小的花骨朵,经过岁月的洗礼开放在树枝的枝头,它就是一种成功,那怕有一天它凋谢了,我们也记得"落红不是无情物,化着春泥更护花"。人的一生也是否应该像它一样?无所为光阴的长短,但一定得把自己的青春燃烧过,或者是历经过风霜雨打,才感觉到不枉此生。

种　　树

　　每年的阳春三月，春光明媚，万物复苏，单位都会组织干部职工在植树节前后几天里去植树。今年也不离外，所不同的是今年安排的人数大大少于往年，只安排中层正职以上的干部参加，原因是本地区所需要种树的地方越来越少了，只有新增道路两旁才需要种树。我理解这样做也是一种实事求是的做法。惊蛰前，还是阳光灿烂，惊蛰后每天都是阴雨绵绵。那天一大早，我们一行浩浩荡荡几十人，开赴种树现场。今年种树的地点为一条新开通的城市主干道两旁，所种植树的品种为四季常青的秋枫，喜阳，稍耐阴，喜温暖而耐寒力较差，对土壤要求不严，能耐水湿，根系发达，抗风力强，在湿润肥沃壤土上生长快速。为热带和亚热带常绿季雨林中的主要树种。在土层深厚、湿润肥沃的砂质壤土生长特别良好。不到半天时间，几百棵树就全部种植完毕，返回单位。

　　实际上，我种树的时间是早于植树节的时间。近几年来，每年的春节回老家探望父母亲期间，我们兄弟几个，都会在父亲开垦的荒地上种植了几十棵杉树、松树，尽管成活率比较低，因为此块荒地是在离村子里不远的河边，这条河每年都会发洪水，我们所种的树大部分不是被洪水冲走，就是被洪水淹死，只有小部分能够成活。尽管如此，我们都没有放弃。最初是父亲带头在这荒地上种树，当时我们很不理解父亲的做法，都不赞同父亲开荒种树，认为得不偿失。而父亲说："这些地原来都是些良田，由于水利设施建设滞后，洪水泛滥，河道经常变换，使这些良田变成了荒地，很可惜，我现在将其开垦起来，种上一些树，能活多少算多少，这样做一方面能涵养水土，另一方面又能增加一点财富。同时，栽下一棵树，无论什么材质，无论什么品种，都带着希望，含着理想，用翠绿装扮着美好家园。"父亲的一席话，给我们很大的启示，在父亲的影响下，我们兄弟几个也加入到了荒地种树的行列。到目前为止，在成活的几十棵树当中，最早种的松树已经长到一个成年男人的高度，我望着这些自己亲手种植成活的树，心里很有一种成就感。

一般的来说，树木生长期较长。种树不是种菜或种稻子，种树是百年的基业，不像青菜几个星期就可以收成。除了人工浇水之外，树木还要学会自己在土里找水源。因为老天爷下雨是算不准的，它几天下一次？上午还是下午？一次下多少？如果无法在这种不确定中汲水生长，树苗自然就枯萎了。但是，在不确定中找到水源，拼命扎根，长成百年的大树就不成问题了。树根在地下蔓延，无所拘囿；枝在空中伸展，毫无顾忌。天然、率真，以几乎原生态的方式生长着，真实而深刻，粗犷而大气。不为潮流和概念奔命，不为浮喧和虚荣丧失自己。用千万枚叶的眼，看清世事，看淡风云。从容、优雅、诗意般地生长着，享受着生命应有的美丽和悲喜，也把这种精神和态度，智慧地传递。用不着热热闹闹地鼓噪，用不着急急惶惶地听命。因为树的本分，就是坚持好自己的位置，静静地生长，默默地贡献绿意，将鸟声聚拢，将天空唱晴。树的幸福，就是在无限生长的过程中，护佑身下的土地，让大地充满生机与活力。

常言道：十年树木，百年树人。一个人的一生，其幼年、少年的时候如同那幼苗，青年的时候就像初长成的大树，意气风发，斗志昂扬，青春勃发，热血沸腾。壮年的时候就像壮树，逐步走向成熟，创造了丰硕的成果，达到了事业的巅峰阶段，树也是这样，枝繁叶茂，叶子由绿转黄，枝头硕果累累，处处飘逸芬芳。老年的时候，宛若那沧桑的老树，人的年轮一年年，树的年轮一圈圈，都是多么的相似，常常令人深思默想。经历了一生的拼搏，经历了世事的艰难，人生经验是丰富的，收获颇多，只不过脸上刻下了岁月的瘢痕，显得满目沧桑。老树也是这样，从幼树一步步成长起来，收获了多少果实，不免有被岁月洗尽铅华之感，留下了岁月刻下的瘢痕，显出老态龙钟的样子，这就是人生如树的轨迹。

　　水一旦流深，就会发不出声音；树一旦长成，姿态便成为永恒。作为一棵树，也许它知道：生长是它的本分，遮阳挡雨是它的责任，安之若素就是它的宿命。正因为此，它才愈发粗壮茂盛，也赢得了人们对它的尊敬，在局限之中超越局限，无限地延展着生命。

　　树是有灵魂的，树干上突起的骨节，昭示着一些隐喻。树是有感情的，每一个花骨朵，每一枚果实，都有美丽的嘴巴，能说出深藏不露的密码。如果你在山上种了一棵树，你就可以眺望未来；如果你在河边种了一棵树，你就可以畅想未来；如果你在田间种了一棵树，你就可以收获未来。但只有你在心中种了一棵树，你才可以幸福未来。

　　不管是人工种植的树木，还是天然的树木，她们都默默地站在那里，扞卫着一方纯洁宁静的天地。尽量滤些外来的喧嚣与浮尘，吐纳出纯净的空气。让这个世界，因树的存在，有一道永不凋落的风景；因树的存在，还散发着自然、真实的生命气息。

藏　书

在出版社工作的一位朋友，知道鄙人喜欢买书藏书，将他们出版社最近出版的一套《方成全集》毛边本赠送给鄙人，鄙人十分感动。方成是我国三大漫画家之一，其他两位华君武、丁聪已经驾鹤西去，仅存方成一人在世，方成又是鄙人的老朋友，能够收藏到他的毛边本，自然是一件大好事。为此我还专门去市的书展购买这套书，可惜迟来一步，在书展上仅有八套毛边本出售，被两位藏书家瓜分了。我只好向出版社的朋友倾诉，朋友得知后立即将他所买的一套《方成全集》毛边本，赠送给鄙人，这着实让鄙人很感动。

我将这套毛边本带回家，往书房的书桌上一摆，五本墨香四溢的新书，赫然映入眼帘。翻开书的扉页，浓浓的书香扑面而来。对于热爱文字的人来说，书，无疑是最珍贵的礼物。面对着墨香四溢的新书，看着扉页作者那熟悉、遒劲厚重的字迹，我心中，一时感概万千。

中国是世界上最喜读书和藏书的国家之一，历史上留下很多读书的佳话。比如凿壁偷光、悬梁刺股、囊萤映雪，等等。稍懂常识的人都知道，无论萤还是雪，都不可能亮到让人看清书的程度。只是这些佳话蕴含的激励人读书的热情，我们都会感觉出。书中自有颜如玉，书中自有黄金屋，红袖添香夜读书，诸如此类的诗句，更是给读书蒙上浪漫的色彩。因而，自古就有书香门第、书香世家之说，出现过很多藏书家。据史料记载，我国私人藏书起于周代。秦汉之际，一些藏书家的收藏便已初具规模了。到了魏晋南北朝时期，由于纸的发明，藏书数量也大为增加，如此时的任昉聚书就超过了万卷,且多异本。唐代私家藏书在万卷以上者就有近20家,其中韦述、苏弁等人所藏达两万多卷,宋代雕版印刷大兴,刻书成风,私藏之风渐盛,明代更是愈见其烈,至清代则极盛。明清两代的知名藏书家多以千计,各家所藏动辄几万卷,甚至达到几十万卷。清代学者洪亮吉将藏书家分为五种:一是"推求本原,是正缺失"的考订家,二是"辨其版片,注其错伪"的校雠家,三是"搜采异本,补石室金匮遗亡,备通人博士浏览"的收藏家,四是"第求精本,独嗜宋刻"的鉴赏家,五是"贱售旧家中落所藏,要求善价于富门嗜书者"的所谓掠贩家。其实洪氏所说仍有偏颇,古代藏书家除了具有考订、校雠、收藏、鉴赏的功夫,许多人同时还是文学家、史学家、思想家、政治家和版本目录校勘学家,如赵明诚与李清照、元好问、杨士奇、王世贞、黄宗羲等人便是。

盛世收藏,乱世饥荒。古董、陶瓷、玉器、石头、字画、钱币、邮票等等受到青睐,是热门收藏品。而我的收藏,虽然较杂,但重点还是藏书。买书、藏书、读书,是我几十年人生岁月的一个重要组成部分,藏书,期间的乐趣简直是不言而喻。著名的藏书家、翻译家戈宝权先生总喜欢讲两句话。一句是"人是需要一点书香的"。另一句是"书与人同"。多年来养成的读书习惯、藏书习惯以及从事了多年的文字写作工作,个中的酸甜苦辣实在是耐人寻味细,当然乐趣是最大的。几十年来,买书、藏书已慢慢成为了我生活中不可或缺的重要内容,最终成为了嗜好。藏书规模也从最初起步时的几十册,日积月累,到几百册、上千册,以致发展到后来的数万册了。这些书大部分还是从旧书店、网店或者是古旧市场,以新书十分之一或五分之一的价格淘来的,有的还是以几元钱一斤买来的。这些旧书中大部分是大学或者单位的图书馆里的,小部分是私人藏书,大都有翻阅过的痕迹,甚至有些还有批注之类的文字,然而这并不影响我对书籍对阅读的喜爱。

作为"工薪"族,在市场经济物价日涨的现实中除了应付生活必需的消费之外,似乎没有很多余钱可以"额外消费",面对新华书店浩如烟海印刷精美装帧豪华而价格昂贵的书,有时候也只能是"望'书'兴叹"。但如果是自己十分喜欢的书,也会想方设法,倾其所有买回家中。

爱读书必爱买书藏书,将书视为最宝贵的财富。许多文人墨客都是这样。著名学者王国维称:"余毕生唯与书册为伴,故最爱而最难舍去者亦唯此耳。"他在十六岁时就开始自己购书,累积达万卷以上,其中多珍藏之本。王国维晚年在遗书中特地关照:"书籍可托陈(寅恪)、吴(宓)二先生处理。"在即将结束生命之际,唯一割舍不下的就是这些书了,可见爱书之心深切。鲁迅先生是个嗜书如命的人,在他的生活中,书籍占有重要的地位。鲁迅从十五岁就开始抄书、买书、藏书。鲁迅的藏书共一万四千多册。在鲁迅的中文藏书中,线装古籍占了很大的比例,另外还有八十多部完整的丛书。鲁迅藏书的主渠道,是他自己购买的,还有一部分藏书是托朋友购买,主要是通过曹靖华、陈学昭等人。当然还有出版社和著译者赠书。当时与他有关系的,如北新书局、良友图书印刷公司等,都将一些新印的书赠送给他。著译者赠送的,包括像胡适、林语堂、郁达夫、郭沫若、巴金等人,也将自己的书题字签名后送给鲁迅。

鄙人从小就喜欢读书,也喜欢买书。藏书是与读书紧密相连的,藏书的目的终归是为了读书。但有藏书嗜好的读书人买书时有自己的理念。多年的藏书使我养成了这样的习惯,总结起来是四个"不买",即:一是不买没有收藏价值的书,一部书只是读读而已,了解一些内容,掌握一些信息,没有收藏价值,那我则去图书馆借来读读即可。二是不买书品不好的书,当然古旧书除外,同样一种书,出版社不同,版本不同,印刷成本不同,装帧形式不同;一旦决定买,我则一定要买书品好的版本,哪怕是价格多少高一点，经久耐读，读完还可以收藏的。三是不买礼品书，一些出版商为了盈利，出了很多大套的礼品书，追求大制作、大包装，在一些大宾馆礼品店和机场的书店比比皆是。这些价格昂贵的礼品书不是给人读的，多是用来做装饰、充门面的；金玉其外，败絮其中，看着包装很好，但质量及书品却很一般，有的还没售出包装已经坏了。四是不买盗版书，有些热门书或是电影剧本一经出版及放映，盗版书就会随之而来，字小、纸次，甚至错字连篇，货不真价不实。

藏书人读书，喜书，爱书，把书看作宝贝中的宝贝。考虑到收藏的价值，以及日后使用时的方便，就需要考虑到书的版本和印次问题。按照出版时间的顺序，大致可以分为最初版本，修订本和绝版版本。许多初次发行的书籍，会对书中内容有比较详细的概括和介绍，通常印数也较少，其后出现的修订本纠正了原书中的某些错误之处，也同样比较适合收藏。有些出版商为了维护自身利益，通常不会明确指出哪本书是以后不再发行的绝版书，所以要购买到有很高收藏价值的绝版书是非常困难的事情，要在旧书摊上仔细搜索才有可能找到。有些精明的出版商会根据读者的不同需求，对同一本书进行重新装帧或改动。作为专供人们收藏的珍藏版书籍大都采用精装本的方式，用纸和印刷通常都会比较考究，但是售价非常昂贵，很少会有个人问津。也有对于原书中实用意义有限的部分章节进行删改的缩略本，由于内容缩水而降低了收藏价值，只具有部分的用途。对于售价不是太高，通用性又很强的流行版本，也可以进行选择性的收藏。藏书，且不说要有典籍的搜集，就是把书籍长期妥善保存到后世，也是极难做到的。藏书既要有学问，还要有收集书籍的财力和能力，以及藏书的防水、防火和防盗的知识和技术。

天下之书，汗牛充栋，人生苦短，只能有选择性地买书、读书。我的藏书品种有点杂，哲学、社会科学、自然科学、连环画等类别都有，但以文史书籍及文学作品居多。如：《中华私家藏书》、《新世纪万有文库》《大不列颠百科全书》《中国通史》《资治通鉴纲目》《白话二十四史》《中国百科大辞典》《四书五经》《五千年演艺》《中华文明五千年》《全唐诗》《世界文学名著文库》《外国文学名著精品》《海外流传藏书》《红色经典小说》《莎士比亚全集》《鲁迅全集》《中国古典名著珍藏本》《珍本中国古典小说十大名著》《中国现代文学名著丛书》《中国历代散文精品文库》等，散性的文史书籍大约也有一千多种。此外，连环画大约有一万多册，上世纪五、六、七十年代的时政杂志，文革期间出版发行的文学作品和政治文献也不少，没有具体的统计。还有就是一些长辈和文友赠送的书，虽没有花钱，可她的价值是无法估量的，尤其是他们的题赠本蕴藏着一定的纪念意义和收藏价值。

　　藏书不是为了附庸风雅装潢门面，在鄙人看来，好书就像一坛老酒，一壶清茶。藏之愈久，品之愈香。人们用读书来倾听，用写作来倾诉，用藏书来积淀。我的这些藏书，来源的渠道各不相同，却给我营造了一个浓郁的书香氛围，成了我生活中不可或缺的内容，我之所以沉缅其中，就在于他的无穷乐趣。并从中悟道藏书是为了更好的读书，如果只藏不读，那就和那些附庸风雅、装饰门面的政客之流没什么区别了。莎士比亚说："生活里没有书籍，就好像没有阳光；智慧里没有书籍，就好像鸟儿没有翅膀。"读书是如此美好的一件事，在读书中收获快乐，在读书中悠然成长。品读自然，看日升月落，听陌上花开。身体到达不了的地方，心灵可以轻松到达。不必昂贵的机票，不必曲折的路程，指尖轻轻翻动处，便纵览千山万水，阅遍人间景致。看一看极地千年不化的雪，观一观赤道四季不歇的雨；闻一闻梨花沁人心脾的甜，嗅一嗅瓜果成熟诱人的香。四时流转，地域变迁，都在一页一页的纸间换了容颜。读诗观史，与古人握手，任思绪驰骋，上下千年。一卷诗词,万赋韵致,墨逸几许芳醇。夜色阑珊,寂静宁然,谁人月寄思语缠绵?遥想当年周郎英姿飒爽,运筹帷幄;思忆岳鹏举精忠报国,壮怀激烈;感叹红军不怕远征难,万水千山只等闲。往事越千年,看兴衰成败,演尽多少群雄逐鹿,沧海桑田。读哲理故事,品味生活的酸甜苦辣,开启生命的智慧之光。沉醉里,不知蝴蝶梦庄周,还是庄周梦蝴蝶。遥想中,感悟着生命不能承受之轻,体味着人性的脆弱。一卷卷书就像一泓泓深邃的哲理泉水,帮我学会了悦纳当下,不徒增心灵的烦恼;让我知晓了时间不过是恒河里的一粒沙,学会了在成长的岁月中轻吟浅唱。

　　有学者主张不要读"那些没有经过时间淘汰的书",多读经典书籍。没有经过时间淘汰的书,犹如河底的河沙,随手能抓一大把,永远不知道哪是珍珠。一位著名作家曾对我坦言,他平时经常收到一些业余作者赠送的新书,但他从不翻看,往往过不了多久,这些书就到了废纸箱。不是他看不起这些不出名的作者,实在是精力有限,没有时间读。而这些书,又毫无收藏价值,当废品的命运自然难以逃脱。读书和藏书是两件既有联系又有区别的事。读书是把书中写的东西复制在大脑中,并把它们和其他知识联系起来分析思考,从中悟出一些道理;藏书是把印成的文字保存起来,让它们保存到以后久远的年代,虽是"束之高阁",却可留待后人去享用。如果没有读书人,也就不会有书,没有书也就不可能有藏书。如果只有读书和写书,而没有藏书,典籍也就不能流传后世,后世的读书人也就无书可读。藏书是学习研究与文化传承的需要。藏书也是藏书家充分领略美好人生、沐浴快乐生活的手段。

　　在藏书的过程中,经常会听到这样的声音:"将来的图书馆可以装在一个手提包里""现在网络这么发达,图书已经数字化了,还有必要买书么?"而我始终这样认为:只要有人类在,就会有文明在;只要有文明在,就会有图书馆在;只要有图书馆在,就会有纸质图书在，而且短时间内，几十年甚至几百年不会被其他形式所替代。现在盛行网上图书和电子图书，既解决了读书的需要，也免除了藏书之难给读书人带来了很大的不便。即便如此，古书和典籍还是要收藏的。它们传承的不仅仅是文字，而且是向千年积淀下来中国文明。纸质图书与电子图书和数字图书同在，我的首选永远是纸质图书。

藏书的圣地自然是图书馆，民间私人藏书只是一个藏书的补充。图书馆是一本记载着许多回忆的厚厚的书籍。图书馆是一片由书汇聚成的海洋，这里翻涌着书的浪花，总会伴随着柔柔的轻风带来一阵又一阵的书香之气。在这里，我们可以翻阅着那一本本的带着淡淡墨香的文字写成的书籍。在字里行间找到另一个不一样的世界与自己。这里的安静会让你放下以往的忙碌，以往的喧闹，以往的烦恼……我想那种沉浸在书海的感觉是任何一种事物都无法取而代之的。在这里我们可以任自己的思想情绪在字句组成的海洋里畅游。

我们大多数人是做不到收藏万卷书，阅读万卷书，行走万里路，但我们可以收藏自己的最爱，可以在读书中去领略自然的美丽，感受造物的神奇，可以到达人类灵魂的彼岸，可以找到摆脱愚昧的捷径。人生是一种体验，快乐也好，伤心也罢，得意也好，失意也罢，都应该去细细地去品读玩味，这样的人生才算是完整的。

牧 鸭 人

　　寒露刚过，市农业局的一位副局长带着畜牧科的几个同志，来我区了解鱼塘养鸭的一些情况，我陪同他们一行，来到我区一处比较大的鱼塘养鸭场，听了养鸭场场主的介绍，市农业局的几个同志，纷纷点头称赞说好！说这是农民增收致富的一种好方式。我望着在鱼塘中，嬉戏追逐，扑腾着翅膀的鸭子，它们嘎嘎地叫声召唤着我，引我回到妙趣横生的童年放鸭生活。

　　老家是一个典型的江南盆地，盆地周边有很多小山丘，盆地里是大片的水稻田，小溪小河众多，还有一些湿地。小溪小河畔、鱼塘边苇林丛丛、水草茂盛，田螺、河蚌、小鱼、小虾等水产品十分丰富。上世纪六、七十年代，那个时期的农村实行集体经济，以生产队为核算单位的生产经营方式，严格控制村民们饲养家禽，否则就是资本主义的尾巴，就要被割掉，甚至会批斗。虽然经常割资本主义的尾巴，但村民们还是冒着风险，少量饲养一些鸡鸭鹅等家禽，以此弥补家庭收入的不足。我家也不例外，记得有一年，母亲从集市上买来了十多只小鸭子饲养，平时饲养任务是由母亲完成，星期六星期天以及学校放假，饲养鸭子的任务就交给我了。小鸭比较好饲养，开始只是让其在家门前的鱼塘和稻田边的小水沟里活动，待其翅膀长出硬羽来了才赶至小溪小河及鱼塘里吹风淋雨。放牧时，我还常常会用小铁锹挖来蚯蚓，或从水沟里捡来田螺及河蚌砸碎，或抓来青蛙煮熟拌着剁碎的青菜等喂食小鸭。大清早起来，我还会根据小鸭们大便的成色和稀硬程度判断小鸭子是否生病了。经常请教一些有饲养经验的长辈，掌握了一些鸭子常见病的治疗方法，即一般的病用车前草治疗，老家的乡田野间，到处都生长车前草，通过实践，我认为是医治鸭病的一味特效药。有此经验，三天两头我便会扯来一大把车前草捣碎掺在鸭食里进行喂食。这样一来，我喂养的小鸭几乎从来没有生过什么大病，只只健硕有力，长得也特别快。初学牧鸭，小鸭们常常不听我的"命令"。无奈之下，我只好窝着嘴唇，学着大人们驯鸭的老办法，用喊叫声对小鸭们进行调教。比如："啼啼，啼啼"——是呼叫"集合"，"嘘嘘，嘘嘘"——是呼喊"停止前进"，"哦嗬，哦嗬"——是催促"快走"……小鸭的生理特征是身躯内只有一根肠子从头通到尾，俗称"直肠子"，消化能力极强又快，特别贪吃。常常是小鸭们刚吃饱不到十来分钟，转背又会"嘎嘎——嘎嘎"地发出饿了的呼叫……这时，便是驯化它们的极好时机。我常常高举着鸭食，吆喝着号令，只要哪只小鸭不听我的号令，就决不喂食。久而久之，小鸭们基本上也就都能令行禁止，听我的指挥了。

那年的暮秋，我正上初中，生产队刚刚收割完晚稻，某一天，恰好是星期天，按惯例我将家里的鸭子赶往收割完的稻田里，此时，在我们生产队的农田里，出现了一个庞大的鸭子群，少说也有几百只，有白色的、灰色的，还有一些花色的，场面十分壮观。我从未见过一次性这么多的鸭子，心里感到很惊奇。为了防止我家的鸭子同那群庞大的鸭子混在一起，我将自家的鸭子赶往一个水草比较茂盛的鱼塘，而不是往稻田里赶。这时，一个五十来岁的男人大概也是这群鸭子的主人向我走过来，他似乎看出了我的心思，操着外地口音慈祥地对我说："小朋友，把鸭子放在稻田里来吧！你的鸭子是不会同我的鸭子混合在一起的，请你放心。"我似信似疑地回答说："是吗！""你尝试一下看看，如果真的混在一起分不清你家的鸭子，我愿意多送几只给你。"听那男人这样一说，我将在鱼塘里嬉戏的鸭子赶到了稻田里。果真，我家里的鸭子没有与他那庞大的鸭群混在一起。这位牧鸭人，我们老家称之为"放广鸭的人",他在我们生产队的农田里放鸭的时间大约有一个多月,我连续几个星期六和星期天都是与他在一起放鸭,并且几乎成了一对无话不说的好朋友。他告诉我:他是湘中人,姓刘,他们那里人多地少,他是在为村集体放鸭子,他们那个生产队在经营粮食生产的同时,为增加集体收入,也兼抓副业的生产。他还告诉我一个秘密,要我不要告诉任何人,我一直将他的秘密藏在心里。他说家里很穷,为此他超标准饲养了几十只鸭子,一并随集体的鸭子一起外出放养,这样做风险十分大,要是被大队干部知道了,后果极为严重,轻者把自家的鸭子没收充公,重者挂牌游街示众。他说他牧鸭已经有五年了,每年开春后,他们这些牧鸭人就到孵化厂清点鸭苗,把鸭苗运回到自己的村里,在村前的水塘边搭起一间鸭棚,然后用竹篱围起一个圈,圈子内水面和陆地各占一半,让鸭子自由地下塘喝水、洗毛或到岸上梳理羽毛或者打盹。那时市场上还没有卖专门制作的鸭饲料,他便从生产队领回大米,将大米煮成米饭,然后把剁碎后的小鱼小虾或螃蟹和米饭混杂一起,带腥味的饲料小鸭喜欢吃,小鸭子们吃得脖子歪歪地便下水游泳了。到了晚上,便把小鸭赶上岸,集中在棚子里干燥的地方,棚里点上若干个马灯,一是保温,二是防老鼠,因为老鼠见到光亮就不敢出没,整晚鸭棚总是亮堂堂的。为了防止其他动物的侵袭,晚上牧鸭的人都要轮流守候。为了保证圈养场地的净洁,10天左右得变换一次场地。鸭子一天天长大,喂鸭的饲料也不断变换,幼鸭阶段喂米饭,然后变换到喂煮熟了的谷子,当发育到中鸭的时候,就可以直接喂生谷子。待鸭子翅膀长出硬羽后,不再圈养了。这时的稻子正是扬花期,鸭群赶到稻田里会影响水稻的产量。炎热的夏季来临,这时的鸭子已长成了肉鸭。收割后的稻田是一片丰富的牧场,稻田里有水稻扬花期养肥了的小鱼、小虾、田螺等,还有收割后田里掉落的稻谷。稻田里食物丰富了,这段时间几乎不再给鸭群添饲料。牧鸭场之后就选择在沼泽地，那里的小鱼小虾、藻类是他们最好的吃物。牧鸭和牧羊同样有类似之处，如果这一带沼泽地的吃物被鸭子吃空了，就要转换牧地，鸭棚是牧鸭人的家，随着牧地的改变，棚子也不断地搬家，棚子虽然简陋却能避风雨。每年的秋冬时节，他便将鸭群赶往外地放养，他听人说，我们这里是鱼米之乡，于是第一次来到了我们村牧鸭。

刘姓牧鸭人，我与其混熟之后称其为刘叔，鸭子在他的放养下，似乎都成了"乖孩子"。有一次，我见到刘叔胸前用长麻绳吊着一只铁皮口哨，手中举着一杆特制的长柄鸭锹，驱赶着一大群黑压压的鸭子，一会用鸭锹甩着泥巴指挥鸭子们赶到刚收割完的稻田里抢食；一会拿起胸前的哨子"嘀嘀——嘀嘀"有节奏地吹着，或者是"嚆起——嚆起——"的呼赶声，将吃饱了的鸭子领至河滩上，或集合"开会"，或集体"洗澡"……他的神态极像一个指挥千军万马的将军，在农村，牧鸭人常被人们叫成"鸭司令"。当我听到刘叔这位牧鸭人"嚆起——嚆起——"的呼赶声的时候，我不禁笑容爬满脸，而心大概也开始在欢笑着了吧？那些慢吞吞在水面上飘浮着的鸭子，在牧鸭人的呼唤声中会想起些什么呢？它们应该会扬起钻入水中的长长的脖子，侧着小巧的头，眨巴着圆圆的小眼睛，然后慢吞吞地紧赶慢走，游到主人特意为它们营造的小屋里去的吧。那里会有主人撒下的许多青绿的菜叶子，在它们享受到了一天的晚餐之后，在天色暗下来的时候，它们便静静地相互偎依着，陷入香甜的梦乡，梦里应该也会有一片片嫩绿嫩绿的菜叶子的吧。白天，刘叔这位牧鸭人穿着农家自编的蓑衣戴着斗笠，为把鸭群赶到吃物丰富的滩涂，手持着杆子，杆子的顶端系着一块红布条，不停地吆喝、吹口哨，等到鸭群集中寻吃时，他就可以到河边舀来清澈的河水，洗锅淘米，就地挖个坑，这算是不花一分钱就能享用的灶台了，安下沙锅生火做饭，可谓是真正的风餐露宿。夜晚，皓月当空，万籁寂静，广袤的田野上唯能听到的是劳累后牧鸭人的鼾声。

随着养鸭数量的增多及养鸭时间增长,刘叔对鸭子常见疾病的了解和医治,可以与兽医媲美,一般的病他一看就知道怎么样才能治好。他牧养的鸭子成活率达百分之九十几,每年农历腊月二十四,也即小年之前一定回家,将这些羽翼油亮,肉坚皮嫩的鸭子,赶往集市上出售,一年的柴米油盐钱,甚至小孩子上学、过年的新衣服钱都能够解决。这日子过得也慢慢地逍遥自在了。

童年放鸭子的生活和巧遇刘叔这位牧鸭人一事,已经过去了几十年,可是,每当我看见放鸭人,就会想起刘叔这位外乡牧鸭人,想起他告诉我的秘密。

菜园里的那墙牵牛花

　　工作闲暇之余，鄙人喜欢舞文弄墨，喜欢与文友打交道，还喜欢与书籍、花鸟鱼虫对话，喜欢搞点体力劳动。这不，那年的春天，鄙人屋前朋友的一块准备建房之地闲置在那里，太太说：你问一下你那位朋友，我们能不能够在他那块地上种点菜，反正他闲也闲置在那里，没用。我后来打电话给那位朋友，朋友很爽快地说，这块地你种菜就种菜吧！他也暂时不会用的。接下来就是付诸行动了，将闲置地的杂草清除，找人运了几车肥沃的塘泥，用了几个双休日，平整塘泥，然后用砖块、杂木棍、竹子等构筑成栅栏围墙，将平整好的几块泥土围起来，分别种上辣椒、茄子、黄瓜、韭菜等蔬菜。哎！你还不要说，一个像目像样的菜园就出现在人们的眼前。

　　菜园里的蔬菜在鄙人与太太的精心打理下，长势良好，一行行的，碧绿整齐，像古人的五言诗。时不时地会出现一些如，蚂蚱、蝈蝈、蝴蝶、蜻蜓、蜜蜂、椿象、萤火虫等小动物，惹人喜爱。清明节一过，菜园里的栅栏上便出现了牵牛花，一朵，两朵，三朵，只有几个清晨的时光，就爬满了栅栏，整个栅栏就成了牵牛花的墙。我觉得很奇怪，因为鄙人现居住地，方圆数十里也未曾见到过牵牛花，倒是儿时在老家常常见到。春天来的时候，牵牛花满山遍野都是，叶子象莲花叶子，它没有拽蔓的时候，可以当菜吃，很好吃，由于能当菜吃，所以我对它也就记忆特别深，也有一种特别感悟。牵牛花它最多的时候，就是在田野了，由于它缠包谷，危害着庄稼吧，在没有拽蔓之前，就化作幽魂祭庄稼了，至于说在路边上，地塄上的牵牛花，也就生存了下来，它特别能开花，每一叶的根处都有一朵小花，很漂亮的。牵牛花总是迎着朝阳绽放。它们没有浓郁的花香，淡淡的，从不张扬。

　　记得那年读小学三年级，也是在家里的菜园里的竹篱笆墙上，长满了开着紫蓝色的牵牛花，当时我采摘了几朵牵牛花夹在语文课本里，上语文课时我开小差，抚弄牵牛花，被老师发现了，我心里十分紧张，以为老师会狠狠地批评我，谁知道老师走过来，拿着我的书本里的牵牛花，不但没有批评我，还居然讲起了有关牵牛花故事来。他说：牵牛花，也叫喇叭花，很好看的花儿，蔓很长，啥时不冷，它总是在长，花儿总是在开。牵牛花，朝开午谢。蔓总是在伸延，当大地一片冷漠的时候，它还给大地一点绿色，生命力极强的，它是野花，在人们的眼中，是不足为惜的，如果把它比拟作生命中的人时，这种顽强的活着，倒是感动的让人流泪。在晴朗天气的夜晚，天上有两颗耀眼的星星，一颗是牵牛星，另一颗是织女星。牛郎织女为中国古代著名的民间爱情故事，从牵牛星、织女星的星名衍化而来。很久很久以前，牛家庄的一个孤儿叫牛郎，依靠哥嫂过日子。嫂子为人刻薄，经常虐待他，他被迫分家出来，靠一头老牛自耕自食。这头老牛很通灵性，有一天，织女和诸仙女下凡嬉戏，在河里洗澡，老牛劝牛郎去相见，并且告诉牛郎如果天亮之前仙女们回不去就只能留在凡间了，牛郎于是待在河边看七个仙女，他发现其中最小的仙女很漂亮，顿生爱意，想起老牛的话于是牛郎悄悄拿走了小仙女的衣服，仙女们洗好澡准备返回天庭，小仙女发现衣服不见了只能留下来，牛郎于是跟小仙女织女制造了邂逅，后来他们很谈得来明白了各自的难处，织女便做了牛郎的妻子。婚后，他们男耕女织，生了一儿一女，生活十分美满幸福。不料天帝查知此事，派王母娘娘押解织女回天庭受审。老牛不忍他们妻离子散，于是触断头上的角，变成一只小船，让牛郎挑着儿女乘船追赶。眼看就要追上织女了，王母娘娘忽然拔下头上的金钗，在天空划出了一条波涛滚滚的银河。牛郎无法过河，只能在河边与织女遥望对泣。他们坚贞的爱情感动了喜鹊，无数喜鹊飞来，用身体搭成一道跨越天河的彩桥，让牛郎织女在天河上相会。玉帝无奈，只好允许牛郎织女每年七月七日在鹊桥上会面一次，喜鹊也会在身边。以后每年的七月七日牛郎织女都会见面了。圆状的花瓣中，汇成白色的漩涡，那是银河另一畔的织女，泪聚成了流泉，浇灌出地上的牵牛朵朵。交织的藤蔓，是老实的牛郎对不能相见的恋人最深切的思念和渴望。醉人的深渊色，早已染尽了相思罢……

　　从那时起，我上课基本上不敢开小差，一有开小差的念头，就会出现语文老师拿着我书本里的牵牛花，讲牛郎织女故事的情景。到现在细想起来，这位语文老师的确让人敬佩，语文老师不但学识渊博，寓教于人，而且还在那年代，敢同我们这些小学生讲牛郎织女的爱情故事。虽然那时我们年幼，不懂得什么是爱情，但是，从此我们知道了天上有牵牛星和织女星。

　　到了夏至时，蔓拽满了我家菜园那堵栅栏围墙的牵牛花，藤叶更加茂盛，繁花似锦，引来了蜜蜂，招来了彩蝶，还有说不上的小小鸟。牵牛花，她总是很安静的盛开，小心翼翼。怕惊动趴在一起的七星瓢虫，怕影响轰鸣的蜜蜂，怕打扰夜空里絮语的星星。朝开夕落，是它们珍藏的秘密，虽然短暂，但它们欣然。每当我欣赏它时，像喇叭一样的牵牛花，摇曳着她那灵巧的身技，好象在向我招手，为我吹着感人的旋律。阳光照射下，篱笆墙边，一朵朵牵牛花开的正旺。红的、粉的、白的、紫的，大大的喇叭开始诉说生活的欢畅，圆圆的嘴巴尽情呼吸清晨的芳香，片片绿叶在迎接出生的太阳，一条青藤连接着绿叶、鲜花，蜿蜒流淌，又像一条小河自由的蔓延。露珠站在花中，晶莹剔透，亭亭玉立，象名贵的珠子，趁着夜深人静的时候，偷偷站立,当太阳照射的时候,又偷偷的溜走,躲在绿藤的下面。有青蛙或蚂蚱偶尔跳过,惊得花枝乱颤,就像秀女一般羞涩含蓄。牵牛花的枝蔓青嫩温柔而坚韧顽强,花儿恬淡高雅而隽永秀丽,就像那朴素可爱的村姑,在田野里小路旁欢快地起舞。微风吹过,圆圆的蓝,圆圆的紫像一群少女舞动旋转的罗裙。当秋风扫过或在百花凋谢的雨后,那些牵牛花还在顽强地开放着,把芬芳淡雅的梦,送向遥远的天边。去感染蓝天飘动的流云。

牵牛花的朴实、坚强,引发起许多文人墨客的感叹万千。宋代诗人刘錡的《鹧鸪天》"竹引牵牛花满街,疏篱茅舍月光筛"。北宋文学家秦观笔下的牵牛是一位仙女下凡"银汉初移漏欲残,步虚人倚玉栏干。仙衣染得天边碧,乞与人间向晓看。"南宋著名文学家、爱国诗人杨万里笔下的牵牛变成了一位扶着竹篱远眺的村姑:"素罗笠顶碧罗檐,晚卸蓝裳著茜衫。望见竹篱心独喜,翩然飞上翠琼篸"。宋代诗人林逋山把牵牛写成一位多愁善感的少妇"圆似流钱碧剪纱,墙头藤蔓自交加。天孙滴下相思泪,长向秋深结此花。"现代作家、革命烈士郁达夫先生却把牵牛分出了高低:在《故都的秋》里他说"我以为蓝色或白色者为佳,紫黑色次之,淡红色最下。深以为然,虽然枝叶繁茂,可是,牵牛到底不是热闹喜庆的花,唯有深蓝或白色才略显寂廖之意。"我却最喜欢紫黑色的牵牛,那是一幅天然的水墨画。有"优秀的语言艺术家"之称的叶圣陶先生,在他的《牵牛花》里写道:但兴趣并不专在看花,种了这小东西,庭中就成为系人心情的所在,早上才起,工毕回来,不觉总要在那里小立一会儿。渐渐地,浑忘意想,复何言说,只呆对着这一墙绿叶。他说,牵牛花的顽强生命力,应该是赏花人的一种共识,高雅之士如此,村野之夫也如此。

牵牛花是平凡普通的,她没有牡丹的艳丽,也没有荷花的高雅,更没有玫瑰的香艳。所以,人们不会刻意的种植她。尽管如此,她从没有计较过人们对它的漠视,而是靠自身顽强地繁衍着生命。每年当春风抚慰大地,春雨滋润万物之时,那些以往遗落草间的种子,便会默默地发芽,默默地钻出地面,默默地长叶,默默地开花。默默地从春一直走到秋。不管土壤多么贫瘠,不管是否有人管她,更不管环境多么险恶,只要有一点它的立足之地,就能顽强地生长着。一朵一朵,一串一串,不懈地追求着。相互地鼓励着往高处攀爬、往远处延伸。足迹过处,便拖出一串串阳光下生命的颜色。她不卑不亢,淡定从容。从不羡慕其他花草的名贵,不羡慕其他花草的艳丽。不羡慕其他花草的高雅。牵牛花出自草根,饱经风雨,锻炼成为无比坚强、无比高雅、无尚崇高的品质。它努力抗争、承受,在残酷的环境中成长壮大,直到有一天吐芳争艳,引来繁花似锦,伴随春华秋实,牵牛花才依依不舍地离开,于是又默默无闻,潜心修养,在寒冬中开始孕育阳光明媚的春天。

　　牵牛花是纯洁的。世人都说莲花是出淤泥而不染,其实牵牛花才真正称得上高傲纯洁。你看,牵牛花虽然出身卑微,但它从不气馁,从不自怨自艾,是要有土有水有阳光,它就顽强的朝着太阳的方向生长。藤条连着绿叶,映衬着鲜花,一片连着一片,一朵连着一朵,那样地有节奏,那样的有秩序,团结一心,努力生长。牵牛花的生命力又是极强的,每年从五月开始,到十月底结束,整整绽放六个多月,期间,随着一朵牵牛花的凋落,另一朵牵牛花又开放了,牵牛花每天都在成长,那满眼的绿呀满眼的花,白的纯洁,紫的诱人,迎来了无比灿烂火热的夏天。

　　我喜欢牵牛花,喜欢牵牛花的平凡;喜欢牵牛花的纯洁。牵牛花的生命成长过程,很象一个普通人的生命,牵牛花的生命是脆弱而又是顽强的,为了生命的延伸,在那儿都开花,在那儿都生长,只要气候适宜,有一点点土,就能保存住生命,人何尝不也如此呢？那儿有水有土地，就在那儿住下来，繁衍子孙，传崇接代。只要你不畏艰难险阻，坚定不移地朝自己既定的目标去努力，希望就会向你招手，就如牵牛花。虽然生命短暂，却以最美最灿烂的一面展现，因此这一生，它无怨无悔。

红军长征走过的那座山

乙未羊年的夏天，我休年假在家整理平时购买的一大堆书籍，一位在湖南桂东工作的老同学打电话给我，盛情地邀请我去桂东走一走。他说："桂东山青水秀，空气清新是一个难得的避暑胜地，又是苏区、革命老区，还有一个中央红军长征走过的一座山八面山……"等等，他最后说了一句话，说我喜欢研究历史，桂东是井岗山革命根据地之一，大有文章可做哟！他的这句话的确起到了"激将法"的作用。之前他也邀请过几次，都因事务繁忙，没有成行，看来，这次我是要下定决心，去一趟桂东了。

第二天，我便背上行囊，踏上了去桂东的征程。经过一天的车程，终于在傍晚时分抵达了桂东，我与老同学差不多有十多年未见面了，见面他说的第一句话是"我终于把你请来了。"他说这句话使我感到很不好意思，好像我有点不通人情似的，不管怎么样，相聚就开心一点。他把我安顿在一家宾馆后，带我去他家吃晚饭，他说他夫人为我准备了一桌地道的当地风味菜，喝上几杯乐一乐，果真，当晚我们都醉了，以至于第二天很晚才起床，差一点就耽搁了去八面山的行程。于是我们匆匆地洗漱、用餐，老同学还叫上他的几位朋友，一起驱车前往八面山。

我们的车大约走了一个多小时，到达了八面山的山脚下，司机将车停放在一个停车场，我们一行便沿着一条石板路，向山顶进发。边走边聊，老同学十分自然地向我聊起了八面山，他说：八面山有山八面，以此而得名，古谚"八面山，离天三尺三，人过要低头，马过要去鞍；一线猿猱路，险如蜀道难"。主峰海拔2042米，为湖南省第二高山！八面山是以纵谷脊岭为主的高山地貌,最低海拔 860 米,最高主峰为 2043 米。高山耸峙,气势雄伟,层峦叠嶂,林海苍茫。清代桂东知县洪钟的诗《过八面山》描述的那样:"峭壁万仞鬼斧劈,鸟道飞悬不盈尺。驱走怪石开鸿蒙,奇幻天生倚空碧。一峰未过一峰横,上天入渊心担惊。饥鹰掠人昼厉吻,哀猿啸侣夜深鸣。平生游历境不到,疑汝凿开混沌窍。胸中五岳森峥嵘,对此何能夸奇奥。百里雷封万笏山,青骢黄绶白云间。但愿五都厚风俗,人心人面莫与此山竟孱颜。"八面山的惊、险、奇由此可见一斑。在闲聊中,我们不知不觉地爬上了半山腰,老同学建议休息一下,于是大伙儿便座在几块大石头上休息。我站在一棵大树旁,向远处眺望,尽收眼底的是浓荫馥郁,溪流碧潭;耳畔响起的是流水淙淙,百鸟啼鸣;云景杜鹃漫山遍野,一片绚烂,扑面而来的空气夹着鲜花和泥土的芬芳,让我这个慕名远道而来的"驴友"感慨万千。山宜远观,远观方可见其型,见其连绵悠远之美。山如眉黛,隐而绵长。近如排闼送青之客,远若美人描画之眉。山也可近观,近观则见其雄伟之势,感叹造化之功。高耸入云,譬如擎天之柱;浑厚难知,更是凡尘精灵。山之美如斯,山之壮如斯。

未来桂东之前,我对八面山的了解是,此山是中央红军长征在湘南翻越的主要山岭之一。毛泽东长征诗词首作《十六字令·山》,首段"山,快马加鞭未下鞍,惊回首,离天三尺三。"写的即是长征入湘处湘南著名的八面山。伟人毛泽东为此词作注:湖南民谣:"上有骷髅山,下有八面山,离天三尺三,人过要低头,马过要下鞍。"毛泽东反其意而用之,表达了红军"不下鞍"的坚强乐观革命精神。汝城是中央红军长征入湘第一站。五岭(大庾、骑田、萌诸岭、都庞、越城)是红军长征在湘南翻越的主要山岭。毛泽东还浓彩重笔地把湘南山岭写入《七律·长征》,畅吟"五岭逶迤腾细浪"。想着想着,我便情不自禁地朗诵起毛泽东的两首长征的诗《十六字令·山》,《七律·长征》,老同学以及其他人见我朗诵起诗来，都跟着我一起朗诵，仿佛就像一场诗歌朗诵会。放松了一会儿，大伙继续往前走，目标是八面山主峰。

走了大约个多小时，我们到达了八面山主峰，老同学的一位作家朋友走过来，主动向我介绍起来，他说："八面山主峰八面悬崖峭壁，危石耸立，沟谷纵横，形成了鸡心石、金鸡叫天门、天宫神印、仙牛腾云、铜锣圈、小石林、小溪等极具观赏价值的自然景观，区内气候宜人，生态环境清闲幽雅，动植物资源丰富，各种古树名木、异兽珍禽、琪花瑶草充斥其间。春季，杜鹃花漫山遍野，相思鸟情满其间；夏季，山顶的柳叶箬草翠绿如茵，软如绿毯；秋季，红叶似火焰，尽显"层林尽染"的秀丽景象；冬季，玉树琼枝，犹如千树万树梨花开，呈现一派粉妆玉砌的世界。"我也有此感觉，穿行在峰峦幽谷之中，汪汪碧波与涓涓细流相通，溪依山流，山依溪转，地形各异，泉水不同，如瑶琴低诉，似鼓瑟齐鸣，若玉带飘荡。"山得水而活，水因山更幽"，多姿的水流给八面山以生命与活力。漫步其中，有"无山不绿，有水皆清，四时喷香，万壑鸟鸣"的美妙意境。山水是天地间最美的两种事物。闭目凝神，感山之静觉水之清。山清水秀，瞑然兀坐，凡尘俗世尽随山风而去，故古人云：念与山野同寂，悲喜何由上眉梢。山间之机曲何其多也，闲来坐忘磐石上，天地尽属蜉蝣。尘心顿华，心与自然同在，身与天地共存。我站在山顶，环顾山的四周，仿佛看见当年中央红军长征走过这座山的情形，红军将士他们个个斗志昂扬，精神焕发，充满革命激情，秩序井然地从这里走过。老同学的作家朋友还告诉我，八面山还有一茶马古道，可惜现在找不到了。相传古时有几位秀才打这条路往省府赶考，为了缓解旅途的疲乏，相约每隔十里吟诗一句："一十高龙仙，二十牛市冒青烟；三十槽里穿山谷，四十青冈不见天；五十龙渣水淼淼，六十苗公走上天……"诗中所描叙的就是当年这条古道上的情景。文者早已仙逝，而诗谣至今仍在民间口口相传。

八面山不仅是中央红军长征经过的一座山,不仅是山青水秀、空气清新的避暑天堂,还是一个革命圣地,是接受革命传统教育的理想场所。深处八面山腹地的桃寮村是湘粤赣红军游击支队在桂东活动旧址,有"红军村"之称,1928年,毛主席在桂东沙田万寿宫颁布《三大纪律·六项注意》后,经八面山到四都宿营,播下了革命火种。八面山区内的桃辽也有"红军村"之称,1928年,该村19户60多人中有17名青年参加了红军。1934年在此建立了红军长征后湖南的第一个苏维埃政权,1936年中共西边山区委会会部曾设于此,村内先后有46人为革命献出了生命,1934年至1949年,八面山革命斗争连续不断,是三五九旅南征北返宿营地,1934年红军独立四团在八面山阻击牵引敌人,掩护肖克、任弼时指挥红六军北上,王震曾在八面山一举歼灭国民党第九战区第五工兵团。抗日战争时期,美国空军飞虎队飞机在与敌机战斗中坠毁在八面山。

　　八面山,它从悠远的历史中走来,历经多少个世纪的风雨,显得既古老又年轻。它目睹了多少个世纪的变迁,铭记着历史的兴衰。近年来,八面山保护区注重自然生态与红色文化相结合,以奇骏山水为依托,以村容村貌整治为载体,保护和修缮革命活动遗址,大力开发生态观光、休闲度假、探险旅游项目,完善旅游配套设施建设,打造融自然风光、红色文化和民族风情于一体的旅游综合模式。远足八面山的"驴友"劳累了,可随意挑选八面山的12家家庭旅馆,享受桂东人热情且具民俗特色的"农家乐"服务。而今的八面山村已被评省级生态示范村,八面山景区内鸡心石、金鸡叫天门、天宫神印、仙牛臣云、铜罗圈、小石林等自然景观让"驴友"们大饱眼福。八面山林海中21种国家重点保护野生植物、43种国家重点保护野生动物,让喜爱科考的"驴友"流连忘返。

　　总有一首歌,让我们泪流满面;总有一座山,让我们魂牵梦绕；总有一席教诲，让我们蕙质兰心；总有一次邂逅，让我们彼此温暖。"长征是宣传队，长征是播种机!"红军宣传革命主张，为贫苦老百姓谋利益，因而得到了老百姓的理解和支持。红军长征经过八面山时，八面山的百姓为红军带路，供应食宿，安置伤病员，还有一些百姓参加了红军。八面山因是山青水秀、空气清新而获得"避暑天堂"的美称，因是井冈山革命根据地而载入红色历史史册，更因是中央红军长征经过的一座山而闻名于天下。

山的存在是一种情怀。山的情怀是深沉的，因为他稳重；山的情怀是丰盈的，因为他敦实；山的情怀是豪迈的，因为他坦荡。山之久，其与天地共存；山之美，其自然无尘垢；山之静，其无欲无求。虽然古诗曰"八面山，离天三尺三，人过要低头，马过要去鞍；一线猿猱路，险如蜀道难"。但八面山的情怀是用八面山的精髓写就的，八面山的情怀在于无限风光在险峰的昂扬奋进。

蟋　　蟀

　　暮秋时节，秋意愈浓。聒噪了一个夏天的蝉，此时早已销声匿迹。秋在瑟瑟的虫鸣中、在芬芳的桂香中翩然而至。凉风习习，秋高气爽，金桂飘香，秋是一年中最舒适的季节。某日，我与几个文友聚会，席间喝了几杯小酒，微醉，回到家中便呼呼进入梦乡。睡至半夜酒精散去，却没有一点睡意，便悄悄地起床，喝了一杯凉开水，从卧室来到院子里，坐在鱼池旁的椅子上，欣赏夜色。

　　夜静悄悄的。一轮圆月把她皎洁的月光毫无保留地洒向我家的院子里，也洒向大地的每个角落。她温情地像一个姑娘柔软纤细的小手抚摸着大地的每个生灵，一切在月光的抚摸下安静地睡了。突然，一声悦耳的叫声唤醒了昏昏欲睡的我，哪来的叫声？竖起耳朵细听，"唧唧，唧唧，唧唧唧，"这不是蟋蟀的叫声吗？好久违的声音！小时候，在乡下的墙角边、草丛里常常能听到，可从住进钢筋水泥的楼房后，真的很难听到了。这叫声如此真切，难道蟋蟀来我家安家了？慢慢起身，循声找去，声音来源于杂屋旁的一堆红砖里。为了不打扰她唱歌的雅致，我又蹑手蹑脚地回到椅子上，闭上眼睛聆听这非丝非竹的音韵。这音韵虽有些单调，但却很悦耳动听，给静谧的夜平添了几分温馨与生机。而在月凉如水的夜晚，倾听蟋蟀的歌唱更是一种妙不可言的享受。

　　"唧唧，唧唧，唧唧唧，"蟋蟀不停的叫声，引我回到了童年的时代。蟋蟀在我们老家叫"灶鸡"，因蟋蟀经常会出现在农家的灶台周围而得此名。那时每当夏秋的夜幕降临，那躲在老屋砖缝、泥墙根儿里或草丛、瓦砾等等一切废墟中的蟋蟀们，就开始"嘟嘟"地喧嚣；此起彼伏，远近呼应，宛如有形的暮色交响。村子里的男孩们便会在周末的傍晚，纠集三五成群，潮流般涌向某个角落的碎砖烂瓦，像找金矿似的，把胜过一切的趣味，倾注于这希望的瓦砾。男孩们拿了手电、油灯或者蜡烛，轻轻地游荡开来。凭那叫声，便能分出是非优劣。那高亢、激越，似金声玉振般悠扬悦耳，气贯夜空如筝箫奏鸣般动听者，定是一员虎将；相比之下，不叫则已，鸣若敝帚击破缶，声声凄厉如泣如诉者，绝非尤物。此谓听其声。悄悄翻开一块砖头，还需屏住呼吸，力提丹田；若笨手笨脚，即便能看见蟋蟀，你也是抓不着的，还会遭到同伴的奚落甚至呵斥；再给你一次机会，仍旧抓不着，或因手太快，劲太足，把那光屁股的"土渣子"捻得粉身碎骨，那就会在一个迅疾的表决之后，亮你的红牌；还说你属锅饼的，靠边儿贴。最后，极有可能在瓜分战利品时，分给你一两只拣剩的老弱病残；要么是折一条腿，要么断一根须，至少也是缺"了一管枪"的赖蟋蟀，一如对你的处罚。

　　有一次，我抓住了两只蟋蟀，兴奋得一晚上也睡不好觉，心里总是想着怎么样才能将这两只小精灵侍候好。第二天一大早，我便找到了两个小玻璃瓶，将抓来的那两只蟋蟀分别放入玻璃瓶内，在玻璃瓶内放点菜叶，将玻璃瓶盖钻一个洞，给蟋蟀通气。那两只蟋蟀相貌各异：一只周身翠绿，玲珑剔透，全须全叉，偆俍可爱，恰似青春俊男、戏中小生，我将其简称为"小生"；一只粗蛮孔武，一身黑亮的盔甲，一对长长的触角，加上又尖又细的尾巴，仿佛是一位可爱的披着黑色衣服的战将，直如鲁莽壮汉、舞台花脸，我将它简称为"花脸"。一个小伙伴建议我将它们放入一个玻璃瓶里，看它们打架，小小伙伴的建议被我第一时间就否定了，因为两只来自不同地方的蟋蟀在一起，肯定会斗得死去活来，伤痕累累，甚至死亡。我将它们分别放在两个玻璃瓶子里,分别编上号码,一号玻璃瓶是安放周身翠绿的小生,二号玻璃瓶则安放褐锈斑驳的花脸。我把安放有蟋蟀的两个玻璃瓶放在一间杂屋南窗外,面对的是一棵槐树,浓荫蔽窗,风舞婆娑。置玻璃瓶于窗外,那蟋蟀似乎也极惬意,鼓翅竞鸣,喧闹一片生气。二部重唱中,花脸就像浑厚而嘹亮的男高音,那仪表堂堂的小生则有点相形见绌了。我发现两只蟋蟀唱歌的时候翅膀会不停地挥动着,这是为什么呢?我上学的时候去请教一位上自然课的老师,老师告诉我;"蟋蟀的歌声是通过翅膀的摩擦发出的。"原来蟋蟀会唱歌的秘密在于翅膀啊,我恍然大悟。平日,我将一些菜叶、瓜果之类切碎塞进玻璃瓶中,小生常稍作犹疑,旋即饕餮大嚼。花脸则视而不见,你守在笼边,它绝不吃食。半月之后,小生似已极适应笼中岁月,一副志得意满的样子。花脸却是显得焦躁不安。一天早上,我刚起床,只听见从杂屋的南窗边,传来一声"咣当",我赶紧地跑过去,一看,不好啦!安放花脸的玻璃瓶被一只猫碰了一下,掉落地上摔烂了,花脸乘机出逃了。气得我直追打那只惹是生非的猫,谁知道那只猫跑得很快,我怎么也追不上它,只能作罢。还好,那个安放小生蟋蟀的一号玻璃瓶还在,我赶紧将其转移至安全的地方,我的卧室的书桌上,免得再发生什么意外。

　　有着小生之称的翠绿蟋蟀,照常地吃喝拉撒地居住在一号玻璃瓶里,每天吃了唱、唱了吃,只是体态渐渐滞重,鸣声也渐渐喑哑。冬至节那天的早上,我一起床,便发现小生蟋蟀僵卧在一号玻璃瓶里,它死了,我伤心极了,一连几天感觉菜饭不香,心事重重。我把蟋蟀悄悄地埋在那个我曾经捕捉它的地方,一田埂边的石头缝里,堆上一捧泥巴,心里边说了一句话,"对不起,小生蟋蟀,我没有照顾好你。"从此,我再也没有去抓过养过蟋蟀了。

　　养蟋蟀、斗蟋蟀,在我国有着悠久的历史,有人甚至提出了"蟋蟀文化"这一概念。早在两千五百多年前的《诗经》中就有《蟋蟀》之篇。"蟋蟀在堂,岁聿其莫。今我不乐,日月其除。无已大康,职思其居。好乐无荒,良士瞿瞿。""六月莎鸡振羽,七月在野,八月在宇,九月在户,十月蟋蟀入我床下"之咏,那个时候,人们就已经观察到秋季转凉,蟋蟀入堂的自然规律。汉朝初期成书的《尔雅》,把蟋蟀释解为蜻,亦写作蛬,蛬是指蝗虫一类的昆虫。汉魏时期,人们称蟋蟀为吟蛬,即善于吟叫的蝗虫。魏晋时代,则常称蟋蟀为促织,亦称之为趋织。其音皆与今俗称之名蛐蛐相近。促织、趋织、蛐蛐的得名都是因为蟋蟀的鸣叫之声而起的。蟋蟀的鸣叫声,在不同境遇的人们心目当中,往往能引起不同的感受。古代的妇女们听到蟋蟀的鸣叫声,就会想到秋气转凉,仿佛蟋蟀的鸣叫声是在催促她们赶紧织布,缝制寒衣了。深宫佳丽、异乡游子们听到蟋蟀的鸣叫声,就会感觉着其声如泣如诉,切切凄凄。杜甫就曾经触景生情的感叹吟咏:"促织甚细微,哀音何动人!"从训诂学角度考虑,促织、趋织、蛐蛐皆为同音转化而来。人们从蟋蟀的得名可知,这小小昆虫之所以能引起人们的兴趣,起初并非因为它们好斗,而是由于它们那悦耳的音乐般的鸣叫声。贾似道作为一代权相,斗蟋蟀误国,落得个千古骂名。然而,他作为斗蟋爱好者,却总结经验,编写了世界上第一部关于蟋蟀研究的专门著作——《促织经》,堪称中国昆虫学研究的开创者之一。贾氏《促织经》原著今已不传,现在见到的是明人周履靖的续增本。全书洋洋万言,详细地介绍了捕捉、收买、喂养、斗胜、医伤、治病、繁殖等方法。清代文学家蒲松龄也曾写成一短篇小说,名《促织》。是一部描写民间百姓为了生存,在这小小的蟋蟀身上演绎的一曲血泪篇章。济公斗蟋蟀的故事更是大家耳熟能详。在我国民间,人们十分喜欢斗蟋蟀,秦汉始、唐宋兴、明清盛,古时从王公贵族到平头百姓,爱好者甚众,皇室更把名虫悍将列为贡品。雅如苏轼、黄庭坚、倪云林皆好此道。传承至今，除了"蟋蟀之都"山东宁阳泗店，全国各地都有斗蟋爱好者，尤以京、津、沪、穗最众。

蟋蟀，是我童年时代好伙伴。时至今日，每当夏秋的夜晚，我都渴望在自己的住所，经常能够欣赏到那些藏匿在暗处的蟋蟀们"唧唧，唧唧，唧唧唧，"的声音，因为这声音，仿佛是蟋蟀们提着弦琴上场了，一首首清新悦耳的轻弹漫唱，缓和了一天里烦躁的心绪，在这舒缓微妙的弦乐里，吾辈的心情得到了净化，灵魂得到了升华，枕着这缓缓流淌的乐曲，好像陶醉在母亲的摇篮曲里，甜甜的，美美的，进入了那香醇的梦乡里。"蓬蒿门巷绝经过，清夜何人与晤歌？蟋蟀独知秋令早，芭蕉正得雨声多。"这是陆游与蟋蟀的知遇之诗，我没有诗人的才情，却有一腔欣喜，一份浓浓的乡情荡漾在胸中，让我的灵魂在美妙的合唱声中升腾至遥远的故乡，回到那一方熟悉的青草地，那永远温暖我的农家灶台。青涩的时光里，是那声声清越的弦乐陪伴我度过了欢快的少年时光，纵然没有了茅草屋，泥灶台，但是，那美妙的弹唱声却永远的定格在我大脑里的一隅，都在世俗那混沌的嘈杂声中脱颖而出，涤荡着我的灵魂。

蟋蟀的寿命很短暂，只有三到四个月时间，自立秋至冬初，最迟到冬至左右都要寿终正寝。生命虽如此的短暂，但她却是勤劳不辍的歌手，用不倦的歌声让生命无悔快乐的绽放。在夏秋的夜晚，即使是没有一个听众，可她依然一丝不苟地歌唱者，不为别的，只为了那份单纯与快乐，只为了那份宁静与淡泊。没有掌声，没有鲜花，甚至都没有听众，可她的歌声依旧嘹亮，依旧动听，依旧可以震颤我们的心扉。歌唱是她生命的常态，因为在她的生命字典中歌唱是唯一的词汇。和这个短暂的生命相比，我不觉有些惭愧，我们的生命字典中承载着太多不可承受之重：金钱，名利，地位，鲜花，掌声等等。要的太多，歌唱的心情就没了，取而代之的不是没完没了的抱怨，就是看破红尘的叹息。其实，我们完全可以像蟋蟀那样，放下那些太多的不可承受的东西，快乐的歌唱，快乐地生活。小小蟋蟀哟！你铺垫了梦的温馨，丰富了梦的色彩，给人欢乐，给人喜悦。

去瑶家山寨看万山红遍

那年的深秋时节,霜降刚过,一位是瑶族身份的亲戚约我一起去他的老家,远在湘南一大山深处的瑶家山寨看万山红遍的美景。万山红遍这一美景,鄙人最初是在读毛主席的名诗《沁园春·长沙》里领悟到的,后来在长沙上大学,时常与同学们一道登岳麓山,在一个寒秋的下午,亲自体验到了看万山红遍的感觉。我想,这次亲戚约我去瑶家山寨看万山红遍,应该是另一种别有洞天的风味。

那天一大早,我与亲戚驱车从省城出发,经过三个多小时的车程,到达了湘南的一座大山脚下,亲戚提醒我说:"进入瑶家山寨的公路弯多路险,行车要缓慢一点。"我也明白,大山深处的公路肯定是弯多坡陡,因之前我也曾经驾车走过山路,对这些情况毫不陌生。此时,已经是快到中午时分了,天高云淡,秋风拂面。山脚下有的树木树开始变黄,泛黄的树叶,似乎依旧遵照那恒古不变的约定,漠然飘落;曾经昂然自得的花朵在秋风的轻抚下,各惜凋零。地上片片残碎,层层积叠的黄色记忆,显得有些沧桑,偶尔也有几片略显倦意的绿叶夹杂其中。我们的车沿着弯曲陡峭的盘山公路缓慢地前行,越往前走所见的枫树也越来越多,先是零散的几棵、十几棵,接着便是几十棵上百棵,最后是连片的枫树林。一丛丛,一簇簇,上帝好像把所有的红色都洒在了这一片枫树林上。只有少数的几棵树没有染红。许多枫叶都已经当过了蝴蝶,就连被风吹下来,也不分开,像小娃娃们抱在一起,好想有什么悄悄话想对对方说,安安静静地躺在地上,供人们欣赏。还有些枫叶,被调皮的风娃娃吹到了小溪里,随着溪水流去。经过一个多小时的艰难爬行，我们终于到达了山顶的瑶家山寨。古香古色的瑶家山寨，远比我想象的还要有吸引力。山里石头多，所以一些旧房子多是用石头和木头垒起的。格子窗，屋檐下挂着一串串的红红火火的辣椒，金黄色玉米，喜庆，乡野格调都有了。不过，现在出现了很多具有瑶寨风格的水泥钢筋混凝土结构的房子，颇有现代气息，在骄阳的映衬下别有一番韵味！当我沐浴在深秋的阳光里，呼吸着大山里特有的清新空气，听着满山的鸟语，闻着阵阵花香时，双手举起相机，我看到了什么啊！白云在清新的空气里飘游，阳光和树木在我身边展开一幅磅礴的画卷，远处的景色若隐若现，美伦美奂。

　　按常理，深秋是秋风萧瑟、干树落叶、万花凋谢的季节。这个时节的人们似乎总是敏感、多愁，北宋大文学家欧阳修的《秋声赋》曾有："盖夫秋之为状也，其色惨淡，烟霏云敛；其容清明，天高日晶；其气栗冽，砭人肌骨；其意萧条，山川寂寥。故其为声也，凄凄切切，呼号愤发。"欧阳修感受的秋天是悲凉、哀叹的秋声，而此时，我们驱车来到瑶家山寨时，站在那亲戚老屋的窗户边，向远处眺望，看到的却是大片大片的红枫树盖过了山头，而且是一个山头挨着一个山头，好像用针一针一线缝起来似的，找不出一点空隙，真正的"万山红遍"似乎在这里找到了答案。听到的却是来自朝阳日光、秋虫雀鸟、枝叶繁华的秋鸣。放眼望去山间满目的绿色中夹杂着片片红色的枫叶，不由得想起了杜牧的名句：远上寒山石径斜，白云深处有人家。停车坐爱枫林晚，霜叶红于二月花！一个"晚"字，用的无比精妙，因为夕阳晚照，此时，绚丽的云朵和红艳的枫叶才能互相辉映，枫林这时才显得格外妖娆美丽！深秋的瑶家山寨，红叶如火，层林尽染，登高远望，甚为壮观，景色十分迷人。也使我想起了国画大师李可染先生的《万山红遍》国画，此画作为李可染先生的代表之作，作品取毛泽东《沁园春长沙》之词意，气质雄壮豪迈。1964年创作此画时，正处于李可染大量写生后的理性思索时期，逐渐摆脱写生状态，把写实描绘变为抒情性的写意表现，画面物象经营布局具形式感，笔墨韵味也得到加强，既有严谨的刻意经营，又不失情感的自然流露。此画以墨作底，红为主调，强调"遍"字。以朱砂色铺陈整个画面，可谓大胆创新之举，使画面滋润明亮富有层次变化。如果李可染先生能来一趟位于这深山里的瑶家山寨，看到此时的连片的红枫林时，也许他的"万山红遍"的画作还会更美。即便是这样，李可染先生创作的《万山红遍》，在2015嘉德秋拍"大观·中国书画珍品之夜"举槌，以5800万元起拍，经数十轮的竞夺，最终以1.6亿落槌，加佣金共1.84亿元。此为金秋内地秋拍首件过亿的拍品。40多年前，荣宝斋花了80元把这幅约3.1平尺的《万山红遍》收入囊中，艺术品的魅力和升值空间无可想象。

我们向远处眺望"万山红遍"许久，亲戚说去吃中午饭，打断了我的沉思。我们在亲戚的叔叔家用了午餐，烤火肉、猪红香肠、野蕨糍、酿竹笋、大苋焖豆腐、苦斋鸡汤、香粳烤肉饭等等，全部是瑶寨美食，味道美极了。席间亲戚的叔叔，按照瑶乡的风俗，客人来了要喝酒，他给我们倒了几杯水酒，我向他解释了开车不能喝酒，得到了他的谅解，我的那杯水酒由亲戚代喝，因他不开车。亲戚的叔叔，几杯酒下肚，话语逐渐多了起来。他说："现在政策好，国家对他们这些居住在大山深处的少数民族没有忘记，花巨资修建了通往山里的公路，解决了千百年来，瑶家山寨人的出行问题，以前进出山寨要花费一天时间，现在通车了，一个多小时就可以了。国家还对他们进行扶贫开发，许多山里人都脱贫致富了"他一再说感谢政府，我从瑶族大叔的言语和表情中，深感党的富民政策很得人心。

饭后，我们走进了茂密的枫林中里，秋风刮下一片片枫叶，我捡起来仔细一看，小小的枫叶竟然是两种颜色，一面深红，一面金黄。抬头一望才恍然大悟：叶面朝上阳光照耀的那一面先由绿变黄再变红，朝下的那一面变色的速度肯定要缓慢得多。红得深浓，红得艳丽。单片的红如女孩脸颊的红晕，似少妇深情一吻的唇印。连片的红犹如天边早霞，又似临空彩虹。枫叶耐得起风霜，经得起秋寒，枫叶的颜色，遇风霜而更美丽。走在这厚厚的枫叶上，是那么舒服，那么亲切。靠在树边，闻着枫叶的清香，清香中还带着一点泥巴香。闭上眼睛，让微风轻轻拂着脸庞，多么舒服。不知不觉中就到了夕阳西下的时候了，夕阳把自己的光辉洒在了这片枫叶林上，这时候的树林和颜色是最柔和、最美丽的。这样的神奇色彩，恐怕只有上帝之手才能绘出。

　　我们开始了返回的路程，我们的车下了盘山公路，通过收费站之后，进入了通往省城的高速公路，沿途的城镇开始华灯初放了，看着车窗外高楼林立、万家灯火的城乡，此时此刻，我心里感慨万千，以至于快到省城了，还想着瑶家山寨那"万山红遍"的美景；想着那瑶家大叔招呼我们清香四溢的瑶寨美食；还想着那吃中午饭时，席间瑶家大叔的一番话。

又到秋收时

　　国庆节黄金周,利用难得的长假,全家人驱车五百多公里,回湘南老家探望父母亲。长途跋涉虽然比较辛苦,但一想到能看到年迈的父母,能看到家乡那种没有污染的田园风光,能呼吸到那新鲜的空气,什么辛苦都抛到九霄云外去了。回老家途中,既饱览了山青水秀美丽的风光,又领略了南方秋天的韵味。

　　南方的秋天,不是萧瑟的代言,一眼的绿意包裹,所有的花儿,似火,似画,争芳斗艳地盛开着,与其说是到了落叶知秋的季节,不如说是花开正艳,恰好时。南方的秋是静姝的、安宁的,它的到来几乎毫无预示,生怕惊扰了谁的美梦。它不声不响地出现在树间枝头,窗前檐下,躲躲藏藏的,像初涉人世不知礼数的小孩子,羞涩而胆怯的回避着人们的目光。在家里小住几天,几乎每天都到田间地头走一走,看看老家那百看不厌的田园风光,闻一闻带着泥土味道的稻花香味。此时湘南的景色,正值从秋分到立冬季节转换之际,透过寒露的频频催促,大地的鲜明色泽,已经逐渐由绿意转为黄韵。无论是生长于地表的稻子,或是高耸参天的树木,类皆如此。它们总是依循着四季循环的法则,积极地准备换穿黄色秋装。黄韵,是秋天的颜色,也是水稻的风情。从七月的水镜倒映、白鹭点妆,到九月秋分时节的淡黄薄敷,以至于十月中旬的黄泽扑地,水稻一生的风情,已在时光的不断流转之中,挥洒了一幅秋收、冬藏的图景。无论它是一次写实的田园即景,抑或是一幅抽象的印象派画作。

　　父母亲在自家的承包田里,种植了几亩水稻,每年两造。

起初，我们兄妹几个是坚决反对父母亲在年迈古稀的情况下，还种植水稻，一方面种植水稻是一个繁重的体力活，父母都是七、八十岁的老人了，且母亲近年来疾病缠身，不能从事体力劳动，另一方面，我们有能力抚养父母，父母完全不必为生计而操劳。加之种植水稻是一个费力不讨好的"亏本卖买"，实在是没有必要干这样的活了。我们每次回家都跟父母亲谈及这个问题，每次父亲都说："好！好！好！不种水稻了。"可是我们一离开老家，返回单位上班以后，他们仍旧种植水稻。究其原因，在去年的一次春节回家团聚时，我们又提出了这个问题，父亲讲了实情，他说："如果不种植水稻，干点农活，心里很难受。"我说："您们这么大的年纪，还从事这样繁重的农活，让外人怎么看我们？常言道养儿防老，您们辛辛苦苦养育了几个儿子，现在该是休养生息的时候了。"小弟为了不再要父母亲干种植水稻这类农活，提出要接父母亲去福州，同他一起居住。母亲不同意，她说去福州同小弟他们一起居住不习惯，哪里都没有老家好。我说将父母接到中山来住，父母亲说珠三角太热难受，大弟曾经尝试着接父母亲到郴州与他们一起生活，郴州离老家很近，只有几十公里，可是没有住几天，母亲又吵着要回老家了。父母认为，自己种植的水稻，不是为了卖，而是自己吃，吃起来比较安全。我们没有什么办法说服父母不种植水稻，只能想办法减轻父亲种植水稻的劳动强度，与父母谈好，犁田、插秧请人干，收割水稻请收割机，种植水稻的一切费用我们全包，父母同意了我们的要求。这样的话，父亲种植水稻的劳动强度就减轻了许多。

秋季是水稻成熟的季节。水稻赏秋而不恋秋，在秋高气爽的宜人季节中，一鼓作气地向成熟迈进。田野遍地一片金黄；树上的叶子，不断地改变着颜色，逐渐变成深红色、粉红色、淡红色、金黄色、浅黄色、淡黄色、橙色……呈现出五颜六色。

从初秋时的水稻开始孕穗、抽穗、扬花，稻花密密集集，层层叠叠，没有丝毫艳丽的色彩，张显它实在、朴素、内敛、沁人心脾、饱含希望。到金秋十月，天高云淡。饱满沉甸甸的稻穗垂下头、笑弯了腰。在轻柔秋风吹拂下，缓缓变换着自己的颜色，绿海逐渐变成了金色的海洋，和灿烂的阳光融为一体，为大地绘就了一幅迷醉人心的画卷。远望一望无际的稻田，风吹稻浪滚滚，恰似金色的海洋波浪层层叠叠。经历了春耕、夏育生长的稻田，一缕缕稻花香传来一份份喜悦，农家人把早已磨得锃亮的镰刀拿出来瞧一瞧，巴望着开镰收割水稻的日子早点来。父亲经常在晴好的天，禁不住要去往稻田溜达一圈，望着丰收在望的稻田随风一波波地金浪滚滚，稻花香扑鼻沁人心脾，一脸喜悦。回到村里，遇到其他村民，笑呵呵地说："今年稻田好收成噢。"那份喜悦之情无以言表。农家人容易知足，丰收的喜悦是田地对他们最好的回报。

　　一连几天，父亲发现我喜欢在他种植的水稻田边转来转去，他也走过来，他高兴地跟我说："今年的晚稻长势喜人，禾杆长、穗大，如果没有什么意外的话，肯定是个丰收之年。稻怕寒露一夜霜，也怕大的寒露风。再过十多天就可以收割了。"近几年，单位要我分管"三农"工作，加之我出身又在农村，对农村、农民、农业似乎特别有感情，见到父亲对自己的辛勤劳动，即将结出丰收的成果的那种喜悦之情十分理解，也理解父母不愿意离开老家这片土地之缘由。

　　我站在稻田边，此时来了一大群麻雀，它们肯定是来偷取稻谷的。麻雀鸟儿叽叽喳喳兴奋不已，时而落在稻杆上衔走一串稻谷，时而信步在空旷的田野悠闲漫步。我一声"喔呼儿"，惊起鸟儿四处腾飞，稍停片刻，它们又来衔走了一串稻谷，父亲说"由它们吃吧，它们也吃不了多少。"我想稻子由光秃秃而绿油油而金灿灿，这是所有生命沿袭的轨迹，人类也不例外。

稻子的使命并非在于其生长的过程中妆扮自然,而在于滋养生命的新生。这一种死亡与新生的转换,数千年来不可或缺。缘此,稻子才叫稻子,一叫千百年。稻子以自己的倒下为人类的站立奠基。稻子骨肉分离,被分割成稻茬、稻草和稻谷。稻谷脱胎换骨变成一种称做米的物质,空气一般滋养着人类和人类源远流长的历史。一粒米置于手掌上,无论凸立于一哪一条纹路,都可以温暖我。一粒米是稻子献给人类的庇荫;一粒米是一种温暖的光泽;一粒米营养着人类的肉身和灵魂。

　　风一阵阵吹拂,挨肩擦背的稻子就连片摇曳,似大海中翻滚的绿色波浪,起伏有致,层层推进,让绿色的生命翻滚在天地间,滚动在人们的心田里,酿造出甜蜜幸福的浆液,久久带给人们心灵淳厚的享受;那稻子摩擦发出的轻微沙沙声,仿佛动听的天籁,和着丰收的希望在田畴上袅袅弥散。

　　又到秋收时,当秋风吹拂着你的双颊,稻田里,那一株株饱满的稻穗充满着成熟的喜悦,弯着腰,躬着背,低着头,它好像是成功者谦虚的楷模,当秋天来临时,硕果累累,秋高气爽,一股成熟的气息扑面而来,这一切都是那神奇的画布——大自然,精心用粗细不一的线条,五彩缤纷的颜料,勾画出一幅又一幅美得动人,色彩斑斓的图画,让人心旷神怡。

　　秋天是成熟的季节、收获的季节、充实的季节,也是淡泊、宁静、惹人相思的季节。自然界的万物,经过了春天的勃勃生机,经历了夏天的繁华茂盛,不再以受人赞美为荣,不再以受人宠爱为乐,默默地奉献、默默地充实、默默地接纳人类的愁思、默默地归依大地准备经受寒冬的洗礼。南方的秋,是迷人的浅秋,在葱荣下收获,在金黄里淡淡的留香。绿叶簇拥着,流泻一张张素颜,桂花树下沐浴满衣香,硕果中展露幸福的笑靥。不论任何地方,都洋溢在欢喜的音符里。处处明艳如故,馥郁流畅,一首首欢庆的歌声,歌唱着一季收获成果的快乐。辛勤稼穑的农民,他们不惧严寒酷暑,不怕风吹雨打,不贪图安逸享受,再苦再累心中都装着美丽的梦想,并为追梦而不懈努力,农民多像稻子呀!一季一季生生不息,四季轮回,在追梦中获得永生。

钱

鄙人小时候,老师曾教给我们一首歌:"我在马路边捡到一分钱,把它交给警察叔叔……"那时候年幼,还不知道钱是什么东西,只是从老师那里接受到了拾金不昧,不是自己的东西不能要的做人行为准则。不过,从那时起,就无师自通地养成了存钱节俭的好习惯,以至于受益终身。鄙人小时候花钱是论分论角的。买书藏书是鄙人的一大爱好。那时候家里经济条件差,没有什么钱去买书,只能靠经济条件比较好的亲戚赞助一元几元,或者拾点废品换取几角钱,日积月累,半年下来也可积攒到三五几元的。有钱之后,就会往新华书店或者是供销社跑,买上十多本连环画或者是几本小说,心底的乐趣溢于言表。

钱(货币)是商品交换的产物。钱有孔方兄之称,又称家兄,钱的谑称。旧时铜钱外圆,中有方孔,故名。又钱字由"金、戈、戈"组成,"戈""哥"音同,于是"称兄道弟"。语出晋鲁褒《钱神论》"钱之为体,有乾坤之象,内则其方,外则其圆。其积如山,其流如川。动静有时,行藏有节,市井便易,不患耗折。难折象寿,不匮象道,故能长久,为世神宝。亲之如兄,字曰孔方,失之则贫弱,得之则富昌。无翼而飞,无足而走,解严毅之颜,开难发之口。"钱还有"铜臭"的"罪名",常用来讥讽惟利是图的人,也特指金钱。西晋司马彪《九州春秋》:"崔烈,廷尉卿。灵帝时开鸿都门榜卖官爵,烈时入钱五百万,得为司徒。及拜日,天子临轩,百僚毕会。帝顾谓幸者曰:'恨不小靳,可至千万。'程夫人於傍应曰:'崔公,冀州名士,岂肯买官,赖我得是,反不知姝邪?'烈问其子钧曰:'吾居三公,於议者何如?"钧曰:"大人少有英称,历位卿守,论者不谓当为三公。而今登其位,天下失望。"烈曰:"何为然也?"钧者:"论者嫌其铜臭耳。"

"钱"也乃身外之物,但是每个人都需要它,都希望自己有更多的钱更富有,希望自己能成为一个最有钱的人。"富贵无根本,尽从勤中得",但事物都有两面性,钱也不例外。钱可以是天使,也可以是魔鬼。钱是百善之源,也可能是万恶之始。钱可以让一个人高高在上,也可以让一个人万劫不复。钱可以让你生活富足,也可以让你流离失所。任何一个社会,钱,都是罩着无上的光环,因为生活离不开钱,因为没钱就万万不能。有钱你可以兼济天下,那需要心胸需要情怀,有钱你可能难以独善其身,因为有了钱就会惹非议。钱,可以让你夫妻恩爱,亲人和睦,朋友交好;钱,也可以让你亲人分裂,夫妻反目,朋友成仇。当利益被逼上人性的自尊或自私的擂台上较量时,也许,不仅仅是为了利益本身的较量,还有尊严,还有道义,还有公理。实际上,钱不过是一张白纸经过几道工序所造出来的。可是这所谓的金钱会引起争夺,甚至是血战。占时,强盗和土匪因金钱而屠杀村民,有的土匪甚至去截朝廷押送的生辰纲,这纯粹是不要命的行为。为什么呢?因为人们对金钱的欲望,金钱蒙蔽了人们的双眼。人为财死,鸟为食亡。这只不过是人们的自私心在做怪罢了,人性太贪婪了。

钱是人们生存的经济基础,正因为这样,现在上班的人们都是冲钱而来,如果没有报酬,谁还会来工作呢?人们开工厂是为了赚钱,做生意也是为了赚钱;从事脑力劳动是为了赚钱,出卖体力也是为了赚钱;只要有需求就会有人从事它做职业赚钱。为了赚取比别人更多的钱,有的人起早摸黑,行色匆匆;有的人卑躬屈膝,强作欢颜;有的人付出了太多的努力,甚至透支了宝贵的青春和生命;有的人为了多赚钱,做了不该做的事,甚至是违背良心违反法律的事；为了换钱有的人出卖了不该出卖的东西，甚至是自己的青春和肉体。看着这林林总总，人间百态，我想起了一句古话"人为财死，鸟为食亡"。现实社会充满了各种各样的物质诱惑，生命的自私本能，使人追求生存和繁衍，进而追求享受。但有些人为了金钱而丧失了做人的尊严，放弃了自己的追求与梦想，而成为了金钱的奴隶。有一些人通过各种手段，把自己变成了千万富翁，亿万富翁，并且顺理成章地成为了一名政协委员或人大代表，或者一方诸侯。

　　钱，这个人人想得到的东西，必然存在着非同一般的强大力量。现在成千上万的人都想拥有自己的公司，不动产财富，雄厚的资本积累。希望与梦想都想成为有钱人。在历史的长河中，追逐名利的脚步一刻也没有停止过，许多关于金钱所施展的力量这里没有必要重提。人们都清楚，生活离不开钱的运转流通，它不仅紧密地维系着生产结构的推进与运转，也是人与人之间关系的纽带。我们一生都在它的交换方式中度过。世间最普遍的真理，有钱不是万能的，没有钱是万万不能的。钱，可能是慈善的标语，也可能是罪恶的源头。除了人类的思想情感之外，钱是判断世间大多数事物的标准。很多女人判断一个男人是否爱她，往往以这个男人是否舍得为她花钱为标准；而很多男人判断女人是否爱自己的标准是这个女人在自己花钱时的心疼度为标准，一般男人认为女人越心疼越说明女人爱自己。对于一个有很多钱却不舍的为女人花的男人，和一个只有有限的钱却舍得全部为女人花的男人，很多女人往往会选择后者。钱不能代表着一切，却可以标记着一切。有些人用金钱来衡量着自己，有些人却被金钱衡量。古往今来，为五斗米折腰大有人在，而视金钱如粪土也不乏其人。金钱可以买来外表，但买不到一颗善良的心，就如冯梦龙说的："钱财如粪土，仁义价千金"，所以金钱不应当是生命的目的，也不是生命的全部，而是生活的工具，我们所追求的金钱，应该是学无止境的知识，是智慧，是至高无上的思想品德。"人有智犹地有水，地无水为焦土，人无智为行尸"。

能用钱解决的事，尽量不要用人情。在用人情时，把事情变得简便，把价值最大化。可是，你也会发现，人情总量，越用越少，越用也越廉价。人与人之间的情感，是尊重出来的，是欣赏出来的，是实在走投无路时候体现出来的。人情，和钱一样，要用在刀刃上，时时刻刻都在用，就是消耗。能用钱的时候，尽量用钱，实在不能用钱解决的时候，再用情。毕竟，谁都不是谁的谁，毕竟人生之路，总要走出点骨气，这样，才能真正的独立而自由。鄙人认识一位姓张的幼儿教师，她有一位在电影院工作的最要好的王姓朋友，据说那个影院，每个工作人员每天可以带一个人免费进影院。每次呢，姓张的幼儿教师进电影院，影院的王姓朋友都会给她开绿色通道，大概有那么两三年过去了。一天，影院朋友和她说，我儿子明年要上幼儿园了，你看，你能不能帮我去你们幼儿园托托关系。这可难为了姓张的幼儿教师，幼儿园入学，哪是她一个普通老师能够决定的。最后，两个人不欢而散，姓张的幼儿教师再也没去那家影院。

赚钱真的是不容易、真的是辛苦！我是说通过堂堂正正的方法赚钱，不是指歪门邪道。但如果有钱，让钱"躺"在银行里睡觉，也确实有点可惜，甚至疼痛。我有一个朋友，二 000 年以前，手中的积蓄就可以在城市买两套商品房。他没有把现有的资金拿去投资赚钱。让 RMB 的增长率大于膨胀率，让钱像滚雪球一样越滚越多。而是看着存款折上的阿拉伯数字比房子漂亮，觉得它就是一座山，让他靠着安心踏实！现在，他儿子长大了，需要结婚，买房迫在眉睫。然存折上的数目让他购房的同时再办儿子的婚事，竟然有点捉襟见肘。现在，百元面钞拿出来也不受花。随着经济的发展，物价会不断地平稳上涨。这恐怕已是不争的事实。其实一个人想要赚很多的钱，目的就是为了好好的生活，过上幸福快乐的日子，但赚钱本身就是痛苦的差事，所以每个人都应该在此找到一个均衡点，在这个点上你的快乐会最大化，也就是赚到某一数量的钱时，你是最快乐的，生活是最幸福的，如果再想多赚一点，你有可能随着金钱的增加，幸福快乐反而会越来越少。这个世界上，有那么多的大富翁，并不是每一个大富翁都有幸福、快乐的人生，有的人反而被金钱所累。

　　钱多了也比较麻烦，不知放在哪里最好。当然钱来路清白，就可以大大方方地存入银行。可那些来历不明的钱就麻烦大了，报纸、电视等新闻媒体常常报到一些贪官污吏，或者不法奸商，将钱埋在地下或藏在厕所里，以至于发霉腐烂等。金钱可以买到任何物质上的东西，人们所追求的东西和需要的物品也能买到，可殊不知，金钱还能使人与人之间产生了隔阂，金钱使亲情淡化。

　　现实生活中，令人发愁、难以启齿的事莫过于借钱了。借钱者一般都是家境贫困，手头拮据，又有急事，如儿女上大学、家人患重病等等，急需用钱，被逼无奈，只好四处奔波，求人帮忙。兄弟姐妹、亲戚朋友、同学同事……凡是认识的熟人，不管平时有没有交往，不得不厚着脸皮，伸手借钱。如果人缘好，有诚信，平常也乐于助人，行善好施，又有偿还能力，还好说些。只要开口，人家碍于情面，多年交情，不好意思回断，或多或少还能借到一些。反之，十有八九空手而归。试问，谁愿意借钱给一个毫无偿还能力、只借不还或毫无诚信、有钱也不愿还债的人？如今借钱容易讨债难，人家随便找个理由，一次次推托说暂时没钱，以后有钱了，一定还清。有的甚至翻脸不认人，"要钱没有，要命一条"，死皮赖脸，欠债不还。对此，你也毫无办法。眼睁睁看着自已好心好意借给别人的钱打了水漂，收不回来，谁不心疼？

　　我有一朋友，早几年借了一万元钱给他同学，由于是关系比较好的同学，平时也来往比较密切，借条都没有写，但朋友的这位同学可不是一位讲信用的人。经过了几年时间，不要说还钱，连人都渺无音信。钱是借出去了，但同学和朋友也借出去了。他不想还钱，也就不好意思再与朋友来往。当我们花钱看清一个人的时侯，未免有些可惜，多年的情分就在钱财之间消失，回想起来，真的有些痛心。朋友跟我说，他不赞成朋友之间谈论钱财之事，更不想把多年的友谊因钱而淡化。好借好还做君子。

　　钱是一切物质最原始的渴盼，是一个人追求美好生活的最基本的动力。钱本身是好的。子曰："君子爱财，取之有道"。人类要生存金钱是必不可少的，有多少钱才算富有，用什么手段拥有金钱才算是"有道"？从古至今估计还没有人得到过正确答案。我认为，金钱就像是一面镜子，人间所有的美好和丑陋，在金钱面前都会表现的一览无遗。无疑地，金钱在生活中不可缺少，但是，我们应该善待金钱，正确对待金钱。这样，日子才会有滋有味，生活才会千姿百态。

岁 岁 重 阳

　　岁岁重阳,今又重阳。"中秋过后又重阳",每当秋高气爽、菊花飘香的时节,我们又一次迎来了一个特殊的节日——重阳节。今年国庆节长假,回家与父母小聚了几天,返回单位上班,忙着处理繁琐的事务,一位朋友打电话给我,约我九月初九去登山,使我想起了一年一度的重阳节。重阳节又叫老人节。今天一大早,我就打电话给父母亲,在电话里问好父母亲,祝父母健康长寿!九九重阳,一个老年人的节日。一直以来,我总是把它看成是父母、长辈们的节日,并由衷地祝福父辈们天天开心,时时快乐!

　　起源于汉初的重阳节有着悠久的历史。"重阳节"名称见于记载却在三国时代。据曹丕《九日与钟繇书》中载:"岁往月来,忽复九月九日。九为阳数,而日月并应,俗嘉其名,以为宜于长久,故以享宴高会。"古人对数字"九"很重视,把它当作"天长地久"的象征。在这一天人们要给老人赠送糕点,因"糕"、"高"谐音,体现对老人高寿的庆贺,也是祝福他们活得更长久的意思。要说重阳节的来历,那可不简单。重阳节的起源,最早可以推到汉初。据说,在皇宫中,每年九月九日,都要佩茱萸,食蓬饵,饮菊花酒,以求长寿;汉高祖刘邦的爱妃戚夫人被吕后惨害后,宫女贾某也被逐出宫,将这一习俗传民间的。据传说是恒景拜师学艺,杀死瘟魔才让九月九登高的风俗传下来。

　　古代,民间在该日有登高的风俗,所以重阳节又称"登高节"。登高之俗始于西汉,刘歆《西经杂记》云:"三月上已,九月重阳,士女游戏,就此祓禊登高。"作者将重九与重三相对,并指出了登高驱邪免祸的用意。唐代诗人杜牧的《九日齐山登高》中也作了描述:"江涵秋影雁初飞,与客携壶上翠微。尘世难逢开口笑,菊花须插满头归。但将酩酊酬佳节,不作登临恨落晖。古往今来只如此,牛山何必独沾衣。"九九登高,并不仅仅登临饮宴、赋诗作文而已,它还有其他活动。这些活动综合而成为"登高会"。登高会也叫"茱萸会",因此也被称为"茱萸节"。唐人登高诗很多,大多数是写重阳节的习俗;杜甫的《登高》七律,就是写重阳登高的名篇。登高所到之处,没有划一的规定,一般是登高山、登高塔。古人的重阳登高既反映了人们消灾避祸的美好愿望,又蒙上了一层迷信色彩。但现代却给它赋予了具有时代气息的崭新意义。秋高气爽,有人远足旅行,饱览风光,寄满腔热情于山水;有人参观菊花展会,抒节日愉悦之情于诗画;还有人去户外活动筋骨,调整心态,融健身、休闲于一体。

重阳节还有吃"重阳糕"的习俗。讲究的重阳糕要作成九层,像座宝塔,上面还作成两只小羊,以符合重阳(羊)之义。有的还在重阳糕上插一小红纸旗,并点蜡烛灯。这大概是用"点灯"、"吃糕"代替"登高",用小红纸旗代替茱萸。重阳节佩茱萸,在晋代葛洪《西经杂记》中就有记载。《西经杂记》中记西汉时的宫人贾佩兰称:"九月九日,佩茱萸,食蓬饵,饮菊花酒,云令人长寿。"相传自此时起,有了重阳节求寿之俗。重阳节插茱萸的风俗,在唐代就已经很普遍。古人认为在重阳节这一天插茱萸可以避难消灾;或佩带于臂,或作香袋把茱萸放在里面佩带,还有插在头上的。大多是妇女、儿童佩带,有些地方,男子也佩带。重阳节除了佩带茱萸,也插菊花。唐代就已经如此,历代盛行。清代,北京重阳节的习俗是把菊花枝叶贴在门窗上,"解除凶秽,以招吉祥。"这是头上簪菊的变俗。宋代,还有将彩缯剪成茱萸、菊花来相赠佩带的。

重阳节还要赏菊饮菊花酒,起源于晋代文人陶渊明。陶渊明以隐居出名，以诗出名，以酒出名，也以爱菊出名。他在《九日闲居》诗序文中说："余闲居，爱重九之名。秋菊盈园，而持醪靡由，空服九华，寄怀于言。"这里同时提到菊花和酒。后人效之，遂有重阳赏菊之俗。魏晋时期有了赏菊、饮酒的习俗。旧时士大夫，还多将赏菊与宴饮结合，以求和更接近。北宋京师开封，重阳赏菊很盛行，当时的菊花就有很多种。清代以后，赏菊之俗尤为昌盛，且不限于九月九日，但仍然是重阳节前后最为繁盛。传承至今，重阳节已经演变成为了一个活动丰富、情趣盎然的佳节，各地人们通过登高、赏菊、喝菊花酒、吃重阳糕、插茱萸等活动来欢度这个历史悠久的节日。

　　重阳是美丽的，其美在一份思念。在诗人王维的笔下，"独在异乡为异客，每逢佳节倍思亲。遥知兄弟登高处，遍插茱萸少一人"的场景，已定格成对亲人无尽思念的浓浓愁绪。即使真的分离，那份殷殷的牵挂和深深的思念还是可以隔着遥远的距离传到亲人的身边。重阳节和其他传统节日一样，是家人团聚的佳节；也是一个纪念祖先的节日。在家乡，重阳节虽没有什么山珍海味，但插茱萸，吃糍粑是很普遍的。记得我小时候在老家，每年重阳节，爷爷和奶奶就会宰杀自己养的鸡鸭，先拜祭祖先，然后通知爸爸、妈妈、叔叔、姑姑等家人们前来享用。其实反哺之情，人人都有。马致远《夜行船秋思》："百岁光阴一梦蝶，重回首往事堪嗟，今朝春来，明朝花榭，急罚盏夜阑灯灭。"白驹过隙，时不我待，善待我们的父母、亲人，不要错过了悔之无及，再多的忏悔，祭祀也只是寄托一点心灵的哀思，为自己的内疚开脱，虚幻的东西总掩饰不住内心的虚无；世人都有一种通病：失去的都觉得珍贵，去懊悔、去追思，现有的而不懂得珍惜、把握，却总能找到冠冕堂皇的说辞。我们拜祭先祖，焚烧纸衣，给阴间的亲人送去寒衣，让阴间的亲人免受冬天的寒冷；我们祭祀着逝去的亲人，更要珍惜、关心活着的亲人。重阳节也是老人节。一句问候，一个不长的电话他们都会会心的甜蜜一笑的。

　　重阳是美丽的，其美在一份孝心。重阳节，这份孝心，如小溪般流淌，叮咚回响。九九重阳，天长地久，也代表尊老、敬老、爱老。对待老人不是一桌好菜，一个蛋糕，他们并不需要你汇回去大把的钞票，不需要高档的住所和豪华的轿车，他们需要的是经常看看孩子从稚嫩到成熟和衰老的脸，需要的是儿孙绕膝的感觉，他们的快乐仅仅如此。作为儿女要用心步入老人的心灵世界，用心去和老人沟通、交流，要理解老人、尊重老人的生活方式和规律，这样才可以更好地与老人促膝交谈，用心去交流，一句问候，全家团聚其乐融融何尝不可。"百善孝为先。""树欲静而风不止，子欲养而亲不待。"孝老敬老是人间真情永恒的旋律。儿女一声温馨的话语，一个质朴的微笑，一次次看似平常的回家看看，都会使老人感到温暖、幸福。在我们还来得及的时候，多多地去孝敬我们的长辈，善待身边的老人不留遗憾，这才是我们完美的人生。我们爱自己的父母，亲人，尊敬他们，孝敬他们，甘心情愿为他们端茶送饭，问寒问暖，那是因为我们懂得感恩，我们知道没有他们这些绿叶的无私奉献，我们成不了参天大树，九九重阳，作为传统节日，它凝聚了中华民族千秋万代"老吾老以及人之老，幼吾幼以及人之幼"浓浓情意，要把尊老敬老的中华民族传统美德和生生不息的民族风范用爱去传承，要把这一美德继承、发扬光大，把对老人的爱用心去呵护，老人的今日就是我们的将来。

　　而今吾辈也是五十出头之人了，时下，常有一种莫明状萦绕心头，那就是吾辈也即将步入重阳之门的念头怎么也挥之不去。于是我感叹生命，感叹重阳。回忆起自己在十八九岁的时候，正是我们国家刚刚开始改革开放的上世纪七十年代末，八十年代初。在那个年代，在物资生活上虽然是那样的窘迫，但在精神的追求上倒感觉十分的充实——我们青年人，伴随着春意盎然的革命歌曲《青春啊青春》、《年轻的朋友来相会》而成长："青春啊青春，美丽的时光，比那彩霞还要鲜艳，比那玫瑰更加芬芳。若问青春在什么地方，它带着友情，也带着幸福，更带着力量，在你的心上！""再过二十年，我们重相会，伟大的祖国啊该有多么美，城市乡村处处增光辉。但愿到那时我们再相会，举杯赞英雄光荣属于谁，为祖国为四化流过多少汗……"我还清楚地记得，为了把"文革"耽误的时间夺回来，全国人民都在发奋读书，为中华之崛起而努力学习。作为恢复高考制度之后的幸运儿，虽然有着较多数同龄人优越的学习条件，但我始终也不敢怠慢，抓住有利时机，发奋学习。在笔记本上抄下"书籍是人类进步的阶梯"、"书山有路勤为径，学海无涯苦作舟"和"人最宝贵的生命，生命属于每个人只有一次。人的一生应当这样度过。回首往事，不应虚度年华而悔恨，也不因碌碌无为而羞愧……"至理名言，并作为人生的坐标导航着自己的生命旅程。

时光荏苒，岁月如梭，但每当听到那一首首充满朝气的歌曲时，我仿佛又回到了那激情澎湃的青春年代！每每看到那些纯真可爱的幼儿孩童和少男少女，我不由地回味着，六一儿童节、五四青年节，是最让人怀念的好时日！但好花不常开，好景不常在。晃眼之间，我已跨过天命之年；缓过神来，意识到生命的年轮已过了半世纪即两万多个时辰昼夜。如用小时或分秒来计算，必定是个令人惊叹的天文数。人生说长也长，几十年的光景，说短也短，几十年的时间，在历史的长河中又是那么的短暂。再过几年，吾辈也将迈入退休人员的行业，珍惜人生，有所作为，也是吾辈的"座右铭"之一。

三月踏青，九月辞青。乘秋高气爽，阳光明媚的时候去多蕴藏一点光和热，来抵御不久的寒冬；登高远眺，喝一口菊花酒，吃一口菊花糕,把这美丽的金秋好好享受。"时见归村人,沙行渡头歇,天边树若荠,江畔月如舟,何当载酒来,共醉重阳节。"岁岁重阳,今又重阳。重阳是一种思念,而一种思念代表着一种眷恋、一份关爱、一份真情,眷恋、关爱和真情,又化作对父母亲及长辈们的祝福,祝愿天下老人们健康长寿!

十 月 畅 想

在不经意中度了过几十个十月,在恍如云烟的时光中流落了多少的十月。在十月的河滩上,捡拾起那坚如磐石的记忆。

2016年的10月,鄙人在无雨的日子里,回了一趟老家,沿途的风光确实惹人喜欢。路旁的树,路边的稻田,迎面而来的车辆,偶尔从天空飞过的鸟,还喜欢聆听风吹过耳旁的声音,每次从这条家乡熟悉的路上走过都多么的希望这条路没有尽头,眼前不断变换的风景,不是瑰丽,却是那么接近生活。

平时坐在办公室里办公,开着空调,很少出汗。下班以后,经常跑步锻炼,常常是汗流浃背。鄙人喜欢流汗的感觉,喜欢汗液排出体外毛孔清透的感觉,不用沐浴清风,就可以感觉到生命在呼吸,每一处的肌肤在呼吸,当汗液流下,若再逢的风起,吹拂的冰凉的感觉,那就是生命的律动,在十月这样的感觉就会显得愈加明显,是知道这个十月又忙碌起来了。人们忙碌辛劳的同时,却也赋予了他们欢乐。有时国庆放假,我回到家里,道路上铺满的满是秋的收获,知道家中又逢着了最忙碌的时刻,每次与家人一起,坐在排排堆起的红薯、玉米前,手中不管是多忙碌,脸上总是不失的笑容,这样边谈天边工作而获得的乐趣,也许也只能用怡然自得来形容这样的心情。母亲,父亲,逢着村里过路的人,总会笑着问到"今年的收成怎么样啊?"每个人也总是会笑着回答:"嗯,不错!"这般丰收带来的喜悦,又怎是那些高楼耸起的城市里的人们能够体会得到的。在此刻对十月的喜欢的情感变得愈加浓烈起来,抛弃那些不喜的情绪,只单纯的喜欢,十月里,赋予我们的难道真的只是丰收,远远不只是这些,这些只是十月带给我的怀念，在此刻却是尽情的缅怀。十月带给我们的是，对今天这种来之不易的幸福生活的格外珍惜，对未来的憧憬和希望。

想着十月的天空，她是晴空万里，是碧海蓝天，都是那么美丽。想着十月的田野，远远望去，空旷迷人的田园风光，如一幅画家笔下简洁的没有任何赘余的笔触，偶尔会有一两只鸟儿到田间觅食，它们总能一下就发现被不小心掉落尘土里的玉米粒，这是人类是最善良的动物，想着有着跑来的鸟儿来分享这丰收的喜悦，都不忍的驱赶。

金秋十月，已经是一种象征，一种成熟、成功、成就的象征。江山如画，神州让人瞩目；岁月如歌，十月使举国欢腾。秋风送爽，枫叶金黄，春华秋实，收获希望。当东方绽露一缕晨曦，朝霞映红天边山巅，十月的朝阳冉冉升起，于是，我们迎来了新中国华诞。举国上下庆祝这个永恒的生日。

历史上的十月里，有1860年10月的火烧圆明园；有1911年10月的辛亥革命；有1935年10月的长征胜利；更有1949年10月的开国大典。而1976年的国庆节，全国人民都沉浸在毛泽东主席逝世的哀痛中，同时深深地担忧着党和国家的前途和命运。一个星期后，党中央一举粉碎了"四人帮"，迟到的锣鼓声才欢畅地响彻了神州大地……"十月"是红色的，"十月"是金色的，"十月"是岁月的赞歌，"十月"是金色的浪漫。金色的十月，收获喜悦的季节。辉煌的十月，披裹丰硕的盛装。十月，是枫叶血染山谷的壮观，是在欢笑被后的那面旗帜，写满气壮山河的气势，在大地回荡；在山谷中呐喊；在世人中回忆；在历史中回放。十月是一座历史丰碑，由无数革命英烈的碧血丹心铸就，为了一个忠贞不渝的信念，先烈们前仆后继架起了通向黎明的桥梁，用血和汗的挥洒，用灵与肉的拼搏，铺就了一条从胜利走向胜利的坦途，用鲜血凝固成永恒，染红了万人敬仰的五星红旗。那猎猎作响的旗帜,昭示着伟岸,更昭示着信仰!

1949年10月2日,中央人民政府通过《关于中华人民共和国国庆日的决议》,规定每年10月1日为"国庆日",并以这一天作为宣告中华人民共和国成立的日子。从此,每年的10月1日就成为全国各族人民隆重欢庆的节日了。每年的十月一日,是新中国的国庆日。"国庆"一词,本指国家喜庆之事,最早见于西晋。西晋的文学家陆机在《五等诸侯论》一文中就曾有"国庆独飨其利,主忧莫与其害"的记载。我国封建时代、国家喜庆的大事,莫大过于帝王的登基、诞辰(清朝称皇帝的生日为万岁节)等。因而我国古代把皇帝即位、诞辰称为"国庆"。今天称国家建立的纪念日为"国庆"。今年的10月1日,是中华人民共和国诞辰67周年纪念日。67年来,我们伟大的祖国远去了历史的硝烟褪去了贫瘠的盐碱,肥沃的土地散发着醉人的香甜,牛羊自由地奔跑在碧绿的草原,苍松翠柏倒映在清波秀水之间,花红柳绿开遍了塞北江南,瓜果飘香甜透了大河两岸,新农村的变化记录了时代的宣言,现代化的工业发展突飞猛进,高新科技日新月异,基本上实现了"可上九天揽月,可下五洋捉鳖"的目标,新世纪的春风化雨滋润了神州的大好河山。经历了从"站起来"到"富起来"再到"强起来"的伟大历程,一步步接近建设富强、民主、文明、和谐社会主义现代化国家的宏伟目标!

翻开华夏厚重的历史卷册,我们有多少感慨。轻轻地叩击那千年青铜鼎与编钟,悠扬清脆的音韵穿过华夏五千年文明的悠悠岁月,流传至今,依然震撼着当今世人的心扉。文景之治、武帝盛世、光武中兴、贞观之治、开元盛世、永乐时期、康乾盛世,这些国泰民安,让世界刮目相看的历史时期,证明了华夏民族的强盛和智慧。我们从秦砖汉瓦的纹理中阅读了华夏民族的千年沧桑;从敦煌石窟飞天壁画的油彩中欣赏华夏民族的飘逸丰姿;从律诗与乐府、京剧与秦腔的节律音韵中倾听华夏民族的文化交响；从长城烽火台的瞭望塔上眺望华夏地域的辽阔无垠；从指南针、火药、造纸、印刷术四大发明的光彩里感触华夏科学先行的铿锵足音。回顾祖国近百年的屈辱史，我们有多少感叹，从鸦片战争的硝烟，到甲午海战的惊涛；从火烧圆明园的强盗行径到"九一八"事变的日军野心……近代史的中国有太多太多的不幸与灾难，有太多太多的雨雪风霜。回望中国共产党领导人民革命和建设的峥嵘岁月，我们有多少豪情要抒怀。从镰刀斧头光芒中擎起希望的指引，南湖红船承载一个民族扭转乾坤的启航，铺展伟大的曙光，振响红色的召唤：从井冈翠竹的深深扎根，到皑皑雪山的翻越爬行；从延安窑洞的油灯长明，到西柏坡苍松翠柏巍巍挺立；从南昌城头黎明的一声枪响，到遵义会议坚定的抉择；从百万雄师运筹帷幄中横扫全国，到天安门城楼的庄严宣告，结束了一个时代的沧桑积淀，成就了惊天动地的伟大壮举。从新中国初建时的发奋图强到如今改革开放的辉煌成就，我们经历了多少曲折和坎坷，战胜了多少艰难与困苦，赢得了今朝中华民族的扬眉吐气和大江南北的灿烂辉煌。

今天，我们采撷十月的枫叶，领悟祖国67年来的光辉历程；在十月的山巅上，我们仿佛听见了开国大典的惊雷；俯看十月的萋萋小草，拾起了一片祖国的葱翠；透过十月的一缕阳光，我们分享着那份喜庆的氛围；站在十月的雪莲下，我们为民族欢庆的旋律深情附和；游走在十月丰腴的牧场，我们触摸祖国的绿色家园；昂首在十月的苍山上，我们高声吟咏祖国的蓝天之美；聆听着十月的那首山歌，我们痴醉于田野上的牧笛横吹。从金黄的季节走来，我们没有理由不为那沉甸甸的丰收歌唱；从那镰刀斧头光芒指引的大道上走来，我们没有理由不为那红火火的事业歌唱。那南湖游船、井冈翠竹、皑皑雪山、光辉延安在我们的梦乡中越来越近，几回回，那北国飘香的麦穗、南国早春的莺花、东部城乡的日夜繁忙、西部沃土的苏醒，燃烧起我们所有的激情和快乐，在十月的节日里为您大声放歌,祖国啊,母亲!愿您永远繁荣、昌盛、文明、富强!

　　每当国旗在蓝天中飘荡的时候,国歌在国际舞台上奏响的时候,带着一个民族的尊严和希望,带着一个民族的铮铮骨气,从我的心底里升起,此时我都有一种慕名的自豪与骄傲。也许这就叫民族自尊心吧。有多少人为了这面旗子失去了生命!有多少人为了这首歌而失去了生命!他们的热血永远的融入了国旗国歌之中!再回眸历史他们用自己的赤胆忠诚誓死捍卫自己不屈的民族,从敌人闻风丧胆的岳家军创始人岳飞,到文天祥"人生自古谁无死,留取丹心照汗青"的誓死不降元的。再到"苟利国家生死以岂因祸福避趋之"的林则徐……他们每个人的名字都犹如永世不灭的星星一样长鸣人心,他们一个个都是为了自己的民族国家而愿牺牲自己的仁人志士。逝去的英烈和民族的忠魂,雷鸣的声音在耳边炸响——勿忘国耻!圆梦中华!凝聚,一个多么有力量的词啊!我们凝聚在祖国的大地上,用热血浇铸着我们的钢铁长城,我们无惧外来的侵略与挑衅,因为我们有足够的信心来战胜那些所谓的纸老虎。东方巨龙正在崛起,中国人民正在努力赶超世界强国。一颗璀璨夺目的明珠正在东方伴随着黎明的曙光冉冉升起。让祖国永远屹立在世界的东方!

　　十月,因收获而展示辉煌,因成熟而迎来喜悦。让我们沐浴着十月的艳阳,写下赞美十月的颂歌;让我们面对绚丽的季节,伸出虔诚的双手,捧一颗赤诚的心为祖国祝福!